华章
传奇派

品味无限不循环的人生

犯罪动机 ②

永远叫不醒装睡的人

戴西 著

重庆出版集团 重庆出版社

图书在版编目（CIP）数据

犯罪动机.2,永远叫不醒装睡的人/戴西著.—重庆：重庆出版社,2024.3
ISBN 978-7-229-18261-8

Ⅰ.①犯… Ⅱ.①戴… Ⅲ.①推理小说—中国—当代 Ⅳ.①I247.5

中国国家版本馆CIP数据核字（2024）第000876号

犯罪动机2：永远叫不醒装睡的人
FANZUI DONGJI 2：YONGYUAN JIAO BUXING ZHUANGSHUI DE REN

戴西 著

出　　品：	华章同人
出版监制：	徐宪江　秦　琥
特约策划：	乐律文化
责任编辑：	王昌凤
特约编辑：	曹福双　高惠娟
营销编辑：	史青苗　刘晓艳
责任校对：	张铁成
责任印制：	梁善池
封面绘图：	非　鱼
封面设计：	DOLPHIN Book design 海豚 QQ:592439371

重庆出版集团
重庆出版社 出版
（重庆市南岸区南滨路162号1幢）
三河市嘉科万达彩色印刷有限公司　印刷
重庆出版集团图书发行公司　发行
邮购电话：010-85869375
全国新华书店经销

开本：880mm×1230mm　1/32　印张：10.25　字数：210千
2024年3月第1版　2024年3月第1次印刷
定价：49.80元

如有印装质量问题，请致电023-61520678

版权所有，侵权必究

目录

楔　子		1
第一章	欺骗	5
第二章	执念	29
第三章	恶意	47
第四章	一个两个三个	80
第五章	四个五个六个	105
第六章	谁在你身后	124
第七章	谁又在我身后	136
第八章	嘘，他来了……	161
第九章	一个不存在的人	173
第十章	阳光下的影子	188

203	第十一章	脸的故事
218	第十二章	失踪的女孩
230	第十三章	谁杀了她
251	第十四章	平行的罪恶
273	第十五章	生死之间
296	第十六章	鸠占鹊巢
316	尾　声	

楔子

心底若藏着恶意,仇恨便早已深不见底。

午夜，台风"燕子"在临海的安平市登陆，街面上不见人影，街头满是折断的树枝和碎裂的广告牌。狂风呼啸着。

一道闪电猛地划破漆黑的夜空，"咔嚓！"随着炸裂般的雷声，暴雨倾盆而下，卧室里的台灯应声熄灭。

停电了。

窗户是开着的，固定窗户的挂钩在狂风中不断地摇晃，窗台边缘溅起的雨水打湿了书桌上的亚麻台布、凌乱堆放的书本和粉红色的相框，也打湿了黑暗中那张扭曲可怖的脸。

她仰面平躺在床前的木质地板上，听着窗外的风雨声，瞪大双眼看着漆黑的天花板，浑身僵硬得像一块冰冷的石头。

电话铃声如期骤然响起，一遍又一遍地撕扯着窒息般寂静的空气。

许久，她右手抽搐了一下，极不情愿地抬起胳膊摸到床头柜上的电话机，顺势把它拽了下来，放在身边的地板上。接着她摘下话筒，在听到电话那端的声音后便直接将话筒丢在一边，身体蜷缩成一团,任由电话另一头传出愤怒的骂声。

或许是因为没有听到回复,电话那头略显苍老的女声停止了无意义的谩骂,变得掷地有声:"我知道你在听,按照我说的去做,不然你知道会是什么下场!……"

她没有吱声,只是闭紧了双眼,任由电话那头的威胁声步步紧逼。

窗外,闪电又一次划过夜空,暴雨继续肆虐。

她仍旧无声蜷缩着,泪水打湿了地板,黑色的长发遮住了那张苍白的脸和不断抽搐的嘴角。

不知过了多久,电话那头变得死一般寂静,窗外的狂风暴雨与电话听筒里诡异的空白背景几乎融为一体。

终于结束了。

她轻轻舒了口气,缓缓睁开眼睛,转身平躺着,右手拿起地上的话筒准备放回座机上。突然,她愣住了。

听筒里传来一阵沉重的喘息声,由远及近。

简直触手可及。

窗外的风雨瞬间变得无声无息。

强烈的压迫感让她几乎喘不过气来,就像有一只无形的大手正狠狠地掐着她的脖子,连呼吸都变成了一种奢望。

此时,听筒里的喘息声戛然而止。短暂的安静后,传过来一阵苍老的、冷冷的笑,带着无尽的嘲讽与蔑视。

随后,电话被挂断了,"嘟、嘟、嘟……"的忙音在她的耳畔响起。

她的心猛地一沉,呼吸好似都停止了。

与此同时,台风像一颗迎面飞来的子弹,击碎了玻璃,四散飞溅的玻璃碴子夹杂着冰凉的雨水猛地向她扑来。

这一次,她睁大双眼迎接突如其来的冲击。

第一章 欺骗

人世间最恶劣的谎言,是自己欺骗自己。

2023年9月22日，星期五，下午2点整。

莲花区的安平市精神中心静悄悄的，午后的阳光穿梭在云中若隐若现。

姜海推门走进房间，停下脚步习惯性地四顾整间会诊室。当目光落在李振峰的脸上时，他不禁露出错愕的眼神，脱口而出："是你？"

李振峰微微一笑，伸手示意他在自己面前的椅子上坐下。

会诊室的椅子和桌子一样，都是被牢牢固定在地板上的，无法移动。屋内唯一的两张靠背椅面对面摆放，中间的桌面上空无一物。

李振峰看出姜海的眼神明显是在刻意回避自己，嘴角不由划过一丝笑意："从今天起，我每隔一周的周五下午都会来看你。或者可以这么说——以后，你就是我的病人了。"

"为什么？"姜海猛地抬头，脸上带着一丝愤怒，"为什么？给我一个合适的理由，否则我不会同意的。"姜海努力调整了一下情绪，平静地说道。

听了这话，李振峰的身体自然地向后靠在椅背上，双手顺势叠放在身前，目光平静地注视着姜海："理由很简单，我老师年纪大了，身体状况不太好。"

房间里的气氛突然变得异常安静，两人似乎都在等待着对方先开口说话。

许久，一阵轻笑传来，姜海抬起头，脸上的愤怒已经荡然无存："我懂了，不过这样也好，毕竟我们俩也不陌生。"随后他故作轻松，学着李振峰的样子，缓缓说道："那我以后是该称呼你李警官呢，还是李医生呢？"

说话间，姜海面带微笑，眼睛死死盯着李振峰，似乎带点玩味，又有点挑衅。

"都无所谓，反正两个头衔我都有资格。"李振峰双手一扬，做了一个无所谓的手势，转而压低嗓门，狡黠地冲他眨了眨眼，"或者说04****……"

姜海刚才还是满脸的笑容，一听到这熟悉的警号，脸上的笑容变得意味深长，神情古怪地死死瞪着李振峰，故作轻松地问："为什么？"

李振峰双手一摊，不置可否地摇摇头。

如此轻蔑的举动彻底激怒了姜海，他猛地从椅子上站了起来，上身前倾隔着桌面伸手薅住李振峰的衣服，一脸狠劲儿，压不住的怒气。刚想破口大骂，他话锋突然一转："护士、护士，我要换医生……"

李振峰揉了揉被震得发痛的耳朵，脸上的笑容瞬间消失，犀利的目光仿佛两把锥子深深地扎进了姜海脑中。他冷冷地说道："不可能。"

"你……"

姜海一时语塞，他还想辩驳什么，身后突然传来了严厉的斥责声："12号，坐下，不然的话送你去禁闭室。"

在安平市精神中心，没有人喜欢禁闭室。姜海也是。

对方话音未落，姜海的目光立刻黯淡下去。他的右手顺势松开了李振峰的衣服，跌坐回椅子上的同时，轻轻叹了口气，眉宇间满是失落："这里是精神病院，我要听话才能好得快，我要听话，对，我要听话……"

"姜海，你在仙蠹墩精神卫生中心住过八年，这次你的住所升级了——市精神中心。除了还在第2病区，其他可不一样了。"李振峰随口说着，从口袋里摸出一个对折好的病历记录本，摊平在桌面上。

与仙蠹墩精神卫生中心不同，进入安平市精神中心的患者都是各类凶杀案的犯罪嫌疑人或者危害社会安全的精神病人，进来后想出去就没那么容易了，而仙蠹墩精神卫生中心接收的都是精神出了问题的普通人。

"对，李医生。上次我住的地方管理可没这么严。"

李振峰抬头看向姜海："那你知道这里住的都是什么人吗？"

姜海茫然地摇摇头。

"要不，我换个方式问你，你知道这个病区的病历本为何会是红色封面吗？"说着，李振峰冲他晃了晃手中薄薄的病历记录本，这是个新本子，随着手掌的晃动，纸张发出清脆的响声。

姜海依然没有回答，只是目光中突然漫上一丝不易察觉的恐惧。

李振峰语气严肃地说道:"你在这里每天的费用都是国家出的,你不必像在仙蠡墩精神卫生中心时那样担心支付不起住院治疗费用。"

"这不公平。"姜海轻声嗫嚅表示着心中的不满。

"是不公平,"李振峰点点头,"因为你失去的只是自由,但那些被你杀害的人失去的却是生命!"说着将手里的红色病历本狠狠地摔在了桌子上。

"我是病人。我病了,所以我没办法控制自己的行为。"姜海转头看向窗外,窗户开着,午后的阳光照在不锈钢防护网上,反射出的光圈明晃晃地刺入他的眼睛。

李振峰若有所思地看着他的一举一动,突然话锋一转:"姜海,你还恨你的父亲吗?"

姜海应声转头看向他,粲然一笑,却只是摇摇头:"对不起,他已经不在我的世界里了。"

"那是你杀了他,对吗?"问这个问题的时候,李振峰的心情非常复杂。

"不,他是自杀的。"姜海面无表情。

听到这话,李振峰看了他一眼:"谁告诉你他是自杀的?你亲眼见到了?"

直到此刻,姜海的眼神中才闪过一丝不易察觉的慌乱,他咬了咬嘴唇,回答:"是黄医生告诉我的。"

答案已经显而易见——姜海在撒谎,但是李振峰知道自己此刻再追究这个问题已经毫无意义,因为对方的心里有了足够的警惕。他岔开了话题:"姜海,我知道你不可能真的放弃你父亲,虽然他当年抛弃了你,但他毕竟是你精神上的导师,他用自己的行为教会了你——"李振峰盯着他,缓缓说了两个字:"杀人。"

"你胡说!"姜海猛地站了起来,愤怒地看着李振峰,一字一顿地说道,"他是他,我是我,我和他没有任何关系。"

李振峰看着姜海的目光,顿时充满了同情:"我想,你父亲应该对你说过这样一句话——'你永远都不可能成为我!'对不对?"

姜海那僵硬的面具被彻底撕了下来。

"你胡说!你胡说!你胡说……"姜海脸上的表情瞬间变得异常狰狞,他不断地重复着这三个字,声音逐渐变得尖锐而刺耳。

在他身后,男护士壮硕的身影出现在了距他一步之遥的门口,征询的目光看向李振峰。

李振峰只是微微摇了摇头,示意男护士再等等,局面还没有完全失控,而他此行想知道的答案就要揭晓了。

李振峰看着姜海,轻轻叹了口气:"你尽管吼,我有的是时间,你吼到天黑都没关系,这里食堂的饭菜还不错。"

话音未落,戏剧性的一幕出现了,姜海的哭喊声戛然而止。他紧紧地咬着嘴唇,浑身微微颤抖,似乎在极力克制着什么,眼睛死死地盯着李振峰,闪烁的目光中充满了恨意。

此时,房间里死一般寂静。

窗外的阳光不知何时已经转到了大楼的另一面,一阵风吹过,空气中裹挟着一股清甜的幽香。

"姜海,你现在还能经常闻到白兰花的香味吗?"李振峰轻声问道。

"当然可以。"

"现在?"

"对呀。"

紧绷的情绪迅速转换,姜海瞬间变成了另外一个人。他笑了,眼神中满是阳光,语气也变得欢快了许多。而在一分钟前,他的目光几乎可以杀人,现在却纯净得像个孩子。

"这里到处都种满了白兰花树,可惜的是我出不去,连前面的小花园都去不了。"说着,姜海眼中才洋溢起的光芒很快便黯淡下来,神情落寞,"太气人了。李医生,你说是不是?我又不是犯人,凭什么限制我的人身自由?"

狂躁型的病人突然变得平静,这显然不是件好事。

李振峰脸色微变,仔细端详着姜海,许久,他点点头,轻声附和道:"你说得没错,你是病人。"他看向门口守着的男护士,示意他可以带姜海回病区了。

得知自己可以离开,姜海便默默地低下了头,温顺地跟着男护士缓步走出会诊室。房门在他的身后被无声地关上。

脚步声逐渐远去,会诊室里恢复了安静。

李振峰沉默片刻,打开了红色的病历记录本,顺手从前胸口袋里抽出随身带着的笔,几分钟补全了病历,最后签了字,写下此次诊疗的具体要点和建议,同时填上下次问诊的日期和时间。

合上病历本，李振峰抬头看向窗外时，脸上的神情逐渐凝重起来。他陷入了沉思。

时间回到2022年10月20日。

开完早会后，当天负责打扫卫生的李振峰便带着罗卜，拿上整个办公室的热水瓶去了楼下开水间。可没一会儿的工夫，小小的开水间里就响起了刺耳的电话铃声。

李振峰赶忙腾出手接起电话。电话里法医赵晓楠声音急切，说有非常重要的事情找他商量，并且通话结束前的语气是从未有过的强硬——"必须马上到法医办公室！听到没有，必须马上，一分钟都不能耽误"。

李振峰把手机揣回裤兜，撂下灌了一半的热水瓶转身就跑了，水龙头还在滴答。罗卜在身后急得直嚷嚷，八个灌满水的热水瓶他怎么搞得定啊？

排在身后队伍里的小九拍了拍罗卜的肩膀说："兄弟，放心，一会儿我帮你送。"

"九哥，赵法医找李哥干什么？今天的早会我也参加了，我不记得有什么新案子。"罗卜皱眉问道，显然是听到了电话里的声音。

小九神秘兮兮地点点头："要是我没猜错的话，肯定是东星码头那辆车的事儿。这一个月来师姐一有空就往分局老陈那边跑。"

"那是有结果了？"罗卜问。

小九笑着说："对，算算时间，分局那边应该是有结果了。

要知道今天早会后师姐才赶回来,一回来就找李哥,这不明摆着的事儿吗,你说呢?"

罗卜乖乖地闭嘴。看着锅炉上的水量标记,他默默地拧紧了开关。

几分钟后,两人分别拎着热水瓶,一前一后地走出了开水间。

突然走在前面的小九停下了脚步,转头看向罗卜:"兄弟,我今天早上看你从曹队办公室里出来,难道你要……"小九没有继续说下去。

罗卜也不否认,微微一笑:"我刚来还没满一年,想去缉毒队锻炼锻炼。再说我没牵没挂的,一人吃饱全家不饿,万一光荣了,也不会有什么遗憾。"

小九愣住了,看着罗卜的目光也变得柔和了许多。他下意识地转头看向斜对角走廊的方向,若有所思地说道:"兄弟,你应该已经知道了,你父亲的照片,政委今天早上亲自给贴到纪念墙上了,应该是批准的报告下来了吧。"

罗卜看着院中飘落的银杏树叶,缓缓点头:"对,今天早上下来的。"

法医办公室这层的走廊里依旧弥漫着一股刺鼻的消毒水的味道。

"我今天把你找来是为了秦方正那起案子。"赵晓楠不等李振峰开口,就把桌上的一份尸检报告递给他。

"这个案子迄今为止还没正式结案,不只是因为发案时间太久，尸体在水里泡了十多年，关键死因短时间内无法确定，还有一件事至关重要。"

"是车辆报告？"李振峰脸上的表情逐渐严肃起来，他迅速打开手中的尸检报告，逐页翻看起来。

"对，我当时确实说过还有一份报告没到，所以案件的性质除了自杀外，还有其他可能性。"赵晓楠轻声说道。

李振峰猛地抬头："你是不是有什么新的发现？"

"对。尸检方面我目前暂时没有什么可以补充的，老陈那边还在对尸体残存的内脏器官样本进行二次分析。但我拿到了部里车辆研究所发来的整车轨迹复原报告，各项数据都非常详尽。"说到这儿，她探身拿过桌面上一个刚装订好的简易文件夹递给李振峰，"结论在第十三页最后一行，他们复原了那辆车坠海之前所有的相关数据，得出结论：第一，坠海前车况良好，不存在意外事故的可能；第二，最后一个坐在驾驶座上的人，有可能另有其人，身高不会超过一米六三；第三，出事车辆坠海时的车速在每小时一百千米左右，接近全速。户籍档案记录显示，死者秦方正生前的身高是一米八三，体型微胖，如果按照现场的座椅角度来看，死者的双腿得是蜷曲着的，连最起码的活动空间都没有，更别说开车了，他的脚掌根本没有办法控制刹车和油门，甚至连油门都踩不到。你说，一个自杀的人，会在临死前刻意调整自己的座椅角度，然后以一种极别扭的姿势发动车辆坠海吗？"

听了这话，李振峰陷入了沉默。

"还有，车辆并不是在深海区域被发现的，而是在离东星码头不到五十米的地方，此处水深不会超过六米，水压不会很大。这些，分局老陈那边都有打捞尸体时的相关水文记录可以核实。和那四具被铁链和渔网包裹的尸体不同，车辆之所以在那里停留这么久没被人发现，是因为它所处的位置附近是一处由礁石形成的天然沟槽。露出海面的礁石足足有三米多高，车头下坠时应该和礁石有过短暂的擦碰，由此产生的阻力导致车改变了方向，恰好被卡在了礁石下面的沟槽里。

"但是车窗并没有被卡住，如果他不是自杀，在坠海的时候还有反抗能力，或者说意识清醒的话，出于本能，我想他必定会想尽办法打破车窗逃生。"赵晓楠转身从办公桌上打开的记录本中扯下一页，递给李振峰，"这是你来之前我随手画下的车辆坠海草图。根据证物清单显示，在驾驶室前挡风玻璃下的杂物箱里就有一把足够锋利的羊角锤。"

"那会不会是尸体身上绑着安全带的缘故？我记得之前有人在同样的车辆落水事故中就是因为过于慌乱解不开安全带，最终溺死在了水底。"李振峰问。

赵晓楠摇摇头："十二年前同款车型的安全带设计并不是很复杂，小九那边实验室做过同类型测试，顺着安全带向下摸，在末端的地方有个搭扣，不锈钢的，连着个弹簧，只需要对准角度，用简单的外力稍稍触碰就能自动弹开。所以我想，不太可能是安全带的缘故。

"况且从车辆出水时的车内状态来看，尸体是在驾驶座的位置。不排除是凶手把失去知觉的死者以特定的角度固定好，然后把油门压到底，导致车辆全速坠海。我们发现尸体时之所以没有注意到这点,是因为过了十多年,尸体虽然还比较完整,但因为海水腐蚀,加上尸体有了一定的腐败,出水时很多尸体表面的一手证据都没有了。所以最直接的方法,是依靠后期的整车复原技术来逐步还原坠海前车辆的相关线索。只是这份报告等待的时间之长真是超乎我的预料。"

李振峰在椅子上坐下来,低头想了想,说道:"当初我是有过怀疑的,因为按照秦方正的个性和他的犯罪动机来看,他不应该是个会选择自杀的人。但凡懂点心理学的人,自杀概率就不大,因为懂心理学的人往往懂得自我情绪调节,知道那个崩溃的度在哪儿,就不太会走上绝路,况且他是心理学专家。所以我才怀疑秦方正的真正死因不是自杀,可惜没有证据。心理推理只能起到合理质疑的作用,没办法定案。"

"你们有考虑过绑架案受害者的遗属吗?"赵晓楠问。

"那是必然的,"李振峰抬头,意味深长地看了她一眼,"丁龙他们对四位受害者尚在世的遗属做了彻底的摸排,全部排除了嫌疑。除了姜海,秦方正的人际关系和社会关系中,没人有犯罪动机。"

"我想姜海也不太可能,那时候他还在仙蠡墩精神卫生中心里。"赵晓楠说道。

"没错。"

"你把这些报告都拿走吧,我这儿有备份,你不用给我了。"赵晓楠把桌上的报告一股脑儿塞进活页夹里,转身递给了李振峰,"我下午还要再去一趟分局老陈那里,希望能有新的发现。你有什么事直接打我电话吧,我会在分局实验室一直待到下班。"

"等等，我有个问题，尸体在水底待了那么久，内脏器官样本还有分析的价值吗？"李振峰抱着松散的活页夹，认真问道。

"当然有，老陈他们在尸体刚打捞上来的那段宝贵的时间里就提取了足够多的生物检材所需样本，"赵晓楠的脸上露出了难得的笑容，说起自己擅长的专业，她滔滔不绝，"虽然尸表的证据没了，但是从目前的情况推测，尸体的腐败过程很快被海水隔绝，又因为车厢是密闭的，得以完整地保留了全部尸骸。在此前提下，死者的皮下及脂肪组织因为皂化和氢化的作用，被分解成甘油和脂肪酸。甘油很快溶于水，而一部分不饱和脂肪酸则与水中的钙离子、镁离子之类的结合，形成了皂化表面，剩余的不饱和脂肪酸被氢化成不溶于水的饱和脂肪酸，再与前者的皂化表面相结合，就成了近乎完美的尸蜡。一般水下的尸体被尸蜡包裹全身需要经过一年半左右的时间，我们这个已经十多年了，就更不用担心样本的可靠性了。你听懂了吗？"

李振峰似懂非懂地点点头，转身离开了法医办公室。

傍晚时分，李振峰准备下班，正打算锁抽屉，手机铃声响了，是赵晓楠打来的。李振峰赶忙接起，问："喂，赵法医，你发现新的情况了吗？"

"小点声儿，我耳朵都快聋了。"赵晓楠的声音有些沙哑，听上去很疲惫，"我们在秦方正的左心室上发现了残留的人为造成的针眼，结合前面发现的证据，我和老陈最终的意见一致：他是被谋杀的。"

"针眼？"李振峰呆住了，"都这么长时间了，你确定没看错？"

"确定，"赵晓楠回答得非常果断，"而且是死前留下的。"

李振峰脸色一沉，追问道："能弄清楚他被注射了什么吗？"

赵晓楠的回答干脆利落："不能。"她接着又补充了句："但有一点是可以肯定的，能一下子准确扎到对方心脏那个位置的人，绝对不是普通人。"

"等等，"李振峰追问，"我记得秦方正的笔记本上最后的记录时间是2008年9月14日中秋节，你觉得他的死亡时间有没有可能就是这天？"

"具体把时间落到哪一天我恐怕做不到，但是，"电话那头的赵晓楠沉默了一会儿后说，"目前还没有足够的法医学物证能够推翻你刚才所说的结论。"

挂断电话后，李振峰一转身就看见了身后站着的罗卜，后者心领神会地点点头："需要我马上去一趟市精神中心吗？"

"即使去也只能我问他，你的身份比较特殊，最好不要出现在他面前。不过在这之前我要先去找一下黄教授，他是姜海目前的主治医生，对他的病情非常了解。"李振峰回答。

罗卜问："李哥，按照时间推算，秦方正死亡时，姜海应该在仙蠡墩精神卫生中心接受治疗才对，他没有作案时间。"

"你说得没错。"李振峰略微沉思了一会儿后，缓步踱到白板前。他双手抱着胳膊，看着上面依旧保留着的四位遇害女性的姓名以及各自失踪的时间，想了想，又把目光转移到了秦方正的照片上，然后是照片下的暂定失踪时间——2008年9月14

日,他微微皱眉:"罗卜,你来看,这四位受害者的详细涉案资料都与我们在姜海家中找到的秦方正笔记本上描述的事实相符,并且也已经落实了她们各自的家属都没有牵涉进秦方正被杀一案。从第四个受害者报失踪到秦方正出事,中间相隔那么久,有没有可能还有第五个我们不知道的受害者?"

罗卜没有吱声。

李振峰接着说道:"根据秦方正的个人习惯来看,他是一个做事非常严谨的人,前面四位受害者既然都已经被记录了下来,如果有第五个受害者,为什么他却只字未提?秦方正是来不及还是有什么特殊的顾虑?罗卜,你说呢?"

办公室里一片寂静。窗外暮色暗淡,街边的路灯已经亮起来。

许久,罗卜才轻声回答:"李哥,你漏了一个关键点。"

李振峰猛地转头看向他。窗外路灯的灯光在这位年轻警察的脸上留下了一道深不可测的暗影。

"恨意。"

"恨意?姜海的?"

罗卜点点头,回想起不久前自己曾经徘徊在生死边缘的那一幕,心中不禁涌起一阵莫名的伤感:"在海边的时候,他跟我说他喜欢黑暗。他说他之所以找到我,是因为他觉得我和他是同类,会有共同语言。他的原话是'我们的童年都被人偷了,家庭是不完整的'。他被自己的父亲残忍地送进了精神病院,而我,我的父亲丢下我一走了之,我们都不得不就此生活在家人的谎言中。李哥,他坚定地认为如果我是他的话,我也绝对不会放过那个背叛了我的男人。"

空气瞬间停止了流动。

李振峰轻轻叹了口气，望向罗卜的眼神也变得柔和了许多："你是警察。"

"对。"罗卜的笑容中带着些许欣慰，"而且我的父亲是个信守诺言的人。放心吧，李哥，我心里有底线。"

目光转回到白板的那一刻，李振峰微微点头。

"你的意思是姜海摆脱不了干系？"

罗卜回答："他的境况比我惨多了。如果我是他的话，当我确定一手把我送进精神病院的人就是我的亲生父亲，我肯定会恨那个人的。他比我更极端，你想想看，他甚至对一个死人都不放过，不管是肉体上还是精神层面，他都要赶尽杀绝。为此，他特意联系我，利用我。有我这个例子在先，即使秦方正死时他正在精神病院，没有作案时间，你能确定他就没有作案同伙吗？"

听到这儿，李振峰不由得倒吸了一口凉气，罗卜说得不无道理，姜海不惜利用一个警察让自己已逝的父亲身败名裂，那么，利用别人去杀害自己的父亲就更是不无可能了。他分明就是一个睚眦必报的人。也许是遗传了他父亲的基因，他很善于找到人性的弱点，心理操控能力非常强。

但是，谁会替他去杀人呢？

"李哥，姜海利用我的目的就是单纯想让秦方正身败名裂，"罗卜伸手一指秦方正的照片，"而这个时候秦方正是处于失踪的假设状态下的。你想想看，如果当时秦方正真的只是失踪，姜海不是更应该希望我们抓住他吗？而不是只想要我们向公众公开秦方正的罪行。"

"你说得对，这只能表明秦方正的生死在姜海看来已经不重要了。所以，他绝对是知情的，甚至可能是主谋。"李振峰说着陷入沉思。

2023年9月21日，下午4点30分。

李振峰接听黄教授的电话，得到了一个意外的消息——黄教授正准备辞去医院顾问的工作，而且想尽快。

电话那头的黄教授声音嘶哑。

"出什么事了，老师？"李振峰关切地问道。

"电话里一两句话也说不清楚，我们还是见个面吧。致远楼，我在办公室等你。"老人喃喃低语，似乎正准备沉沉睡去。

李振峰挂了电话立刻驱车前往安平警官大学。

安平警官大学致远楼在校园里是非常出名的，六层高的深红色砖瓦楼房建成于二十世纪，外表看上去虽然笨重，却在枫叶林中静静矗立着，显得格外庄重。要知道这所大学只有专家教授级别的教职员工才有资格在这里办公，哪怕是退休了，只要本人愿意，依然能够在这栋小楼里拥有一个僻静的、属于自己的办公室。

毕业前，李振峰就经常到这里的203室找黄教授，后来出于工作原因就再也没有来过，更多的只是电话联系。所以当他再次敲开203室房门的时候，看着白炽灯下低头沉思的老人，恍惚间眼前似闪过了昨日的一幕幕。

"老师。"

"你来啦？"黄教授依旧坐在那张熟悉的藤椅上，他抬起头指了指办公桌另一面的靠背椅，温和地笑了笑，"阿峰，坐吧。"

"老师，"李振峰坐下后，上身前倾，目光焦灼地看着自己的导师，"发生什么事了？"

老人却只是垂着头，声音低沉："阿峰，我，我恐怕……以后要给你添麻烦了。"

"老师——"

黄教授从桌上的文件栏里抽出一个厚厚的文件夹递给他："这里面是我近一年来所做的笔记，你先拿回去看看。下周五，你抽空去市精神中心替我做个复诊。我已经跟陈院长通过电话了，下周开始我就不在那里工作了，岁数大了精力跟不上了。"

房间里瞬间安静了下来，老人的嘴唇在微微颤抖，神色复杂。

李振峰轻声安慰道："老师，既然您有难言之隐，那我就不多问了。等您愿意告诉我的时候，随时打电话给我，我的手机是二十四小时开机的。"

老人叹了口气，再次抬起头时，眼里竟然有了浅浅的泪花。他结结巴巴地说道："阿峰，对不起，我不得不为小美考虑，她刚当上妈妈没多久。你知道的，我人到中年才有了小美，她是我和你师娘这辈子全部的希望，所以我更不能让我唯一的女儿和外孙有任何风险。对不起，我真的很抱歉。"

"谁威胁小美姐了？"李振峰的心顿时揪了起来。

老人苦笑着摇摇头："都过去了，阿峰，那事儿你就不用插手了。我今天找你,是因为这段时间我对姜海的治疗,都失败了。我本以为他恢复得很好,但前几天我给他做例行心理治疗的时候,才发觉我输了。我本来非常自信地认为这近一年来我已经完全掌握了他的病情,结果,我却只是看到了一个我想看到的结果罢了,而这个结果,是他给我的。"

"老师,您慢点说。"李振峰担忧地看着他。

此刻,恐惧的神色在黄教授的目光中一闪而过:"那天,治疗进行得很顺利,他也很配合,只是在治疗结束的时候他突然对我说了句——恭喜啊,你当外公了,要好好照顾你的外孙哦。要知道,那时候距离我外孙壮壮出生还不到二十四个小时!"

李振峰听了,瞬间心中一紧:"您之前跟他说过这件事吗?"

黄教授摇摇头:"你知道的,我从不跟病人谈起我的家事,这是我对待工作的一贯原则。再说了,我很清楚我所面对的是一个极度危险且有反社会型人格障碍的精神分裂症患者,我就更不得不对自己的言行举止格外小心了。"

"那他还说了些什么?"李振峰追问道。

"他还,还问候了你的师娘,叫她下次出门时一定要记得带钥匙,说她年纪大了记性不好,再走丢了的话,就不好办了,什么都有可能发生的。"说到这儿,老人的声音逐渐低沉下去,脸色也灰白如纸,"你知道吗?你师娘前几天确实走丢了,是东城派出所的金副所长开车给送回来的,这是她第一次走丢。我谁都没说,连我女儿都没告诉。"

李振峰这才明白,为什么往日里性格倔强并且从不认输的黄教授，会在这么短的时间内就被迅速击垮。他惊得目瞪口呆，许久才回过神来，哑然说道："老师，那下一步您打算怎么做？"

"陈院长那边的意思是，重新给姜海安排一个主治医生，对外公布的理由是我年纪大了，承受不了这么高强度的工作。但是这个病人真的很特殊，一般的医生处理不了。"黄教授神情不安地说道，"他太危险了。"

"老师，您别担心，这事儿有我呢。"李振峰轻声安慰道，"我会安排好一切的。只是，您以后还会待在安平吗？"

黄教授摇摇头："我会带着你师娘去外地生活。我有个老战友在明昆大学教书，前年也退休了，他妻子早年去世，身边没有子女，自己一个人住着也寂寞。我退休前他来安平玩过几次，这次知道我的打算后，表示随时欢迎我们过去住，住多久都行。"黄教授苦笑道，"明昆是个好地方，但是真没想到，我到老了还要灰溜溜地离开待了一辈子的家乡，真丢人啊！阿峰，我犹豫了很久，一直不知道该怎么跟你说这件事，今天正好你给我打电话了，趁这个机会都跟你说一下。"

"老师，您做的是对的，我是您的学生，又是警察，这事儿交给我是最恰当的选择。"李振峰想了想，继续说道，"您就放心带师娘走，别担心这里。我明天就会去市精神中心找姜海，我手头正好也有一个案子要找他聊聊。"

听了这话，老人突然抬起头："还有一件事，姜海这个病人的一言一行你务必要留心。而且我注意到，最近三个月，他从未在我面前主动提到过你，有好几次我尝试着提起你，他都避开了,现在看来,他的心里可能还没放下你。鉴于他曾经对罗卜警官所采取的举动,不排除他会把你当作下一个利用的目标,你可千万不能大意。"

李振峰的脑海中突然出现了父亲李大强放在电视机柜顶上那个诡异的大信封,他顿了一下,回道:"放心吧,老师,我会注意的。"

老人默默地点点头,眼中终于流露出一丝释然。

2023年9月22日,星期五,下午5点32分,安平市精神中心。

李振峰整理完繁杂的思绪,走出房间,顺手带上了门。他来到对面的护士站,把填写完的病历记录本交给当班的女护士长黄巧珠,顺便问道:"黄护士长,你知道白兰花吗?"

黄巧珠表情诧异地点点头:"我知道那种花,李警官,怎么了?"

"我看你们这里绿化不错,这里有种白兰花吗,很香的那种?"李振峰接着问道。

"没有。"

"你确定?那之前有种过吗?"

黄护士长果断地摇头:"肯定没有,不管以前还是现在,都没有!李警官,我们这里只种了松树和冬青,凡是开花的都没有种,我们中心的条例不允许,因为浓烈的花香会刺激病人。"

"明白了,谢谢。"

黄巧珠护士长的回答并没有完全打消李振峰的满腹狐疑。

李振峰快步走出安平市精神中心，抬头看向天空。这时候，大楼外的天边已经布满了橘色的霞光，远处海浪阵阵拍打着堤岸，海鸥在空中掠过，发出了长长的鸣叫声。

匆匆穿过停车场来到警车边，李振峰伸手打开副驾驶座一侧的车门钻了进去。刚坐定，他便从仪表盘中拿出手机翻看了起来，手机页面上有一条留言，是东城派出所的金副所长发来的，让他看到信息后给自己回个电话。

"李哥，谈得怎么样？有收获吗？"萝卜把警车开出辅道，方向盘左转开上回市区的观山湖公路。

"形势不容乐观。"关上手机页面，把手机揣进兜里，李振峰心里盘算着等回到单位后再给金副所长回电话，"你的判断完全正确，姜海对他父亲的死是知情的，只是他的防备心太重，我试过刺激他的情绪，收效却并不明显。"

萝卜看了他一眼："他知道自己的父亲是被谋害的吗？"

李振峰点点头："你推断得没错，他确实知道，而且很早就知道了。我想，应该是在找到你之前就已经知道了。我也是刚才在问他的时候才突然想起我老师曾经跟我提到过，老师在给姜海做沙盘推演时，姜海做了一个特殊的动作，把代表他父亲的人偶丢进了海里，说秦方正是畏罪自杀。"

"他是不是看了报纸的相关报道？"萝卜问。

"不，文章是在姜海进入市精神中心三个月后报纸才刊登的，在这之前没有向外界透露过任何消息。我看过我老师的工作日志，给姜海做沙盘推演的时间，是在他被关进安平市精神中心后的第二个月的一天。我相信那时候的姜海连自己父亲秦方正的尸体被打捞上来的消息都不知道,又怎么能够恰好说出尸体在海里并且是畏罪自杀的呢?"李振峰想了想,皱眉接着说道,"所以,我觉得只有一种可能,那就是有人做了这件事,然后当时身处精神卫生中心的姜海是知情者。"

"有人替姜海杀人?"罗卜吃惊地问道。

"不排除这个可能,明天开会的时候我会汇报一下这个情况。"李振峰看着警车后视镜中逐渐远去的精神中心大楼,目光忧郁,"除此之外,我还发觉一个不太好的现象,我老师那天跟我提过姜海可能一直在拒绝治疗。他表面看上去非常配合,其实都是伪装。我今天跟他谈话下来的感觉,恰好印证了这个判断。对了,你听说过嗅觉记忆这个概念吗?"

罗卜不解地反问道:"从字面上看是不是凭借嗅觉去记住一样东西的意思?"

李振峰点点头:"没错,我们人脑中除了海马区与记忆功能有直接关联外,另外还有一块控制嗅觉的区域,也与记忆功能相连。"

"我明白了。我现在在单位里洗澡总是用上海牌硫磺皂,龙哥问我是不是缺钱花,我说不是,我就是喜欢这味道。"罗卜嘴角露出了笑容,"因为我感觉这味道很亲切,从小闻习惯了。"

说话间,警车来到了十字路口等红绿灯,正值下班高峰期,车辆排成了长龙,根本看不见头尾。不时响起的喇叭声,让堵在路上的人心里更添一丝烦躁。

李振峰看了罗卜一眼:"我刚才问过市精神中心的护士长,她说大院里没有种过白兰花,因为花香会刺激病人发病。但是姜海今天却明明白白告诉我，这里种满了白兰花树。"

罗卜愕然："李哥，我知道白兰花对正常人来说并没有什么，但是对姜海来讲可是至关重要啊。"

"是的，这样下去，他会一直生活在自己想象出来的世界里，并且永远都走不出来。"李振峰紧锁双眉，如果真是这样简单的话，那自己只要按时给他做心理治疗就行，配合院方的药物干预，姜海虽然不能离开安平市精神中心，但至少不会再伤害到别人。

可他为什么突然恐吓自己的医生呢？

上一次在仙蠡墩精神卫生中心，他不熟悉环境，年龄又小，待了八年才找到机会出来。而这一次，姜海显然并不想安分地在中心待着，而且他或许也不想再浪费那么多时间了，他一定会有所行动。目前看来他的第一步，就是控制医生，因为他的自由就掌握在主治医生手里。

"上次把姜海送进精神病院的是他的父亲秦方正，而这一次是我。"李振峰咕哝了一句，"看来我任重道远啊！"

"不过，事情应该还不至于那么糟糕吧，毕竟姜海这一次被收治的可是安平市精神中心。"罗卜轻声说道。

"我也这么觉得，他不会再有机会跑出去了。"李振峰回答。可他的心里却全然没有丝毫轻松的感觉。

远处，暮色霭霭，看不到一点星光。

第二章 执念

谁应了谁的劫,谁又变成了谁的执念?

9月22日，星期五，晚上7点30分。

回到单位的李振峰随便泡了桶方便面，就拿起手机拨通了金副所长的电话。

"我是老金。你是市局刑侦处的李队吧？我带人去参加比武了，才回到所里。"金副所长讲话语速飞快，声音爽朗，李振峰插不上话，只能听着。

"我查到了你要找的记录。没错，9月17日中午11点12分，我们所里确实接到过一个警情，是群众打来的电话，说在中央门一带有个六十多岁的老人找不到家了，还不记得自己的身份证号，也不记得自己的姓名和家庭地址。我就带人过去了，见到老太太后，引导她描述了一下家附近有什么建筑物，最后根据她的描述我们找到了警官大学宿舍区。还好门卫认出了她是黄教授的妻子，我们想先把她送回家，可是她把家门钥匙弄丢了，邻居家也没有人。黄教授的手机没打通，我就把电话打到了市精神中心的护士站，一个姓黄的护士长说黄教授下病区做治疗去了，所以手机才会关机。我就留了个言，请她通知黄教授尽快给我回电话。"

"回电话？您当时没有把老太太留在门卫那里？"李振峰有些不明白。

电话那头的金副所长哈哈一笑："我不放心老太太嘛，她这明显是脑筋糊涂了的，我要是随随便便就把人往传达室那儿一丢，万一再出个啥事，李队，我可交代不了的啊。没办法，我就只能先把她安置在所里。"

李振峰点点头："那黄教授是什么时候给您打去的电话？"

"大约留言后过了半个小时吧，我们刚回到所里的时候。当时在电话里我把这事儿简单一说，老教授立刻就明白啦，他说他马上赶回家，请我们把人送回家。那天把老太太送回家后，这事儿也就了结了。怎么，老人是不是出事了？"金副所长关切地询问道。

"没有，所长，一切都好。等等，还有最后一个问题，黄教授给您回电话时您那边有确切记录吗？"

"我看看……有，下午3点27分，正好是我接的电话，我做了记录。基层的好习惯，事无巨细一支笔嘛。"金副所长笑着答道。

电话挂断后，李振峰回头看着方便面桶里依旧硬邦邦的面饼，原来水已经不热了，水面一副死气沉沉的样子，就像自己此刻的心情一样。他端起这碗凉水泡面端详了好一会儿，实在难以下嘴，便索性把面桶丢到一边，饥肠辘辘地抓起椅背上的外套向门外走去。

姜海究竟是如何知道师父家这些情况的呢？他从不相信第

六感，但又无法解释自己脑海中的疑问，难不成真有"间谍"的存在？

晚上回到宿舍后，李振峰在书桌前坐下，就着昏黄的台灯灯光，打开黄教授的工作笔记，仔细读起来。时间在缓慢流逝，房间里静悄悄的，看似平静的表象下，李振峰的脑海中却不断地浮现出姜海的脸。

晚上8点30分。

远处海浪阵阵，夜晚的安平市精神中心充斥着浮躁不安的气息。

姜海的房间在2病区的二楼，面积不到十平方米，有独立卫生间，但没有窗户，地上铺着白色的塑料地板，墙壁上加装了同色调的塑料防护墙。房间里唯一的家具就是一张四脚被固定在地上的单人床，正对着门的方向，离地约四十厘米高，被褥也是白色的，叠得整整齐齐。

此刻的房门是关着的，中心里所有的房门到点都必须关闭，这是规定。

姜海发觉自己竟然被送进了整个中心看护最严密的区域，虽然每天都有机会离开房间到外面走走，活动范围却仅限于二楼一半的区域。包括进行例行的心理治疗在内，吃喝拉撒一个不落，都被严密地压缩在了这个长方形空间里。

和坐牢服刑完全没有两样。

姜海盘腿坐在床上，双眼微阖。从男护士护送他回房间后，他已经纹丝不动保持着这个姿势整整四个小时了。他表面看上去波澜不惊，但内心深处一刻都没有停止过激烈的思考。他想不明白，他败在了哪里。

他恨透了这个地方，更恨透了把自己送进来的人。

走廊里，一阵清脆的脚步声夹杂着手推车车轮摩擦地面的声音由远而近，最终在门口停下，门上的探视窗应声被打开。

"12号，该吃药了。"声音很熟悉，姜海的嘴角闪过一丝笑意，这是他每天最期待的时刻。因为每次听到这个声音的时候，他都能闻到一股淡淡的白兰花的味道。

姜海无声地滑下床铺，赤足来到门口，伸手通过探视窗从护士长手里接过一个白色小纸袋，里面装着四颗颜色各异的胶囊药丸。他拿过一个装满水的小纸杯，当着她的面把纸袋里的胶囊药丸如数倒进嘴里，又张开嘴给她查看了一下胶囊数额，这才仰头喝完了纸杯中的180毫升水。接着他便把杯子还给对方，然后例行公事般张开嘴让护士长做最后的检查。

"表现不错。"护士长嗓音轻柔得就像四月的微风。

"谢谢。"姜海咕哝了句，礼貌地点点头，转身回到床边坐下。

一双灵动的眼睛在探视窗口停留了一会儿，打量整个房间，最后目光落在姜海的身上。确认无误后，她才关上窗，推着小推车离开了。

听着车轮声逐渐远去，姜海背对着门在床上躺下，身体蜷缩成一团的同时，迅速将右手伸进嘴里，很快便抠出了藏在舌根下的胶囊药丸。他小心翼翼地把它们逐个塞进了床框的夹缝里，最后，他又看了一眼那个小小的白色纸袋上的文字，脸上露出些许疑惑的神色。但是很快，他便咧嘴轻轻一笑，露出的牙齿在惨白的灯光下显得格外怪异。

姜海把装过胶囊药丸的小纸袋叠成指甲盖大小，放到嘴里吞下。他面前的床框夹缝中，早就已经塞满了密密麻麻各种颜色的胶囊药丸，这是他近一年来所有的劳动成果。

他不止一次在心里呐喊：我会出去的，谁都拦不住我。

他转身平躺在床上，双手叠放在胸前，盯着雪白的天花板，脸上露出了温柔的微笑，轻声说了句"晚安"，然后闭上了双眼。

很快，房间里便传出了轻微的鼾声。

晚上11点。

2病区单人值班室里静悄悄的，清点完库存的护士长黄巧珠正靠在被子上，刚结束了与自己丈夫的简短通话，得知女儿天天的病情再一次稳定下来，她悬着的心这才终于放下。为了能多挣点加班费，整整一周的时间里黄巧珠都在单位连轴转。

此时，看着手机页面上跳动的台风提醒，她也没有打开看一下的意思。刚要放下手机休息，突然，手机发出了一阵轻微的震动，一个陌生的号码映入眼帘。黄巧珠接起电话，连连嗯了几声，接着猛地从床上坐起来，声音果断地拒绝了对方的提议："不行，我现在手头没有这东西，每月就只有一支，这种药是处方药，控制很严的。"

电话那头似乎是不达目的不罢休。此时黄巧珠显得非常紧张："不不不，这会出人命的，我承担不了这个责任，对不起。"

对方步步紧逼，仍旧没有死心，继续说着什么。

渐渐地，黄巧珠紧锁的眉头更加凝重了，眼神左看右看，用手捂着手机小声说道："你说到做到，这要是有第三个人知道的话，我们都别想有好日子过。"

在得到肯定的答复后，黄巧珠挂断电话，站起身，拿过手电筒推门走出了值班室，左拐朝男病区的方向走去。

保安知道今晚是黄巧珠值班，便探头打了声招呼："黄护士长，男区查房？你等等，我陪你去。"

黄巧珠摇摇头，笑着说道："没事，反正门都锁着呢，我就在窗口看看情况，你忙吧。"说完她便来到门边，伸手从墙上摘下钥匙，打开了男病区的不锈钢大门，闪身走了进去。

一切如常。

9月23日，星期六，凌晨2点。

耳根子清静些了，她却睡不着了。

楼下的夜宵烧烤摊除了几个酒鬼外，也没有其他人了。

她索性翻身起床，穿好衣服，拿上钥匙往外走。走到门口时，她转身贴在另一个房间门上侧耳听了听，屋里熟悉的鼾声若隐若现。她便又折回屋，在床头柜上摸索了一阵，拿了包已经拆封的烟和打火机，悄悄地出了门。

全程她都没有开灯，窗外惨白的路灯灯光已经足够亮了。

夜晚，米箩街上的空气是清冽的，少了几分白天的混浊。她在楼下的18路公交站站台椅子上坐了下来。大理石椅子有些凉，但她不怕冷，还有点喜欢这种凉凉的触感。

凌晨2点到4点之间正是一个人最困的时候，而这却是她一天中最清醒的时候。她就要和全世界反着来。

花桥方向吹来的风渐渐弱了下去，她刚拿出打火机，耳边就传来了年轻女人愤怒的尖叫声和两人扭打的声音——"放开我，你想干什么……"

她下意识地按下了打火机的开关，打火石撞击齿轮，微弱的火苗蹿出的刹那，映射出她那张扭曲的脸。她的嘴唇正在微微颤抖，似乎是在极力克制着什么。

很快，女人尖叫的声音变成了哀号——"救命啊，快来人呐……你放开我，救命啊……"

隐约有略低的声音响起，听不清在说什么。但是很快，男人怒斥的声音响起来："看什么看？我收拾自己婆娘关你们屁事！再看，再看老子把你眼珠子抠出来喂狗，滚！"

紧接着，又有重重的打击声和女人的哀号声在对面的巷子中响起。

真奇怪，相隔不到一百米的烧烤摊方向本来还有些零零落落的人声，但随着花桥方向年轻女人的求救声响起，那边瞬间安静下来。大家十分默契，呼吸都放慢了，连咀嚼都变得小心翼翼，就怕惊扰到风中的死神。

打火机微弱的火苗被风吹灭了，不远处女人的求救声也变成了断断续续的啜泣。她显然已经放弃了挣扎。

她终于站起身，脸色铁青，快步向那个她早就已经认准的方向走去。

街对面的巷子里一片黑暗，连个路灯都没有，但她闭着眼睛都知道，在哪个墙根角落里能找到最硬的石头。

所以，在经过那条石板路的时候，她弯下腰，准确无误地捡起了一块最称手的石头。

十多分钟后，一切恢复了平静。她再次出现在巷子口，又慢悠悠地回到公交站台上的椅子坐下，又一次从兜里摸出打火机和烟。这一次，打火机很快就打出了火，点燃了香烟。烟头的火光在路灯光下轻轻闪烁着，她看了眼被血染红的右手，嘴角划过一丝冷笑。

摇摇晃晃地回到家门口，她刚准备上楼，突然感觉身后好像有人正看着自己。她猛地回头，果然，烧烤摊摊主岳城的老婆正一脸狐疑地看着她，一边关切地问道："你摔跤了，房东？"

"对，摔了一跤。"

"我这儿有纱布……"老板娘很热情。

"不用了，不用了，我自己会处理。小伤口，不碍事，回去晚了，姐姐要骂我的。"她努力让自己脸上挤出一丝笑容，上楼去了。

看着她的背影，老板娘愣了一会儿，又抬头看了看楼上的窗口，摇摇头，转身走回烧烤摊。

"你刚才在跟谁说话呢？"岳城已经有了几分醉意，今天晚上生意不错，他偷着喝了半瓶啤酒解馋。

"房东呗。"老板娘嘴一撇，"咱们房东总是说她姐姐会骂这个骂那个，感觉就像个瘟神一样，但你说咱在这儿住这么多年了，不说没见过她姐姐，你听到过咱楼上有骂人的声音吗？"

中年汉子醉眼蒙眬地瞅了自己老婆一眼，扑哧笑出了声："哟，看不出来嘛，我娶回家的婆娘啥时候成大侦探了？"

"咱这不是关心人家嘛！"老板娘一边利索地擦拭着客人留下的脏桌子，一边咕哝。

"少管人家的闲事吧，老板娘，多给咱兄弟打点折，咱天天来你家捧场！"好事的酒客在一旁连连打趣。

哄笑声不绝于耳。

早上8点。

乌云布满了天空，远处的海面有些浮躁不安，海浪明显比前几天大了许多，而且冲上海堤的频率也陡然提升了。

安平路308号大院内，一辆小型厢式货车卸完了最后一袋应急沙袋。司机关上门，回到驾驶室，很快便把小货车开走了。

三楼案情分析会议室里正在召开例行工作会议。处长马国柱重点讲了台风"飞马"很有可能会在今晚到明天凌晨之间在安平登陆的事，气象台强调按照市政府要求，所有单位的人员都要到位，以防万一。

李振峰提出了对秦方正坠海悬案继续追踪的建议。

马国柱点点头，沙哑的嗓音在会议室里回响："我赞成。从打捞秦方正尸体到现在已经近一年了，必须要推进了。那这样一来，姜海就成了案件的关键证人，他现在还在安平市精神中心接受治疗吗？"

"是的。"李振峰回答，"我每隔一周的周五下午都会去给他做会诊，时间在一个小时左右，治疗的药物则由中心的医生直接配发，我并不经手，只是提出医嘱建议。"

一旁的庞同朝副局长脸色凝重起来，说道："李队，市精神中心对姜海的监管工作做得到位吗？"

李振峰回答道："目前看来没什么问题，我实地查看过环境，精神中心的2病区是重点监管区，对外都是独立的区域，接收的也都是法院送过去的需要监管治疗的重度病人。因为病人的特殊性，所以他们没有被探视权。"

听罢，庞同朝依旧有些忧心忡忡，他看向身边坐着的马国柱："老马，你的意见呢？需不需要我给法院那边打电话联系一下？"

"我看暂时还不需要，他现在毕竟是病人。"马国柱面露愁容，"而且那里的情况我是知道的，病区里每一个病人的背景都很特殊，处理起来还是很棘手的，所以安保工作方面，市精神中心领导那边还是下了功夫的。我们能做的，就是随时跟进吧。对了，阿峰，姜海那边的情况你大致说说。"

李振峰点头，打开笔记本说道："黄教授在笔记中提到，姜海的病情非常复杂，不排除他的父母一辈家族里有精神病隐性遗传史。所以，他自身遗传基因受到影响的可能性非常大，一出生就会有些不同，但遗憾的是当时这个情况被周围人给忽略了。发展到后来，他不只是有严重的精神分裂症，还伴有极度暗黑的反社会型人格障碍特征。这两种病症的判断结果本不应该同时在一个人的身上呈现，因为精神分裂症是一种心理疾病，病人是没有自知力的，会产生幻觉，也会多疑，治疗起来相对容易，对症下药加上足够耐心等待其康复就行；但是暗黑的反社会型人格障碍却不同，病人是有自知力的，而且个体掌控意识非常强。这两种病症的结合有多方面因素，黄教授说先天遗传是一方面因素，而后天的原生家庭情感缺失是最重要的一个诱因，就像是压垮骆驼的最后一根稻草。"

庞同朝问道："李队，你为什么会同意接手对姜海的治疗？要知道你对他来说身份很特殊，你就不怕刺激到他吗？"

李振峰回答："副局，是我的老师黄教授出事了。我查过，种种迹象足以显示，姜海想反过来控制他的可能性非常大，因为主治医生是他走上社会的最后一道关卡，万一主治医生被他掌控，后果不堪设想。而这点，他完全做得到。"他接着说道，"更何况秦方正被害案牵涉到了姜海，所以，我就答应了黄教授的提议。"

听了这话，庞同朝若有所思地点点头："悬案比较难破，这是个不争的事实。我没有意见了，但是李队，黄教授及其家人你要做好妥善安排，你自己也要提高警惕。"

"放心吧，黄教授那边我已经安排妥当了。我也会注意的，谢谢领导。"

小九问道："姜海所犯案件的所有现场我都经手过，这些现场给我的感觉就是，他似乎从不认为在他手中的受害者是人。"

"你说得没错，从人格行为的角度分析，姜海做每件事的目的性都很强，而每个受害者都是他达到目的之前所必备的耗材罢了。他没有共情心，或者说不懂得什么叫共情，也就更无从谈起对生命的敬畏。"说到这儿，李振峰轻轻叹了口气，"如果用抽象和具象两种概念来对其做出总结的话，暗黑型反社会人格障碍是抽象化，而它相对应的具象化是该特征下的一个非常特殊的类型，叫恶毒型。我是在看完黄教授留下的笔记后才意识到的。"

"恶毒型？"马国柱不解地问。

"我总结了十点。"李振峰逐一伸出手指，"第一，好斗，而且是恶意的，手段暴力；第二，对他人，尤其是权威人士，感到毫无来由的愤怒和质疑；第三，假设并且认可别人背叛自己，为自己的进一步行为创造理由；第四，缺乏内疚的能力；第五，冷酷无情，无所畏惧，冲动之下容易做出违法行为；第六，有很强的控制欲，自私自利；第七，不愿意承担责任，逃脱责任；第八，善于用谎言塑造一个虚假的自己；第九，孩童时期有被虐待、被抛弃的经历，并且家庭成员行为复杂；第十，漠视自己给他人带来的痛苦，拒绝共情和换位思考。"

听完这些话，马国柱脸上的表情变得有些僵硬，他点头道："全符合，真是够恶毒的！"他克制住自己想去摸烟盒的冲动，朗声说道："那今天会议就先到这儿，你们回去后把抗台风的物资清点清楚，配合情报中心做好各项工作。今晚大家就辛苦一下，各部门坚守岗位，以防万一。阿峰，秦方正那起案子，你们整理一下材料，让丁龙送去法制科，没问题的话就立案。对了，秦方正的亲人在世的就两个了，是吧？"

"严格意义上来说是一个，就是姜海。苏川那边的秦爱珠是族亲。"李振峰回答。

马国柱点点头:"明白了,散会。"

早上8点05分。

经过短暂的几秒钟停顿后,市精神中心内的公共喇叭开始播放巴赫的《勃兰登堡协奏曲》,这是每天固定时间里播放的固定曲目之一。

2病区左面男区的娱乐室,是精神中心唯一的一间娱乐室,靠东面的位置光线昏暗,身形瘦削的8号病人此刻正蜷缩在沙发上,抱着画板专心致志地画着铅笔画。

姜海坐在8号病人对面,他不知道8号在画什么,但是可以确定对方乐在其中,因为画板后面的那双眼睛是如此神采奕奕。

姜海放下手中的报纸,左手在病号服兜里摸了会儿,没停留多长时间便拿了出来,依旧保持着半握拳的姿势。接着他站起身,平静地走过8号病人的身边,朝娱乐室相反方向的洗手间走去。

突然,姜海脚下一个踉跄,眼看就要摔倒。在沙发上坐着的8号病人见状赶紧丢下画板,起身过去伸出右手牢牢地抓住了姜海紧握着的左手,关切地问了句:"你没事吧?"

姜海站稳脚跟,左手顺势伸进口袋,笑了笑:"没事,没事,我很好,谢谢。这是你的画吗?"他伸手捡起刚才8号病人匆忙起身时掉落在地上的画板。画上是两个小孩在放风筝,风筝线被握在女孩的手中,男孩在一边看着女孩,脸上满是笑容。

朴素的画稿，只有简单几笔，却把两个孩子的形象勾勒得非常生动。姜海不由得愣住了。

8号病人伸手拿过画板，冲他一咧嘴："谢谢你，谢谢你。"他咕哝着又坐了回去，重新拿起笔，开始在画板上涂涂改改，全然忘了姜海的存在。

一直关注着姜海的男护士迎了上来："12号，身体不舒服吗？需不需要带你去医疗室？"

姜海摇摇头，瞥了眼8号病人的背影，咕哝了句："没事，我很好。"说着，他礼貌地冲男护士微微一笑，转身直接走出了娱乐室。

就在他背影消失的同时，本来背对门口而坐的8号病人轻轻闭上了双眼，嘴角的笑容变得格外诡异。他用低得只有自己才能够听到的声音喃喃自语："一个两个三个，四个五个六个，谁在你身后，谁又在我身后？嘘，他来了……"

吃晚饭的时候，台风"飞马"如期而至。

窗外的雨越来越大。因为地下室漏水，值守的男护士接到电话后被临时抽走了几个，姜海的身边顿时空荡了许多。

姜海坐在食堂的长桌旁，身边稀稀拉拉地坐了几个穿着同样病号服的病人，却唯独不见从未缺席过的8号病人的身影。

"你在笑什么，12号？对今天的饭菜有意见吗？"一个傲慢而又威严的男声陡然在背后响起。

姜海被吓了一跳，脸上的笑容迅速消失。他默默地放下手中的纸质餐具，立刻坐直身体，语速缓慢地回答道："报告厨师

43

长,今天的饭很好吃,我喜欢吃。"

"好,好,喜欢吃就好,多吃点,多吃点。"话音刚落,一个身穿病号服、身材魁梧的中年男人昂着头,背着双手从姜海的身后缓缓走出,瞥了姜海一眼,又继续向前走去。

他是病区人尽皆知的2号病人,进来前是饭店的厨师长,进来的原因是精神分裂,把自己的老婆塞进饭店后厨的通电大烤箱里了。2号病人自从被强制入院后,就把病区食堂当成了自己饭店的后厨,一天不落地扮演着厨师长的角色。

这里没有一个人喜欢他,包括刚进来不久的姜海在内。如果换了平时,姜海会帮这家伙寻找一个最合适的结局,但是今天不一样,他没心思去筹划,只是用右手缓缓地擦拭着粥碗的边缘,好像在刻意把什么痕迹抹干净一般。

此时,走廊里响起了急促的求救铃声。从食堂开着的门可以看到外面,几个值班男护士正急匆匆地向右手边的病区跑去,很快,矮个的值班医生于文涛和黄巧珠护士长也跟了过去,每个人脸上都挂着慌张的神色。几分钟后,求救铃声戛然而止,杂乱的脚步声伴随着活动推车的滚轮声由远及近。

对于走廊上发生的这一幕,正在食堂里吃晚饭的几个病人丝毫没有表露出任何举动,甚至都没有挪动座椅,只是照旧低着头慢悠悠地吃饭,仿佛一切都与他们无关。

已经没有退路了,姜海察觉到自己的心跳在逐渐加速。他把手中的药粉撒在碗里,无声地搅拌着自己面前这碗白粥,直至一切痕迹都荡然无存。

紧接着,他下意识地咽了口唾沫,然后强忍着恶心,快速吃完了碗里所有的东西。

自由是要付出代价的。姜海这回赌上的就是他自己的命。

午夜11点刚过。

狂风暴雨席卷安平市。

急促的手机铃声骤然响起。

靠在椅背上休息的李振峰猛地坐了起来："喂？"

"李警官？请问是李警官吗？我是黄巧珠，安平市精神中心2病区的白班护士长，我们昨天刚见过面的，就在值班台。出事了，我们这儿出事儿了！"黄巧珠语速飞快，传来的声音却非常嘈杂，电话里时不时响起救护车由远而近的声音。

李振峰顿时清醒，看了一眼办公桌上的红色时钟，时间是23点03分："黄护士长，你别急，慢慢说。"

虽然隔着听筒，李振峰却依然能清晰地感觉到黄护士长的嗓音微微发颤："我在市第一医院的急诊中心。我们病区今天傍晚送过来抢救的两个病人，刚才跑了，还伤了人。现在受伤的人正在抢救，是急诊中心的医护人员，情况有点糟糕。李警官，逃跑病人中的一个是你负责治疗的12号病人姜海，所以我马上就通知你了。李警官，你快点来吧，一两句话说不清楚。你快点过来吧，我在医院门口等你！"

"快打电话报警，12号病人很危险！"李振峰急切地叮嘱，"我马上就到。"

"报了报了，急诊中心保安报的警，你快来吧，他可能还没跑远。我等你，你一定要来啊！"话音刚落，电话就立刻被挂断了。

看着面前办公桌上光线昏黄的台灯，李振峰不由得心跳加速，脑子里嗡嗡作响。姜海这么快就有行动了，完全出乎他的意料。

顾不得多想，李振峰立刻抓起手机，披上雨衣，同时叫上在隔壁床休息的罗卜，一齐冲出办公室，迅速下楼向停车场跑去。

警车开出安平路308号大院后，便一头扎进了台风登陆前的狂风暴雨之中。

罗卜小心翼翼地开着车，李振峰电话联系了在情报中心值班的马国柱："马处，您记一下：第一，逃跑的犯罪嫌疑人非常危险，抓捕务必以安全为前提；第二，封锁医院周围的交通和出城通道，严加盘查，现在是台风天，嫌疑人应该跑不远；第三，案发现场需要技侦的人增援，越快越好。我现在已经到了人民东路，五分钟内就可以抵达案发现场。"

"明白，你们注意安全。"马国柱迅速挂断了电话。

与此同时，一块楼外墙面保温板狠狠地砸在了警车的车顶上，发出了巨大的金属轰鸣声。罗卜的脸色有些发白，但是无暇顾及突如其来的"天灾"，愈发抓紧手中的方向盘，脚踩油门。警车撕开雨帘全速冲过十字路口，车后扬起了高高的水花。

第三章 恶意

曾经拥有的东西被夺走,并不代表就会回到原来没有那个东西的时候。

9月23日午夜23点42分。

李振峰和罗卜终于赶到了市医院的急诊中心。

黄巧珠死了。尸体就在急诊中心留院观察病房的独立卫生间里,护士服几乎被血浸透,半躺半坐的姿势,背靠着污水管,头歪在一旁,两眼紧闭,手机碎片被丢在了尸体后满是污物的水池里。从地上的血痕可以看出,她是伤后或死后被拖进卫生间的,这里并不是第一案发现场。

黄巧珠的皮肤黄得就像商场橱窗里的假人模型,脸上的表情却异常平静,尤其是双眼,是闭着的,整个人就像睡着了一般。

李振峰的脑海中一遍遍地回想着两人之间进行的最后那次简短的通话。可以肯定的是,结束通话的时候她还活着,时间是23点05分。但是此刻,还没过去一个小时,她就成了一具尸体。

罗卜匆匆走进病房,探头进卫生间对李振峰说道:"李哥,看过监控了,可以确认是姜海杀的人,时间是23点08分。"

"通话结束与遇害时间只相隔了三分钟，这么快？"李振峰走出卫生间，转头看向病房窗户，那里与急诊中心接诊大厅只有一墙之隔。嘈杂的人声与尖锐的120救护车的声音不绝于耳。他头也不回地问道："死者在打电话的时候是不是就站在这个位置？"

"是的，"罗卜回答，"姜海就站在她的身边，全程陪同，其间两人有简短的言语交流。可惜的是，监控探头无法记录声音，所以无从知晓他们说了些什么。"

"市精神中心那里不是跑了两个人吗？另外一个呢，他在干什么？"

"姜海杀人的时候，他没有出现在探头的记录范围内，始终都在病床附近，那里是探头死角。"罗卜回答，"已经派人联系市精神中心，索要另外一个人的相关资料。"

李振峰点点头："黄巧珠遇害前，曾在电话中跟我提到过有一名急诊中心的医护人员也受伤了，说那时候还在抢救。"

"你说的应该是那位男受害者，他是急诊中心的医生，目前情况有些糟糕，也是姜海干的。不过时间在女受害者的尸体被拖进卫生间以后。"

李振峰转身回到卫生间，弯腰问蹲在黄巧珠尸体边工作的分局法医老陈："老陈，男受害者现在是什么情况？"

"致命伤在左颈部靠近锁骨的位置，是锐器伤，有不规则面。我刚才进来的时候，急诊室主任正好从抢救室里出来，说受害者的左颈总动脉破损面积非常大，将近一厘米，修补几乎是不可能了，而且发现得太迟了，失血量过大，估计今晚是挺不过去了。"老陈黯然回答道,"小伙子很年轻,听说刚下来实习,他们主任都哭了。"

李振峰心里也特别不好受。他心情沉重地走出卫生间,正好碰上同样接到出警任务赶来的赵晓楠,她身边还跟着一个急诊中心的小护士,满脸惊慌。

"逃跑的那两个精神病人送来的时候状况如何?"赵晓楠放下法医工具箱,看着眼前两张乱糟糟的满是飞溅血迹的床铺,脸上的表情充满了疑惑。

"一个是突发性心动过速,心率直接飙到了150,浑身出汗,整个人近乎虚脱;另一个则是不知原因的昏迷。虽然两人其他各项指标都还可以,但是两人的格拉斯哥昏迷评分(GCS)正好处在门槛的8分和9.5分,所以苏医生才下了住院观察的诊断,准备明天和内科进行会诊。"说到这儿,年轻小护士带着哭腔,颤声抱怨道,"今天是台风天,大家都快忙死了,这里管床的护士被抽走三分之二去了急救室,只留下我和苏医生两个人,要同时管六间病房里的十二个留观病人。警察同志,我真的想不通,这两人的基本分数都不好,怎么会突然,突然起来杀人呢?他们哪来的劲儿啊?太不可思议了!"

赵晓楠转头看了她一眼,却什么都没说。

李振峰在赵晓楠身后问小护士:"市精神中心跟随病人来的护理人员总共有几个?"

"送来的时候人比较多,总共有五个人,其中有四个男护士,一个女护士。因为我们这里有护理人员,而他们单位的男护士本来就不够,今晚又都得值班,怕别的病人出事,所以最终经过苏医生确认后便只留下了一个,就是遇害的那个,那个黄护士长。"小护士一脸焦虑和懊悔,"早知道他们会跑,就不该让市精神中心的人走。"

李振峰的目光看向赵晓楠,赵晓楠神情凝重地点点头。他便示意站在门口的罗卜把小护士带到门外走廊上再仔细询问,现场只留下了他们两个人。

"你怎么看?"李振峰问。

赵晓楠回答:"静脉推注肾上腺素能让两人在最短的时间内迅速清醒,这是唯一的可能。但这样一来,就意味着这间病房里有内鬼。"

李振峰心一沉:"你也看过监控了?"

"是的,我刚才进来的时候经过保安部监控室,正好看见小九在里面替图侦组调取监控资料,我就先去看监控了,本想着能对现场状况有个底,但是,"说到这儿,赵晓楠的目光中闪过一丝焦虑,"我感觉这一次凶手根本就没打算隐藏自己,太高调了。"

"是的,"李振峰双眉紧锁,"你没看错。这家伙甚至逼着卫生间里的死者在临死前给我打了个电话,还让死者撒谎,扰乱警力。等等,你刚才说的静脉推注肾上腺素的话,多久能起作用?"

"身体素质好的话,大概一到两个小时之内就能恢复正常了,再慢,基于发病前能正常生活起居的前提下,一般到三个小时也就差不多了,丧失行动能力的人除外。"赵晓楠忧心忡忡地说道,"补充一点,刚才我听保安队长无意中提到,病房内的监控探头位置不对，不排除是前期有女病人在这里住时，出于隐私考虑将摄像头做了调整，保安部门也没有做太多干涉，但是这种情况的概率不大。眼前这个现场是否被调整过不好说，反正只能看到门口到卫生间的区域，房间内病床的位置是个死角，根本看不到。"

李振峰环顾了一下病房，眼前这个现场很复杂，一死一重伤，病房里一片狼藉。但是仔细琢磨却一点都不杂乱，毫不夸张地说，姜海的这次出逃有条不紊，按部就班。天时地利人和一样不差，这摆明了又是一次精心策划的出逃。

天时——台风天，地利——熙熙攘攘的急救中心，其实只要能离开戒备森严的安平市精神中心，姜海就已经赢了。而剩下的就是人和！

这个"人"到底是谁？如果没有外援，姜海怎么能这么快就达到目的？帮助姜海出逃的人才是这次"越狱"的关键。

李振峰心乱如麻，转头看了一眼身边站着的赵晓楠："你忙吧，我出去透口气，咱们案情分析会上见。"说完，便转身头也不回地走出了病房。

走廊里，小九迎面走来，刚想开口与李振峰打招呼，李振峰已经走远了。他感到有些意外，走进病房问："师姐，发生什么事了？我看李哥情绪不对劲。"

赵晓楠道："不奇怪，两个在押的重犯跑了，又是精神病患者，他心里的压力可想而知。对了，你们图侦组那边多久能有结果？"

小九面露难色:"我们尽力。像素太差了,断断续续的,好几个探头都是摆设。师姐,跟踪起来有点难度。"

赵晓楠语气一点都不拖泥带水:"不管有多难,你们都必须扩大搜索范围,目标不只是两个逃跑的犯罪嫌疑人,还要找一个潜在的懂得扎针的人,不排除是医院的医护人员,也有可能是我们的女死者。总之,从这两个病人被送来到苏醒杀人为止,所有在他们俩处于无意识状态时走进这间病房并且接触过他们的人,你们都得逐一落实,直至确定那个给他们实施静脉推注肾上腺素的人为止。"

小九忙不迭地点头:"放心吧,师姐,我一定尽力。"他扫了一眼整个案发现场的地面,不由得发出一声哀叹:"唉,都被破坏了,这下可麻烦了。"

病房的地板都是加厚的PVC材质,防滑防水,在这潮湿的天气里,根本就无法留下一个完整的足印,更别提事发时,为了抢救受伤的男医生,地面上已满是重重叠叠的残缺足印了,这对随后将要开展的现场提取工作来说,难度可见一斑。

"难不倒你,加油干吧。别忘了血液样本。"说着,赵晓楠提起工具箱,转身进了卫生间。

室外暴雨倾盆,因为台风登陆,暂时无法开车出去。李振峰站在急诊中心大楼的屋檐下,抬头看向远方厚厚的雨帘,双眉紧锁陷入了沉思。

罗卜从李振峰身后走了过来,说道:"李哥。"

李振峰脸上的神情略微缓和些:"有没有新情况?"

"有，我跟当班护士去了护士站，查了当班库存药品柜，确实是少了两支肾上腺素。"罗卜回答。

"你把这情况跟小九和赵法医都说了吗？"

"说了，九哥会安排图侦组重点排查护士站周围的监控。"

李振峰点点头："那就好。对了，姜海他们是穿着什么衣服跑的？"

"在走廊垃圾桶里发现了两件带血的病号服，从监控中可见是姜海丢的。他们走的时候穿的是便服，鞋子都换了。"说到这儿，罗卜话锋一转，轻声问道，"李哥，你说姜海能被抓住吗？"

"会的，这样的天气，他跑不了多远。"李振峰说这话与其说是在安慰罗卜，其实更多的是让自己不那么焦虑罢了。

此刻，姜海已经在时间上占了先机，李振峰预感到接下来自己所走的每一步都可能被他牵着鼻子走，而且一步都不能差，否则就会失去稍纵即逝的突破机会。李振峰此刻非常懊恼，因为自己粗心大意，才让这么危险的人逃到社会上去。深深的自责感犹如一块巨石，**重重地压在李振峰的胸口，让他几乎喘不过气**。

看着面前无休无止的大雨，李振峰的目光变得愈发焦灼了起来。

9月24日，星期日，早上5点。

雨势逐渐减弱，风也小了许多。

花桥派出所办事大厅里热闹得就像高峰时期的菜市场。值班民警蔡家胜一下车就把两个醉酒闹事的人分别安排到了醒酒室,又用门边架子上的扫帚利索地收拾好了警车上的酒瓶碎片,然后将其一股脑儿全丢进了门外的垃圾桶里。伸了一下腰,他这才拖着疲惫的脚步回到了值班台。身上湿答答的雨衣还没来得及脱下,他就注意到自己隔壁桌值班的同事叶文不见了:"头儿,小叶去哪儿了?"

当班的副所长王虎正在给一个被抢了钱包又被歹徒打了一巴掌的年轻小伙子调监控,后者已喋喋不休地抱怨,嗓音几乎盖过了蔡家胜的问话。王副所长缓了一会儿才弄明白下属话里的意思,拔高嗓门回答道:"哦,他和你前后脚的工夫就出去了,说是去水车胡同再看看现场。"

"什么?这天气去?是昨天凌晨用石头把人脑袋开瓢的那个?"在得到肯定的答复后,蔡家胜脑子里嗡嗡作响。他非常了解自己这个认死理的同事,因为这家伙一旦对案子有了自己的看法,就会不管不顾地直追到底,撞了南墙才会罢休。

昨天凌晨水车胡同的案子是蔡家胜和叶文一起出的警,所以他对当时的情况也是知道的。案子的性质非常简单,属于防卫过当,就是脾气暴躁的丈夫当街殴打怀孕的妻子,怀疑她出轨,结果被妻子用石头当场砸死了。事后,当事人被送往医院,在医院病房里,蔡家胜和叶文对怀孕的妻子做了必要询问,虽然现场周围没有监控,但是那女人对案发经过悉数承认。从程序上来讲,这起案子就算是到此为止了,剩下的就只有扫尾的工作了。

但叶文的反应让蔡家胜心里暗暗叫苦,他知道这家伙又不知道感觉哪里不对,和自己较上劲儿了。一份不到五百字的结案报告叶文却写了一天都没写完，蔡家胜看他心不在焉的样子，索性便不再过多干涉。

"头儿，小叶一个人走的？你怎么不拦住他？这天气，万一出事儿咋办？"蔡家胜看着副所长王虎，话里话外夹杂着些许埋怨。

"会出什么事？"王虎一脸茫然，"他都当了快八年的警察，你就别瞎操心了。再说了，人家也是对工作负责嘛！"

话已至此，蔡家胜也就懒得再争辩了，他伸手抓过键盘，一边输入自己的专属密码，一边头也不抬地冲值班台另一侧正在哭哭啼啼的年轻女孩问道："名字……年龄……身份证号码……为什么报警？"

早上7点，雨势渐止，天空中看不到阳光，只有一丝若隐若现的朦胧光影。层层雨雾在安平的街头缓缓游走着，让身处其中的人有一种身处平行世界的错觉。

花桥派出所早班和晚班的警务人员开始交接工作，办事大厅里等待处理的警情也几乎都已梳理完毕，剩下的就只有在醒酒室里打着呼噜的那几个酒鬼了。

蔡家胜写完当班的出警报告后，刚要退出电脑系统，突然，急促的电话铃声响了起来，紧接着便是语音播报警情发生的位置和严重程度。看着打印机中同时滑出的那张详情单，他不由得和副所长王虎面面相觑。两人的目光不约而同地看向了空着的那张值班台。

王虎探身利索地拿起详情单，看了一眼后便塞进兜里，神情严肃地说道:"我去吧,你守着值班台,这里的警衔你最高了,给我好好看家。"

蔡家胜默默地点头,嗓音沙哑:"头儿,我等你电话。"

"放心吧。"王虎伸手拍了拍他的肩膀,随后拿过自己的装备腰带扣好,叫上才来接班的老辅警于叔,两人一起走出了办事大厅。

十多分钟后,蔡家胜如约接到了王虎从现场打来的电话,通话内容就一句话——是他,通知他家里的人吧。

早上7点38分。

台风终于过去了。

室外,米箩街上恢复了热闹,穿梭在街道上的18路公交车不耐烦地按着喇叭,却依旧慢吞吞地前行着。

室内,她躺在床上翻来覆去很久了,直到看见窗外雨停,天空发白,却依旧没有半点睡意。

只要一闭上眼,她就会看到那张她用了全部力气才将其靠墙摆正的脸。那张毫无生气的脸就这样在她的眼前不停地重叠着,掀起了她内心深处压抑许久的恐惧。

楼下终于传来警车的声音,她感觉自己好似等待了一个世纪那么漫长。街上开始骚动起来,毕竟死的人是警察。

她无声地从床上爬了起来,鬼使神差一般走到窗口,扒着窗台朝楼下望去。

地面湿漉漉的,有的地方已经出现了明显的积水,脏兮兮的流浪狗兴奋地摇着尾巴在人群中钻来钻去。

警车停在胡同口，而那片灰色的砖墙周围不知何时已经被围上了一圈警戒带，警察都穿着统一的制式雨衣，身形时不时地在人群中出现。

她看不见死者，却明明白白地知道那里发生了什么。

"我饿了！人呐，死哪儿去了？是不是想活活饿死我啊？！"

脑海中陡然响起的怒吼声犹如一声炸雷，她不由得浑身一阵哆嗦，旋即转身朝厨房的方向快步走去，嘴里咕哝着："知道了，知道了，早饭马上就好。"

所谓的"早饭"，也只不过就是浓浓的米糊和菜糊，根本让人提不起半点食欲。

看着在破壁机里不断上下翻滚的糊糊，她皱起了眉头，知道接下来等着自己的必定是一顿劈头盖脸的责骂。想到这儿，那个似乎已经快被她遗忘的可怕念头便又一次出现在了她的脑海里——杀了她！杀了她！

不！

她果断地摇摇头，现在还不到时候。

破壁机停止了转动，她打开盖子，把糊糊全倒进了青边大碗中，放在托盘上端起就往外走。经过橱柜的时候，她伸手从里面拿了把汤匙。

主卧室的房门虚掩着。这扇房门一年四季都不会关闭，所以这个家里总是时时刻刻弥漫着一股腐朽的臭味。每次站在这扇门前，她总是要先定定神，确保自己能够以最合适的状态出现在门后的世界里。

准备好了。

她伸手拉开门，端着托盘，抬起头时尽量让自己脸上挂满轻松的笑容。来到床边，她刚想开口，却被眼前的一幕惊呆了——晨光中，床上的那个即将腐朽的老女人竟然也在笑，如果那样的表情能被称作笑容的话。

"你凌晨又出去了，你每天凌晨都出去，我都给你记着呢。真没想到啊，你都已经学会骚里骚气地去会野男人了，是不是？……不，不，不，你还没那个资本，我都高看你了。难道说……"

老女人刻薄的嗓音很快便塞满了她的耳朵，这让她几乎窒息。

"愣着干什么，你傻啊？快端过来，我都快饿死了，怎么又是这猪食一样的东西，真让人恶心！明天我不要再吃这个了，你听明白了没有？你再给我吃这个的话，我就泼在你脸上！"

"好了好了，别骂了，我也不容易的，每天还要四处打工养活你。"她终于忍不住了，嘴里开始絮絮叨叨地抱怨。尽管如此，把食物倒进塑料管里的时候，她还是尽量做到了动作轻柔。

最后，塑料管中发出了让人感觉头皮发麻的咕噜声。她静静地呆立在一旁，看着床上这具贪婪的躯体，心中五味杂陈。

半个多小时后，塑料管停止了蠕动。她弯下腰，强忍着臭气把管子整理好，擦干老女人嘴角的食物残渣，接着便端起托盘准备转身离开。

就在这时，床上的人斜睨了她一眼，嘴角似笑非笑，喉咙里发出了沉闷的咕噜声。

"你杀人了，我知道。"

她不由得倒吸一口凉气，冷冷地回答："你别瞎说。"

老女人笑得更开心了，甚至伸手指了指床边的窗户，又指了指自己的耳朵，手指轻轻摇了摇。

此时无声胜有声。

彻骨的寒意从她的目光中流淌出来，她愤怒地抬头，死死地盯着床上躺着的老女人，用发颤的声音冷冷地说道："别逼我杀你。"

回到外屋，她把空空的大碗丢进厨房水池里，打开水龙头，看着流水冲刷着自己的右手，眼泪瞬间滚落下来。她知道，总有一天自己会彻底失控，而那一刻，她其实已经等待很久了。

早上8点10分。

三辆警车鱼贯开进了安平路308号大院内。

李振峰和罗卜从第一辆车上下来，一言不发地走上台阶，推门走进了一楼大厅。

李振峰叫住了罗卜："你去趟法医办公室找下赵法医，这个时候她应该已经开始做水车胡同那起案件的尸检工作了。拿到初步结论后，你就立刻来案情分析室找我。我现在赶去巡特警大队，汇总下他们凌晨设卡堵截姜海的情况。"

"李哥，那等下叶警官的家属来了的话，我该说些什么？"罗卜有些发愁，"刚才听王虎副所长说，叶警官的老母亲已经八十多岁了，我还真怕处理这种事情，太揪心了，就怕说错什么刺激到家属。"

李振峰叹了口气："看情况再说吧，赵法医不是在吗？你听她的安排就是了,别自己一个劲儿地给自己上套,干活机灵着点。"

"我明白。"罗卜如释重负,转身沿着楼梯匆匆下楼去了。

上午9点03分。

这是一个噩梦,一个做过无数次的噩梦。

梦里,漫无边际的海面上刮起巨大的海风,裹挟着他的身体一次次地抛向浪尖,又很快把他整个吞没。

姜海已经努力了很久,仍被海水呛得近乎窒息,双脚双手沉得就像被灌了铅,他知道自己坚持不了多久。可怕的绝望瞬间遍布他的全身。

难道就这么放弃吗?

他拼尽最后一丝力气探头向远处张望,期盼着能够看见一点除了黑暗以外的东西。远处却什么都没有,漆黑一片。

眼泪顺着眼角滚落下来,姜海默默闭上了双眼,放弃了挣扎,任由海水把他吞没。

突然,一阵刺鼻的烟味扑面而来,不仅如此,烟味中竟然还有浓浓的口臭。姜海猛地惊醒,不顾一身的冷汗,迅速从地板上爬了起来,同时上身猛地往前冲,顺势用右手紧紧地掐住了对方的脖子,冲着面前这张烟雾缭绕的脸恼羞成怒道:"你到底想干吗?"

剧烈的咳嗽声从对方的嘴里费力地挤了出来,脸涨得通红、几近窒息的8号病人挣脱不开,索性把手中还点着的烟屁股朝姜海裸露在外的右胳膊狠狠地按了下去。姜海疼得咬着牙,从喉咙里发出了一声低沉的惨叫。

姜海的手终于松开了,8号病人却只是平静地活动了一下自己那几乎被掐断的脖子,面对姜海的怒视,他嘴里嘀咕:"掐死救你命的人,你就不怕现世报遭雷劈吗?"

"神经病!"姜海狠狠地咒骂了一句,他几步跳到窗口,从掩着的窗帘缝隙中朝外警惕地张望了一会儿。

这里是一处黑旅店,小楼灰不溜丢的,远远看去,被周围废弃的拆迁工地和一堆杂七杂八的民居给包围着,毫不起眼。

旅店上下共三层,里面住满了三教九流、来历不明的客人,彼此之间心照不宣,也从不会有什么好奇心。这里的房钱都是现金付的。店老板是个矮胖黝黑的中年人,每天除了收房钱,就是躺在那张油漆都快掉光的木头长椅上没日没夜地看各种肥皂剧打发时间,身边有人经过时连头都懒得抬一下。

"我们俩都是神经病,这有啥奇怪的?"此刻,8号病人斜靠在墙角的阴影里。看不清他脸上的表情,只听得一阵窸窸窣窣的声音响起,姜海知道他又在摸烟盒了。

"你别抽了,我们得尽快离开这儿。"姜海放下窗帘,冷冷地看着他,"这地方不能久待,今天早上出了那事儿,警察很快就能找到这里来的,你不会这么快就想回去吧?"

8号病人没吱声,手在烟盒里摸索了半天,也没有摸到烟,于是他把烟盒拆开,放在自己鼻子底下用力嗅了嗅,满脸洋溢着陶醉的神色。许久,他才小心翼翼地又把烟盒纸叠好塞回了裤兜,抬头看向姜海:"你说吧,我们下一步做什么?我都听你的。"

刚才那一套举动太熟悉了,姜海微微一怔,上下打量着阴影中的男人,目光中流露出一丝厌恶:"你有毒瘾?"

8号病人也不否认,点点头:"这与你无关。"

听了这话,姜海感到一丝懊恼。他在椅子上坐了下来,抬头默不作声地看着眼前这不死不活的家伙,心中开始仔细盘算起来。

"我不离开安平。"8号病人的声音突然变得异常沙哑,眼神却并不与姜海接触,"就像在精神病院里我曾经对你说的那样,只要你能把我带出那个地狱,我的命就是你的,你随时都可以拿走,但我绝对不会离开安平,这是我唯一的条件。我要去见一个人,她在等我。"

"是吗?"姜海若有所思地看着他,"她是谁?"

"好奇心害死猫。"8号病人伸了个懒腰,身体依旧保持原来的姿势缩在了阴影里。

"好吧。"姜海从裤兜里抽出一沓百元纸币,数也不数就平均分成两份,一份推到他面前的茶几上,剩下的又揣回自己的裤兜里,"房钱我去付,茶几上的钱够你花一阵子的了,等下你从后门离开,越低调越好。"

8号病人也不客气,伸手拿过钱,咕哝了句:"谢了。"

"你脚上的,"姜海伸手指了指8号病人脚上穿的那双特殊的雨靴,"找机会赶紧换了,这东西留着没好处。"

8号病人咧嘴发出了一声轻笑,带着一丝嘲弄的味道。

花十分钟简单收拾了一下自己的个人物品,姜海刚走到门边,想了想,又停下脚步,头也不回地说道:"我再重申一遍,8号,你从未见过我,也不知道我是谁,更不知道我会去哪儿,

63

明白吗？咱们以后不会再见面了。"

没有回答。

8号病人依旧在墙边的阴影里站着，似乎浑然不觉姜海的话，嘴里喃喃低语："……一个两个三个，四个五个六个，谁在你身后，谁又在我身后？嘘，他来了……"

门在缓缓关闭的刹那，一阵风吹过，姜海本能地回头看向墙边的阴影，空无一人。他脊背一阵发凉，扭头就走，脚步匆匆地来到一楼，远远地丢给店老板两张百元大钞后，便快步走出了小楼。

说不清为什么，都已经走出好几十米远了，姜海又一次回头看向自己住过的那个房间。窗帘依旧垂着，但是他知道，就在窗帘角落的缝隙中，有一双空洞的眼睛正在死死地盯着他。

心中油然升起一丝莫名的恐惧，回想起凌晨那可怕的一幕，姜海突然感到强烈的不安，而这种感觉是他从未有过的。天知道他到底将什么东西带了出来，因为在8号的身上，他嗅到了恶魔的味道。

姜海心想：现在我唯一能做的，就是离这家伙越远越好，管他去见谁。

不远处的槐树底下站着几位身穿制服的警察和四位挂着工作牌的社区工作人员，他们简单讨论了一下，随即便分四路朝不同的方向走去。姜海与他们擦肩而过。

上午9点30分。

安平路308号大院内静悄悄的，三楼案情分析会议室里，与案子相关的单位部门人员都到齐了。

处长马国柱清了清嗓子,说道:"这次会议总共要讨论的问题有两个。第一,就是今天凌晨发生在花桥水车胡同口的花桥派出所警官叶文遇害案。这个案件我们会连同最先赶到现场的花桥派出所以及天安分局一起办理。"

"马处,为什么要联合办案?"网络安全大队的工程师大龙敏锐地察觉到了事态的严重性。

马国柱点了点头,没有回答,而是接着说:"第二个问题就是有关市精神中心2病区病人利用外出就医的机会出逃的案件,迄今为止已经有两个医护人员遇害。目前已经确定,出逃的病人除了12号病人姜海外,还有8号病人齐一民,齐一民的资料我们已经在加急搜集中,两人都极具危险性。我在这里强调一下,为了保护民众安全,以防万一,必须尽快把他们抓捕归案!"说着,马国柱把目光投向正对自己坐着的李振峰身上,示意他可以讲话了。

"我先来说一下昨晚急诊中心的案发经过,以及巡特警大队随后的围堵拦截情况。"李振峰站起身,紧走几步来到会议室的白板前,上面挂着一块放大了的安平市区地图。他拿起几块红色吸铁石分别在地图上做了醒目的标记,而案发的急诊中心则用蓝色吸铁石做了标记,这才转身继续说道:"昨晚23点03分,我接到死者之一——安平市精神中心黄巧珠护士长从急诊中心给我打来的电话,通知我姜海和齐一民伤人外逃,我当即与同事罗卜警官一同驾车前往案发地点。"李振峰伸出一根手指,"疑点之一,23点03分的电话中,黄巧珠说已经有人报警了,但事后在询问过人民东路派出所和分局的同事后才得知,他们接到报警的具体时间是23点17分,而那时黄巧珠已经死亡,多条线索证明凶手正是姜海。"

马国柱微微皱眉:"这名女受害者的具体死亡时间是什么时候?"

"23点08分前后,具体时间节点是从病房中的监控录像里提取到的。"李振峰沉声说道,"视频显示,她给我打电话的时候,凶手就在她身边站着。而那时候她说另一位受害者——急诊中心的当班医生已经受了伤,但根据监控显示那医生并没有进病房。"说到这儿,他转身在白板上写下黄巧珠的名字,然后在旁边打了个问号,"我们要派人弄清楚黄巧珠是否参与了姜海的这次出逃,不只是因为打电话的时间差,还有另外三个要点:其一,赵法医提供的时间线索,这点后续我会在结案报告中做补充;其二,两位病人入院前的相关症状是怎么产生的;其三,就是当晚护士站的两支肾上腺素到底是被谁偷走的。我们目前尚无法排除黄巧珠是被灭口的可能性,我也很想知道,利用肾上腺素快速唤醒两位病人的人会不会就是她,如果是她,姜海又为什么要把她灭口?"

"李队,你刚才提到说,黄巧珠在遇害前给你打了个电话,如果这个电话是姜海逼迫她打的,那姜海这么做的目的是什么?"副局长庞同朝不解地问道。

"目前我只能从姜海本人特殊的人格特征方面,给出我的看法,那就是——自负心理。"李振峰低头发出一声无奈的苦笑,"他想让我知道他跑了,这盘棋的先手被他抢了,我们现在很被动。"

正说着，走廊上传来一阵急匆匆的脚步声，很快，罗卜的身形便出现在会议室敞开着的门口处。他一言不发径直走向李振峰，耳语几句后，便把手中的尸检报告初稿递给了李振峰，随后走出了会议室。

李振峰迅速扫了一眼报告结论，眉宇间露出了凝重的神色："法医那边给出了叶文案的初步验尸结论，其中凶器在叶文警官身体上所造成的致命创口，与两位医护人员遇害案件中的创口一致，可以确认是同一把刀。但奇怪的是，造成的手法却不一样，不排除是另一个犯罪嫌疑人所为。现在法医那边正在把尸体身上的创口，与前面姜海案件中所保留的死者尸检报告附件中的相关信息做比对，通过仪器就可以确定，行凶者的手法和凶器使用习惯特征是否与姜海相符。"

他把尸检报告递给一旁坐着的庞同朝，随后回到白板前，伸手指着安平市地图接着说道："昨天晚上台风过境，以至于我们在23点42分时才赶到急诊中心的案发现场。与此同时，巡特警大队配合交警大队对我们安平市总共6个出城口连夜做了设卡拦截，总共排查了292台过往车辆，301人次的身份证件核查，人证合一均未发现疑点，其中就包括花桥区域的卡点在内。花桥区域是我们排查的重点，因为它所在的位置距离急诊中心非常近，这是其一，在当时极端恶劣的天气情况下，犯罪嫌疑人选择花桥区域就近隐匿逃窜的可能性非常大。其二就是，花桥区域的特殊地理环境和人口因素。我们不排除另外一种可能，那就是姜海与齐一民在外边有接应的人，并且这个人就住在花桥附近。所以我们接下来要解决的问题就是——这个接应的人假设真的存在的话，那么，市精神中心内外究竟是怎么联系上的，完全失去自由的两个人，根本不可能仅靠他们自己做到这么完美的里应外合。"

"内鬼会不会就是遇害的黄巧珠？"庞同朝毕竟是多年基层刑警出身，敏锐的职业嗅觉让他立刻锁定了关键点，"你看，她是2病区的护士长，对市精神中心内部的情况了如指掌。"

李振峰点点头："我也是这么想的，但我还需要解决一个问题，那就是姜海为什么这么急着杀害黄巧珠，逃出去之后有内应不也更方便一些吗？还是说帮助他们逃跑的还有其他人？"

"那你的意思是这个人帮他们安排好了逃跑途径？"

"是的。"李振峰回答，"只要我们证实黄巧珠涉案，同时通过梳理黄巧珠的社会关系摸到外面那人的线索，我想，案子就有了转机，但是在这之前，我们不得不处于被动状态，除了加大设卡堵截和摸排的工作，还真的没有别的办法。"

"是啊，这棋还没下呢，先手就被人家截胡了。"马国柱叹了口气，"花桥那边现在还在继续搜查吗？"

李振峰回答："所有六个卡点都没撤，花桥那边同时联合社区干部一起下去挨家挨户进行走访，名义上是暂住人口调查，主要是因为花桥区正好是即将拆迁的重点区，外来人口又占据了花桥现有人口总数的将近一半，那边的治安情况相对就比较复杂一点。再加上那里的监控探头数目并不很多，除了几个主要街口外，别的地方几乎都是盲区。所以这地毯式的排查也是没有办法的办法了。"

"发人像搜查通告了吗？"副局长问。

"我考虑到两个病人的特殊情况，为了防止他们受到刺激从而造成更大伤害，目前大范围社会层面暂时还没有计划安排，只是在街道和居民社区干部那里做了特定范围内的详细通知，以提高他们的警惕性，并同时加大摸排力度。"李振峰回答。

"那你有没有考虑过姜海这次逃跑的真正动机？"

李振峰面露难色："有，但还只是推测，没有证实。"

庞同朝听了，双眉微微舒展开，点头示意会议继续。

"我发个言，"小九说道，"我干现场痕检这行的时间也不短了，还很少这么手足无措，叶文警官的遇害现场太干净了，以至于我根本找不到任何有用的物证。"

一旁坐着的花桥派出所副所长王虎听了，眼眶早就已经湿润："不奇怪，昨晚那么大的雨，都冲没了呀。我们发现他的时候，他就这么光着脚靠墙坐着。都是我的责任，这孩子太年轻了，我没保护好他，我当时就该拦住他不让他出去的……"

分局主管刑侦工作的副局长华峰伸手轻轻拍了拍老战友的后背，无声地给予了他安慰。华峰说道："整个案发经过我了解下来的情况跟大家说一下——前天早上，花桥区水车胡同所在的区域发生了一起伤害案，受害者当场死亡，目前暂时定性为防卫过当引起的致人死亡案件，具体情况还要等区检察院方面核查下来才知道。案件发生的时间是凌晨2点到2点30分之间，家住水车胡同27号的范小青遭到了丈夫翟佳宽的严重家暴，当时范小青已经怀孕八个多月，即将临产，两人甚至一路打到了街面上，动静不小。事后，范小青在医院中向我们派出所出警的蔡家胜、叶文两位警官供述说，她是为了保护腹中的胎儿，不得已才用石头砸死了受害者，也就是她的丈夫翟佳宽。随后，她对现场所发生的一切犯罪事实悉数承认。检察院方面的初步意见是，案件不存在疑点，可以结案处理，只是案件性质需要商榷。但是据蔡家胜警官回忆，叶文警官觉得案件有疑点，所以由他负责填写的结案报告一直没有提交。最后，今天凌晨3点07分，花桥派出所的监控视频显示，叶文警官穿着雨衣离开了派出所。天气原因，他是步行前往的水车胡同，而水车胡同与花桥派出所的直线距离在一千四百米左右，正常情况下，从花桥派出所到达案发现场的时间不超过十分钟，昨晚的特殊情况下可以延长到30分钟前后，所以我认为叶文警官出事的时间在3点30之后，6点之前。因为7点的时候，情报中心总调度台接到了报警电话。发现死者的报案人是六十五岁的水车胡同居民赵秋芳，她早起在胡同口看到叶警官的时候，还以为是个醉鬼，因为叶警官身上穿着雨衣，现场周围也没有血迹。老太太好心上前提醒，这才发现人死了。我们查过电话报警记录，具体报警电话拨出的时间是6点57分。"

听到这儿，李振峰点点头："只要赵法医那边出结果，就能确定叶文警官一案是否是姜海和齐一民犯下的了。"

小九问："王所长，今天凌晨台风登陆，外面环境那么危险，这叶文警官为什么偏偏要在那个时候出去？"

王虎摇摇头，神情黯然："小叶是个很执着的人，他对自己的本职工作非常认真专注，只要发现有疑点的地方，他都会顺着线索一路追下去。我们曾经跟他开玩笑说他是个愣头青，都不怕得罪人那种。"

"他性格很内向，对吗？"马国柱问。

"是的。"

李振峰问："他家属那边情况怎么样？"

王虎用打火机点燃了手中的烟头，深吸了一口，这才缓缓说道："小叶的父母和妻子都在地震中去世了，家里没有别的亲人，部队转业后他来到安平市工作，身边就一直带着他的老丈母娘。他这次出事后，我们所里上下都很发愁，不知道该怎么去跟老人说这个消息。"

直到此刻，李振峰才终于读懂了王副所长目光中所流露出的悲哀。这个时候，无论自己再说什么安慰的话，对于眼前这个悲伤的老警察来讲，都是无济于事的。叶文警官之所以会这么拼命地工作，把自己封闭起来，就是因为他至今都不愿意接受自己的妻子和父母都已经去世的事实，他不得不通过工作来麻痹个人情感。在水车胡同那起案子中，叶文警官是否在仔细研究时真的发现了什么不对劲儿的地方呢？想到这儿，他抬头问道："王副所长，那叶文警官在你们花桥派出所上班的时候，他所办的案子中，有所怀疑最终还被证实判断正确的，能有多大概率？"

王副所长看了眼自己的笔记本："不都是命案。保守估计有六成左右。"

一听这话，庞同朝与马国柱不由得互相对视了一眼，马国柱点点头："正确率还挺高的嘛，真是可惜了。那我看很有必要对那起故意伤害案再做进一步调查。老庞，你的意思呢？"

"我没意见。"庞同朝点头表示认可这个决定。

李振峰看向王虎:"王副所长,陪同叶文警官一起调查那起案件的另一位警官,你能通知他尽快到市局来一下吗?"

"我这就通知蔡家胜,让他马上过来。"王虎站起身,从兜里摸出手机就往门外走去。

马国柱环顾了一下四周:"那今天就先到这儿,你们按照预定计划去办,大家散会。"

大家都走了,会议室里瞬间安静了下来。马国柱和李振峰依旧是一东一西正对着坐在椅子上。

接近正午时分的阳光,正好盖在了会议室正中央的地面上,老旧的木质地板缝隙中腾起了阵阵灰尘。

"这房子太旧了,唉,真怕哪一天突然就塌了。"马国柱看着眼前阳光中飞舞的尘埃,眼神若有所思。

李振峰笑了,靠在椅背上长长地伸了个懒腰:"马叔,塌了旧的住新的,不好吗?"

马国柱瞪了他一眼:"新房子没有这个味儿,不接地气。我在这儿干了大半辈子,这房子冬暖夏凉的,上哪儿换去?摩天大楼给我,我都不要。"

"其实你也不用太操心,马叔,这文管局的人天天比我们还提心吊胆呢,你发什么愁?"

"好吧,好吧,我也不跟你闲扯这个。阿峰,这姜海又跑出来了,你可得小心啊。"马国柱的神情有些懊恼,"这家伙,我们还偏偏拿他没办法,再抓到了也还得给他送回去,唉,真造孽!"

李振峰站起身,抬头看向马国柱:"马叔,我也不瞒你,我现在最担心的并不是姜海对我的报复,而是另外一个可能。"

"你说!"

"我怀疑叶文警官并不是死于姜海之手,而是另一个人——齐一民。"李振峰脸上的表情变得严肃了起来,"姜海的每次杀戮都是有明确目的的,就算是临时的意外状况,也与现有的线索不符。再就是,叶警官为什么会被杀害呢?设卡的要求我只通知到了巡特警和交警,基层那边直到今天上午8点需要调动社区力量时才通知下去。所以姜海出逃,叶警官当时并不知情,更不可能是追踪姜海而被发现,进而被杀害。蔡警官说叶警官去那里,只是为了那起故意伤害案。难不成他是在现场偶然遇到姜海和齐一民,见风雨那么大,大晚上的,两人形迹可疑,于是要核查其身份证件从而被杀?这也不太符合逻辑。"

马国柱点头:"你说得没错,是存疑的。那这个叫齐一民的是什么情况?"

李振峰苦笑:"头儿,2病区的可都不是省油的灯啊。"

"那和姜海比呢?"

"不好说,得往下看。"李振峰从赵晓楠那儿学了个说话严谨,所以现在关键时刻总是能牢牢地闭紧自己的嘴巴。

对于自己徒弟三缄其口的回答,马国柱也没心力追问,他的心已被巨大的压力罩住了,毕竟现在案子压身,两个精神病人满大街溜达,他们得抓紧时间,尽快将他们捉拿归案。他转移话题问道:"对了,那俩家伙逃离医院时的路线和穿着,图侦

73

组那边查出来了吗？"

"查出来了，两人离开病房的时间是9月23日23点16分，那时候急诊中心所有的人，包括值班室的保安在内，都被急诊中心苏医生的求救声分散了注意力，他们俩就是在那时候换好衣服从窗口爬出去的。"李振峰紧锁双眉，"两人最后出现的地方是急诊中心的侧门，在监控探头中消失的时间是23点24分，我们警方的车辆是在三分钟后到达急诊中心前院停车场的。"

听罢，马国柱的双眉因为严重的焦虑几乎拧成了一团。他觉得两人逃得太顺利了，想起李振峰说的他们应该有接应的人，他抬头看向李振峰，没好气地说道："那秦方正的死，会不会也和这个来接应的人有关？"

"完全有可能，马叔，但关系很复杂，我再给你捋一遍。"李振峰回到白板前，拿起擦板在上面整理出一块空白区，然后开始边写边讲解，"当年秦方正被宣告失踪的时候，姜海在精神病院里，根本就没有外出的自由，更不可能亲手杀了秦方正。这次也是，他先我们道出他父亲已经死亡的消息，所以肯定有人帮助并告诉了他，而这人是可以随时进出仙蠡墩精神卫生中心的。我也考虑过从访客登记册中寻找此人的下落，但不幸的是，他们单位搞了几次承包，已经找不到老的纸质记录本。所以这条路行不通了。"

"那他在外面的八年有什么记录留下吗？"

李振峰摇摇头："他聪明得很，做事几乎不留痕迹，有时候我都怀疑他是不是装病。"他接着说道："这一次，他被关在市精神中心的特殊管理区，就更不可能随便与外界接触了。我们假设黄巧珠是市精神中心的内鬼,那外面这个人显然是得到姜海高度信任的。"李振峰伸手指了指姜海的照片:"而他是很难相信别人的,那么我怀疑这次帮姜海逃脱的人,就是之前帮姜海杀死他父亲秦方正的人。"

"我一直有个疑问,阿峰,这个秦方正当年为什么要把自己的亲生儿子送进精神病院?"马国柱不解地问道。

"我觉得有两个可能:第一,姜海清楚秦方正犯案的过程,而一个精神病人的话是没人相信的;第二,"说到这儿,李振峰的脑海里浮现出黄教授临走时的痛苦表情,他下意识地叹了口气,"第二就是,姜海确实有病,秦方正也知道自己治不好他,所以才会这么做。"

马国柱点点头:"姜海不是有个姑妈在苏川吗,他跑出来后会不会去那里避难?"

李振峰给出了否定的回答:"现在他除非长了翅膀,不然的话根本出不了安平市。但后续我还是会找机会尽快去一趟苏川,因为那老太太是姜海唯一在世的亲人了,况且对当初的事她应该也有所了解。马叔,说到齐一民,市精神中心的资料非常简单,只说了他是从长桥精神卫生中心转运过来的。长桥那边还没有传过来齐一民的资料。但话说回来,姜海为什么选择了他?难道就因为他在市精神中心是个非常听话、好掌控的病人?"

"我看没这么简单。"门边突然传来了赵晓楠的声音。

李振峰猛地转身,阳光下,年轻女法医双手插在工作服兜里,正皱眉站在两人面前,脸上满是深深的愤怒,道:"齐一民在长桥杀了七个人，好不容易被逮到，却意外被查出患有严重的妄想型精神分裂症，另一种意见是双相情感障碍。总之，这家伙被认定是不受控制的无民事行为能力人，审讯工作根本无法开展不说，连最起码的正常交流都做不到。长桥警方多方发出寻人启事后，一直没有找到他的亲属，户籍中也没有这个人的资料，便只能把他送到长桥精神卫生中心。那里的条件非常简陋，和我们这儿没法比，结果这家伙在长桥精神卫生中心里，趁放风的时候活活掐死了一个病人，法院没办法，便只能将他转移到我们这边的市精神中心进行进一步监管。他的名字，是根据他被抓时在其身上发现的身份证上的名字记录的，案件档案在法院档案室，目前还没人知道他的真实身份。"

"你怎么会——"李振峰的话还没来得及说完，就已经从赵晓楠的眼神中找到了答案，他的心不由得悬了起来。

"因为他杀的第七个人就是我的大学师姐方六月，她也是个警察。当年我去参加师姐葬礼的时候，她的父亲拉着我的手哭着告诉我说，之所以告别仪式的时候没有选择开棺，是因为这畜生剥下了她的脸。"

马国柱满脸震惊："原来是那个案子啊，我说当年怎么突然没有下文了呢。长桥市局的兄弟们为了逮住他可是吃了很多苦头的。阿峰，你说姜海怎么会偏偏选择他？2病区里另外几个人虽然也犯了命案，但性质可没有他这么严重。"

李振峰问马国柱："你有没有听说，这个齐一民平时有什么特别的习惯或者嗜好？"

"我当年听那边的兄弟无意中提到过，说这个人一天到晚像个孩子一样抱着画板画画，还爱笑。在审讯室时，他一个人对着空气都能笑，特别邪乎，一天到晚一有空就笑个不停。"马国柱沮丧地回答道，"就是问他什么也问不出来，无论多么有经验的老警察，都没问出来，天天对牛弹琴浪费时间，要不是各种物证都直接指向他，那案子到现在还是个谜。可惜的是，这家伙后来确诊了，果真脑子有问题，还病得不轻，案子也就只能撤销了。"

"这就难怪了，"李振峰看看两人，面色凝重，"总是把笑容挂在脸上的人，很容易让别人对他放松警惕，所以我倾向于在市精神中心那种特殊的环境下，姜海或许并不知道齐一民的真正来历。"

"为什么要加一个齐一民？"马国柱皱眉看向李振峰，"姜海为什么要带他出来，他一个人跑的话不是风险更小吗？"

李振峰摇摇头。

"明天我轮休，我去趟长桥市局，看能不能拿到当年一手的法医尸检资料。"赵晓楠转向马国柱说道。

马国柱笑了："那就辛苦你跑一趟了。对了，赵法医，你找我们有什么事吗？"

赵晓楠回答："是有事。马处，杀死叶文警官的是一把电工用的螺丝刀，我安排罗卜拿着我画的草图去了急诊中心，刚才他给我发来消息说，经过排查询问得知，确实有个医院电工的工具箱里少了一把样式和型号一样的螺丝刀，只是目前因为没有找到这把作为凶器的螺丝刀，所以暂时还没办法和叶文警官遇害案完全联系在一起。但黄巧珠和苏晨浩身上的伤口与这把螺丝刀也能配得上，所以姜海两人是杀死叶文警官的凶手这件事，整体上也到了八九不离十的程度。"

"等等，"李振峰伸手拿过自己的工作笔记，用嘴咬开笔帽，然后在纸上边画边说道，"我记得急诊中心一楼进去后的布局图是——大厅，左手是护士站，右手是诊疗室和手术室，前方是通道，通道里依次是安保监控室、护士工作间、留观病房，通道尽头有个独立的小房间，门口牌子上写着'仓库'两个字，那是什么仓库？"

赵晓楠回答："工程部的。刚才罗卜在电话中说，在那个仓库后面就是配电房，所以工程部的电工平时都把自己的工具配件箱放在仓库里，维修的时候拿取也方便。"

马国柱不解地问道："姜海应该是第一次去这家医院吧？"

"根据记录来看，是的。"李振峰回答。

"他对医院的内部布局怎么会这么了解？"马国柱的目光看向赵晓楠。

"罗卜问过急诊中心的人同样的问题，"赵晓楠说，"得到的答案是，那边的急诊中心是市精神中心的定点医疗机构，而当班护士长黄巧珠是经常带车去急诊中心的人。"

"难怪了。"虽然证实黄巧珠是内鬼的可能性多了一成，但是听到这个消息的李振峰却依旧满脸凝重的神情。

"这么看来，为了这次逃跑姜海可算是费劲心机。"马国柱嘀咕。

走出会议室，赵晓楠双手插在兜里，没走几步后便停了下来。

李振峰关切地问她:"你怎么了?"

"突然想起我师姐。"她背对着李振峰,抬头看向窗外碧蓝的天空,眼神有些恍惚,"她走了已经六年了,时间过得真快。"

第四章 一个两个三个

不管是什么问题,都必然存在答案。

9月24日，星期日，中午12点刚过。

她换了件不起眼的灰色薄外套，在镜子边站了一会儿。手上的伤口已经愈合得差不多了，虽然已经过了这么多年，但她依旧把事情处理得干净利落，看来这世界上还是有些东西是不那么容易被忘记的。

看着镜中的自己，她满意地点点头。

拿起包和钥匙刚要开门出去的刹那，她本能地迟疑了下，不出所料，干涩的嗓音又一次阴魂不散地从脑海中冒了出来，近得就好像贴着自己的耳朵说话一样。她不由得一哆嗦，脸色煞白——那可怕的老女人果然时时刻刻在监视着自己。

"站住！你又要丢下我不管了是不是？贱货，外面的野男人就那么好吗？你还不如杀了我算了，不！我跟你一起去死！一了百了！"

她垂着头痛苦地闭上了双眼，大口地喘着粗气，右手本能地紧紧抓住了面前的门把手，似乎这是摆在她面前唯一一个能够改变自己命运的机会了。

时间在缓缓流逝，脑海中，老女人的咒骂声也变得愈发刻薄恶毒，根本无法用言语形容。

最终她没有选择开门出去，而是缓缓收回了右手。再次抬起头时，她苍白的脸上竟然露出了乖巧的微笑，她迈着轻快的步子转身朝主卧室的方向走去，那神态，与方才站在门边的她判若两人。

卧室门在身后被轻轻虚掩上，房间里的对话声透过门缝传遍了整个屋子。

"你误会我了，根本就没有什么野男人，再说了，我这种人还会有人要吗？你也不想想。好了，好了，我这是去上班，下午的班，我都跟你说过很多遍了。现在钱不好挣的，星期天都得上班，再不去的话我又要被开除了，到时可就没钱给你买药买吃的了，你明白吗？"她的声音温柔地就像在安慰一个生气的孩子。

"你，你要是再骗我的话，我就报警抓你，我全都告诉警察。你做过的所有事情，一桩桩一件件，我可都记着呢！"老女人沙哑的嗓音夹杂着沉闷的咕噜声，那是从人嗓子里发出的可怕的咕噜声，就像一个漏了风的皮球，一下一下地冲击着她已经麻木的脑袋。

她轻声叹了口气，依旧和风细雨："不会的，我知道你不会这么做，因为你是个好人，一个善良的好人。不像我呢，劳碌命，这才是我的报应。"

"好人？好人就得这么半死不活地天天熬日子？我知道你在折磨我，好，我死不了的话，你也别想过好日子！"老女人突然变得癫狂，房间里瞬间安静了下来。

她打定主意不再在这间发臭的卧室里浪费时间，便转身阴沉着脸走了出去。

关上家门的刹那，她清晰地听到主卧室的方向传来了沉闷的哭号声。

这或许就是报应吧。同样是活着，一个犹如行尸走肉，而另一个，却每天都被仇恨包裹着，只能一动不动地等待死亡。

中午12点03分。

安平市公安局刑侦处侦查员丁龙跟随两位花桥派出所的民警以及一名社区工作人员，一起沿着青石板路走出了水车胡同，路面瞬间变得宽阔起来。一辆中型公交车从正对面的站台上启动，车里零星坐着几个人。

"前面是什么地方？"丁龙指着街对面那两栋自建民房所在的岔道问道，"应该不是水车胡同的范围了吧？"

"没错，那条岔道叫水西厅。而这条街，叫米箩街，正好处于花桥的中心位置，也是唯一通公交车的线路，把花桥区整个一分为二。"社工是个年轻女孩，二十三四岁的年纪，扎着马尾辫，脸上洋溢着阳光般的笑容。她伸手朝右一指："喏，前面两百米不到的位置，那座桥就是花桥。"

四人步行穿过马路，来到两栋楼房中间的水泥空地上。

"不知道另外三组人走访得怎么样了。小田，我们今天的任务还剩几栋？"丁龙问。

花桥派出所的田雨警官看了看笔记本："就这两栋了，水西厅23号和24号。23号的住户是一位七十二岁的老人，叫余芳妹，自建楼房共三层，老人在一楼住，耳背，需要戴助听器，生活还能自理。上面二层出租，承租户都是在花桥区做小商品生意的，我这边登记了总共六家出租户。24号是一栋二层的老式自建小楼，户主是一对姐妹，姐姐四十二岁，叫陈凤，常年卧病在床，听说脑子好像有问题，一切都得靠妹妹照顾；妹妹陈兰，四十一岁，因为姐姐瘫痪需要照顾就只能在外面打零工。房子是她们父母留下来的，一楼出租，做大排档夜宵烧烤生意，承租户是苏川来的一对中年夫妇，姓岳。目前查到的就是这些信息。"

丁龙点点头："那我们俩去24号，你们去23号，然后公交站台上碰头，怎么样？"

"没问题。"田雨转身便和同事朝左面三层小楼走去。

"丁警官，等等，我——"社工欲言又止，似乎有什么难言之隐。

"我叫丁龙，你就叫我小丁吧，这样方便。你呢，叫啥名字？"丁龙笑眯眯地问道。

"我叫闫晓晓。"社工脸上闪过一丝红晕，可转眼她又皱起了眉头。

平日里见惯了犯罪嫌疑人的丁龙可没见过眼前这种场面，他难掩心中的尴尬，结结巴巴地说道："小闫，你是不是有急事？你可以先走，我一个人就可以了。"

"不，不，不，"闫晓晓摇摇头，索性把丁龙带到一边树荫下，这才指指右手方向那栋二层老式自建小楼，小声说道，"我不太敢上去。"

"我们一起上去啊。"丁龙笑着说道,"没啥好怕的,你跟着我走就行了。"

"不,小、小丁警官,没那么简单……"闫晓晓急得连连摆手。

她话还没说完,头顶便传来了一阵阵犹如野兽般的嚎叫声,丁龙循声抬头看去,声音传出的位置正是二楼正对着街面的那扇开着的窗。他一脸诧异地看向闫晓晓,后者连连点头,神情严肃:"就是,就是这个。"

"这是什么声音?"丁龙好奇地问。

"她在哭,这是哭声,就是听上去像是在嚎,跟我们一般人发出的声音不一样。"闫晓晓皱眉回答,"去年这对面楼里的租户来社区投诉了好几次,说这栋楼里养了个动物,很凶猛,有时候半夜三更都会嚎叫,可声音听着又不像是狗,像人。我就陪我们主任周大姐上门去查看到底是怎么回事,第一次敲了老半天门也没人来开,第二次是晚上来的,大概7点多钟的样子。老远就看见房间里有灯光,我们俩便赶紧上去敲门,没多久就出来个女的开了门,她穿着围裙戴着手套,态度很冷淡。我们拐弯抹角地刚提起这事儿,就在那节骨眼的工夫,我就听到她身后的房间里传来了一个女人'嚎叫'的声音。"

"是这样的吗?"丁龙仍然有些不敢相信自己的耳朵,他下意识地伸出右手朝上指指。

"不,近距离听的话完全不是这个味儿。"闫晓晓脸上的表情有些怪异,"当时知道是人,周大姐就放心了,还好心问了几句需不需要社区关照。对方一口回绝，说自己能忙得过来，不劳烦大家帮忙。下楼的时候我又听到了那声音，而且那声音我以前也听到过类似的。"

"在哪？"

闫晓晓咕哝了句："动物园发疯的老虎。"

就在这时，一位四十岁出头，满脸憔悴的女人挎着包走出楼门，低着头匆匆朝公交站台的方向走去。

"就是她。"闫晓晓压低嗓门指了指对方的背影，"很凶的，那个妹妹，穿灰色外套的那个，叫陈兰。"

"你们亲眼见过她姐姐吗？"丁龙追问道。

闫晓晓一怔，随即摇头："从没见过，自始至终这个妹妹就没让我们进过屋。"

"那你在这儿等着，我先过去问问她的邻居。"

丁龙打消了上前叫住陈兰问个究竟的念头，转而走向不远处蹲在阴沟边正费力地刷洗餐盘的中年男子。

身后传来了女孩关切的提醒："小丁，那是她的租客，岳城师傅，开烧烤摊很多年了。"

丁龙径直前行，右手伸到后背做了个"OK"的手势。

岳城对丁龙说的与闫晓晓刚才说的差不多，证实了楼上确实住着姐妹俩，姐姐叫陈凤，妹妹叫陈兰。陈凤行动不便，常年卧病在床，因为病的时间太久了，精神有些过度焦虑，据说还专门去仙蠡墩精神卫生中心看过病，后来不知道是什么原因看病的事儿就不了了之了。

丁龙听到"仙蠹墩"三个字，突然有种不祥预感，不过转瞬即逝，心想：这年纪轻轻就瘫痪在床很多年的人，难免多多少少会有一点心理问题的。

岳城还说这房子就是姐妹俩的父母留下来的，过段时间如果拆迁了会值很多钱，末了他还神神秘秘地压低嗓门说道，这大概就是妹妹陈兰心甘情愿辛苦照顾姐姐的原因所在，冲着这么多钱吵架也是能忍耐的。

"吵架？两个人吵架？"丁龙想起方才闫晓晓的回忆，便问道，"大叔，刚才从你楼上传出来的叫声，是不是她姐姐发出来的？"

岳城点点头。

"那她是不是这里——还没好？"丁龙伸手指了指自己的脑袋，拐弯抹角地核实情况。

"应该是吧。"岳城摆出一副心不在焉的样子。

丁龙硬着头皮追问道："叔，你能不能说详细一点？你说你听到她们吵架，是经常发生的事儿吗？昨天晚上有没有吵？大叔，你再好好想想。或者说昨天晚上你有没有听到什么别的异常动静？比如有没有从没见过的陌生人出现？"

岳城皱眉沉思了会儿，说："警察同志，昨儿晚上那么大的风雨，我也没出摊。至于说陌生人嘛，自然是没看见了，我和我老婆很早就上床休息了。再说楼上那姐俩吵架的事……怎么说呢？"中年汉子面露难色："其实我都是听陈兰说的，还真没有听到过她们对吵声音。"

"没有？"丁龙愈发感到一头雾水，"你听清楚了？"

"我当然听清楚了,这楼板很薄的,走路的脚步声,高声一点儿说话,楼下都听得一清二楚。为啥说不是吵架呢,吵架得两个人吧?可我偶尔只听过陈兰说话,就发过一次火,但很快也就没声音了。"岳城双手在围裙上擦了擦,脸上露出了笑容,"这其实也能理解嘛,现在这年头,能伺候家人这么久的,偶尔憋不住发句火抱怨一下,也是情理之中的事儿啦。"

丁龙想了想,随口问道:"那你搬到这里后见过她姐姐没?"

岳城摇摇头,脸上的憨笑又一次变得精明起来:"我是租房子做生意的,不喜欢随便打听别人的隐私,我每个月按时交房租就行了,别的,不打听,不打听。抱歉啊,警察同志,帮不上你的忙。"

说着,他腾出双手在腰间油腻发亮的围裙上来回擦了擦,然后蹲下去继续刷碗了。

碰了个软钉子,丁龙也不好再多说什么,只能尴尬地笑笑,随即转身向不远处站着的社工闫晓晓做了个手势,示意自己要上楼去了,这才转身沿着阴沉低矮的楼梯口一步步小心翼翼地走了进去。

丁龙走了,只留下闫晓晓一个人无聊地在街边站着,她突然想起兜里派出所发的追捕通告,便抽出一张急匆匆地向岳城走去:"大叔,我是社工闫晓晓,这张通告你拿着,派出所早上发的。你如果看到有人长得和这照片上的人差不多,就可以打上面的派出所号码。对了,我再给你一张我的社工联系卡,要是有什么情况,你也可以随时和我联系。"

岳城双手在油腻腻的围裙上擦了擦，想去接，却又缩了回来，咧嘴一笑："丫头，我的手脏，你帮我塞围裙兜里吧。"

"大叔，派出所通知了，这个通告不能公开张贴，你们自己看就行了，明白吗？"闫晓晓认真地说道。

"知道，知道。放心吧。妹子，你住附近吗？晚上来吃烤串，叔给你打折。"

正说着，一阵急促的脚步声在楼梯上又响了起来。很快，丁龙的身形便出现在楼洞口，他顾不得和几乎迎面撞上的岳城打招呼，直接就冲着闫晓晓跑了过去："快，快，快跟我走，他们找到地方了。"

看着他们匆匆离去的背影，又抬头看了看楼上那扇打开的窗户，岳城一脸的狐疑。

中午12点27分。

罗卜走出急诊中心大楼，骑上警用摩托，开出大院。

急诊中心门口正好是个岔道，正值中午高峰期，来往车辆比较多，他不得不在路边耐心地等待。他左脚撑地趴在摩托把手上，看着眼前一位拖着板车卖水果的老伯正慢吞吞地边走边左顾右盼，似乎是在寻找一块比较合适的地方摆摊。

他四下观察着，视线移动之际，脑子里警铃大作，他被眼前突发的一幕惊得差点叫出声来。

就在他正前方，马路对面相距不到十五米的人行道红绿灯旁，一个身穿藏青色连帽卫衣、蓝色牛仔裤，头戴黑色棒球帽的男人正一动不动地站着。他并不急着过马路，相反，双手插在卫衣兜里，目光死死地盯着罗卜。

恍惚间，罗卜看见他的嘴角缓缓地溢出了笑容。

他立刻认出了这个男人——正是姜海！因为这张脸在他的梦境中已经出现过无数次。

罗卜的心不由得悬到了嗓子眼，眼前这家伙完全无视红绿灯的变化，就直愣愣地在人群中站着，犹如一个幽灵。

姜海的这种行为，就是一种赤裸裸的挑衅。

一时间丧母的锥心之痛猛地涌来，他顿时感觉自己浑身冰冷，手脚微微颤抖。不能就这么耗下去，罗卜紧咬嘴唇，狠狠心松开手刹，一脚踩下油门，瞅着空档的机会便驾驶着摩托车飞速向马路对面开去。刺耳的警笛声随之响起，这时候他心里只有一个念头——绝对不能放过这家伙！

姜海见状，转身迅速跑向了安平市区最大的商业中心——六层楼高的百花荟。

笨重的警用摩托是没有办法直接开上人行道的，更别提眼前到处都是人。罗卜只能把摩托停在路边，急忙拔掉车钥匙，摘下头盔随手往车上一扔，然后拔腿就追，边追边高声喊道："姜海，站住！我是警察！"

路边的行人面露不安，纷纷闪到两旁，而姜海的脚步也根本就没有犹豫过。眼看着离百花荟越来越近，罗卜边追边摸出手机拨打李振峰的电话。他不知道姜海会做出什么样的危险举动，此刻他唯一可以肯定的是，如果能抓住姜海，他愿意付出任何代价。

百花荟大楼外的人群被购物中心的保安顺利疏散开了。

冲进购物中心的刹那，罗卜的蓝牙耳机里传来了李振峰焦急的问话："罗卜，你在哪儿？"

"我在百花荟正门，姜海就在前面，我需要支援。"罗卜一边挥手继续疏散开大厅一楼几位尚不知情的顾客，一边急切地回答道。

"百花荟总共有八个出口……我马上就带人过来，你盯紧他，保持距离。记住，不要让他伤害群众，你尽量把他引开，去僻静的地方，你也要注意安全！万不得已就放弃，以安全为重！"电话随即挂断。

就在这顷刻的工夫，姜海钻进人群挤上了通往二楼的手扶电梯。

正值国庆假期前夕，电梯上都是人。购物中心的广播里播放着欢快的背景音乐，那些不知情的顾客依旧三三两两地在互相交谈，根本就没有注意到这近在咫尺的危险。

这时候的罗卜已经没有办法再高声示警了，他索性也上了手扶电梯，与姜海之间隔了七八米的距离，一头一尾，彼此双眼死死地盯着对方。

电梯到了二楼，姜海又随着人流紧走几步，迅速上了连接着的通往三楼的手扶电梯。两人之间的距离忽近忽远。

豆大的汗珠从鬓角不断地渗出，罗卜感觉视线有些模糊，他随即用手背抹了下汗，双眼仍然紧盯着姜海的后背，生怕他突然又一次消失在自己的面前。

三楼专卖女装，所以通往4楼的手扶电梯上的女性顾客少了许多，罗卜借机拉近了与姜海之间的距离。尽管如此，两人之间还是隔着三个人,其中有一对母子,从只言片语的交谈中可以得知,他们的目标是六楼的儿童天地,罗卜心中不由得暗暗叫苦。

而此时站在前面的姜海也听到了两人之间的谈话,虽然看不见他脸上的表情,罗卜却分明能够感受到对方心中的得意,因为他竟然摘下了头上的棒球帽。这个举动瞬间吸引了身后男孩的目光——姜海手中拿着的棒球帽上有个特殊的标记。男孩认得,兴奋地大叫了起来:"鬼灭,鬼灭!妈妈,叔叔戴的帽子上有鬼灭的标记!"

《鬼灭》是一部很火的国外动漫番剧,有着一大批年轻的粉丝,包括孩子在内。

姜海应声转过头,笑眯眯地看着小男孩,顺手把帽子递给了他:"叔叔刚买的,小弟弟,你也喜欢《鬼灭》?"

男孩点头,目光却根本就没有离开过手中的帽子,羡慕之情溢于言表:"叔叔,这帽子是周边正品吧?"

"当然呀。"姜海笑得更开心了,而他的笑容不只是给眼前的男孩,他必须确保罗卜也能看到。挑衅的味道溢于言表。

男孩的母亲见状赶紧连连道歉,一把从自己孩子手中夺过帽子递还给姜海,同时尴尬地说道:"小孩子不懂事,给你添麻烦了。"

"哪有,哪有,小孩子嘛。"姜海嘴上这么说着,却并不急着重新戴上手中的帽子。他似乎在等待着什么,而这个举动让身后不远处的罗卜又一次紧张起来。

终于,电梯到了五楼。从现在开始,两人之间的间隔便只剩下了这对母子，而姜海与这对母子之间的距离也越来越近。

购物中心的背景音乐有些若隐若现，取而代之的是六楼儿童天地中孩子们玩闹的声音。

姜海逐渐靠近母子俩，还时不时地弯腰和小男孩聊天。他优雅的谈吐举止和脸上始终挂着的微笑，很快就打消了男孩母亲最初的顾虑。

眼看着还有不到五六米远就到了百花荟顶层——六楼儿童天地，罗卜紧紧抓着电梯扶手，双脚缓缓向前移动。要知道手扶电梯在运行到顶端时，人们出于本能大概率都会低头看一眼脚下的盖板和平台之间的距离，这么做的话，时间就会有几秒钟的滞留，而那一瞬便是抓捕的最好时机。

与此同时，姜海却疾走几步上了电梯平台，但他并没有快速离开，反而左脚踩在平台上，右脚踩在盖板上，迅速转身看着身后的那对母子和罗卜。

姜海脸上的笑容突然变得有些狡黠，此刻的他像极了一个正准备打开道具箱的魔术师。

就在母子俩随着手扶电梯即将到达顶端的刹那，由于姜海所站的位置已经占据了大半通道，以至于娘儿俩无法并列通过，母亲不得不拉动孩子，刚要开口说什么……姜海脸上仍旧保持着刚才的笑容，右脚却狠狠地往下一踩，然后身体迅速朝后撤去。盖板的一端迅速向上翻转，露出了地下机房驱动站内防护挡板与梯级回转部分的间隙，母子俩立刻失去重心，应声坠落到空档内，手扶电梯发出了恐怖的嘎嘎声，驱动链轴承在遇到阻力的前提下竟然试图开始反向运行。

出于本能，身后相隔半米左右的罗卜，双脚迅速转移到两边的不锈钢隔板上，以防万一自己脚底的盖板也会脱落，同时他身子前倾，伸出右手一把抓住了小男孩的衣服领子。男孩子因为惊恐，不断地尖叫哭泣。站在电梯空挡中的母亲不顾自己被牢牢卡住的下半身，用尽全力把孩子向上举着，嘴里不断呼喊着救命。

见此情景，站在电梯顶端的姜海面露沮丧的神色。他双手一摊，耸耸肩，突然扭头转身就跑。罗卜眼看着他的身影很快就消失在了赶来救援的人群中。

此时，驱动链已经被卡死，但是母亲所站的空档挡板是完全无法承受两个人的重量的。脚下不断传来金属摩擦的声音，母亲的脸色也越来越痛苦。

依旧站在手扶电梯两端不锈钢隔板上的罗卜见姜海跑了，不由得心急如焚，想跳过缺口去追，可是自己此刻如果松手的话，被卡在空档内的母子俩就会有性命之忧——如果再不把他们从里面拖出来，他们就会因为重量而加速坠落下去，从而被依旧运行的齿轮给活活挤压至死。

罗卜没有选择的机会，只能眼睁睁看着姜海的背影消失。汗水滑进他的眼睛，与泪水融合在一起，无声地从脸颊上滚落。

此时此刻，赶来救援的购物中心人员却焦急地喊了起来："我关不上，我关不上，快去叫工程部的人，这电梯我怎么关不上了？……"

听了这话，罗卜的心不由得一沉。他双臂早已发麻，体力接近极限了,但还不忘安慰抱着孩子处于危险中的母亲,声音有些吃力地道:"你别怕,我是警察,我会救你们的。"

时间一分一秒地流逝,围观的人越来越多,却都不敢轻举妄动,生怕会帮倒忙。

被卡在空档中的母亲哭着哀求罗卜:"求求你,警察同志!不用管我,你救救我家孩子,他是我全家人的命。求求你了,警察同志!"

男孩却哭着喊妈妈。

"放心,你们都会安全的,你也抓住我的手,我们都保持点体力,一定要相信我,你们都会得救的。"罗卜的左手紧紧地抓着电梯扶手,右手拽着母子俩,承担着他们几乎所有的身体重量,与齿轮做对抗,还不忘努力地挤出一丝笑容。

话音刚落,正对着手扶电梯口的方向传来了凌乱的脚步声,冲在前面的正是匆匆赶来的李振峰。他伸出双手牢牢地抓住男孩母亲的身体,彻底止住了她逐渐下坠的趋势,同时另一位赶到的工程部人员打开应急盖板,没多久便彻底止住了手扶电梯不断滚动的齿轮。

危险化解,围观群众们纷纷鼓掌。

脱困后,几近虚脱的罗卜长出了一口气,看着李振峰,心中又感到深深的自责。他哑声说道:"李哥,对不起,我让他跑了。"

"罗卜,你已经很棒了,咱们会抓住他的,别放在心上。"李振峰从地上爬起来,轻轻一笑,"走吧。"

两人一前一后向购物中心应急通道走去。

中午12点53分。

百花荟购物中心手扶电梯事故,被各大网媒纷纷报道。

陈兰站在百花荟购物中心街对面的树荫下,将手机塞回包里的时候,看到了两辆警车一前一后迅速驶入封控区。她不由得微微皱眉,转身快步朝不远处的冷饮摊走去。来到冷饮摊前,她要了杯酸梅汤,付款后便接过杯子插上吸管慢慢地喝了起来,只有眼睛仍警惕地注视着周围的一切。

"你身上的味道真好闻。"不知何时,姜海笑眯眯地出现在了陈兰的身后。与先前不同的是,此刻的他换上了一套咖啡色的休闲西服,头发扎成了马尾,浑身上下收拾得干净利落,手上甚至还多了一个公文包。

"你就像个卖房子的。"陈兰撇了撇嘴。

"没办法,我以为那个仓库里会有别的衣服,可找来找去就这套合身。唉,将就着穿吧,谁叫我踩点的时候看走眼了。"姜海朝左右看了看,"我们去哪儿?"

陈兰指指马路边上停着的那辆灰色小车:"走吧。"

"你买车了?"姜海有些意外。

"租的。"

两人上了车。陈兰坐在驾驶座上,熟练地把车开出了百花荟购物中心拥挤的街道,很快便拐上了云林路,车前方的视野也变得开阔起来。

"你为什么要这么做?"陈兰突然问道,"没有任何意义。"

"我就是喜欢看他们被玩得团团转的样子。"姜海笑了,"你看到平台直播了?"

陈兰一脸的不屑："看热闹不嫌事儿大，那帮人会放过这么好的机会吗？"

"你说得没错。"姜海点点头，"我的本意并不是杀人。"

"那你赌的是什么？"陈兰有些好奇。

"人的本性。"姜海若有所思地看向窗外，"我喜欢研究人性。"

陈兰眼神中闪过一丝晦暗："你就不怕那警察抓到你？"

姜海笑了："没什么大不了的，反正我又不是第一次从那鬼地方出来。"

一阵沉默之后，陈兰点点头："好吧，随便吧，我不再过问就是。"她顿了顿，又问道："那他呢？安顿好了吗？"

姜海冷冷地回答道："我和他已经没有关系了。"

"好吧，只要确保他不会牵连到你就行。"陈兰也不打算在这个问题上继续纠缠，索性腾出右手指了指仪表盘下的储物箱，"里面的牛皮纸袋子里有三十万现金，还有一套身份证件，证件照片上的人长得和你差不多，我花了三千块钱买的。你留着以防万一，反正不到万不得已就不要用，现在警察手段很多，一不小心就有可能被发现。"

"三千？这么贵？"姜海有些意外。

陈兰瞥了他一眼，笑了："你以为是天桥底下五十块钱那种吗？"

"偷的？"

陈兰笑得更开心了："看来在里头这一年真的把你的脑子给待傻了，放心用吧，这种东西，都是人家自愿卖的。人穷到一定程度的时候，只要能换来钱，身边啥都可以不要，更别提一个不能填饱肚子的身份了。差点忘了，昨晚上提前给你们的两万块钱和买证件用的这三千块我是从这三十万里取的，目前的实际数字是二十七万七千元。"

"我知道。"姜海取出了纸袋，扫了眼纸袋里码放整齐的钞票，又看了眼身份证，突然嘴角浮现出苦笑，"这跟我长得一点儿都不像。"

陈兰的目光紧盯着车前方的路面，神情若有所思："外表长得像不像有那么重要吗？你自己知道自己是谁就行了，反正总有一天你会把属于你的东西夺回来的。"

姜海听了，讶异地瞥了她一眼，却没再多说什么。

车厢里恢复了死一般的寂静。

小车在略显荒凉的公路上行驶了半个多小时后，在一处路基旁停了下来，路边的水泥石柱上用红色的油漆歪歪扭扭地写着"26"。几米开外的路面上，车辆来来往往。

"你，真的考虑好了？"陈兰悄声问道。

姜海点点头，向后靠在椅背上，长长地呼了口气，脸上露出了笑容："白兰花都开了呢，这么香的白兰花，是时候回去看看了。"

陈兰微微皱眉，因为周围并没有白兰花，她看着姜海一副陶醉其中的模样，犹豫了会儿后，说道："那件事儿，你不会怪我这么久才告诉你吧？"

姜海闻声，转头看向她，微微一笑："不，我怎么可能怪你。

那不是你的错,我不怪任何人,我要做的,只不过是把早就该完成的事情做个了结罢了。至于说以后嘛,我还会接着过我自己的生活。"

陈兰脸上的表情变得很微妙,她轻轻叹了口气,说道:"你从这里上去,很快就会有过路车带你走,不用担心警察,前面十米远的地方就是长桥地界了,不归安平管。"

姜海打开车门刚要下车,陈兰叫住了他:"等下,你右手位置的夹层里有个帆布袋,牛仔布的,很牢,你把钱装进去才不会引人注目。那个公文包丢了吧,太招摇了。"

姜海点点头:"谢谢你。"

"那你还打算回安平吗?"陈兰小声问道。

"事情处理完了我就回来,不过,我应该不会再来找你了,你放心吧。"姜海哑声说道,"至于8号,如果他在你身边出现,无论何时何地,我对你都只有一句忠告——离他远点,他身上没有人的味道。"

说完这些话后,姜海便提着帆布袋和公文包下了车。

透过车窗看着姜海离去的背影,陈兰的脸上闪过一丝忧虑,她太了解这个男人了,当年第一次见到他的时候,她就知道他的灵魂已经被命运彻底扭曲了。

可她自己又何尝不是如此?

姜海的身影从路基上消失了。陈兰轻轻叹了口气,刚要发动车子,无意中一转头,空了的副驾驶座椅上竟然端端正正地放着两朵已经微微有些发黄的白色小花,花瓣很长,两朵花之间用一段细细的小铁丝连着。陈兰下意识地拿起了那两朵花,凑近闻了闻，一股幽幽的香味若隐若现。

"原来真的是白兰花啊。"陈兰笑了。

下午1点19分。

城郊公路上，警车匀速行驶了将近半个小时，罗卜一路上都没有说话，疲惫不堪地靠在副驾驶座上看着窗外单调的景色发呆，其间还打了个盹。李振峰只管开车，也没多问。

最后的这条山底隧道足足有五千米长，警车开出隧道的刹那，眼前顿时变得明亮起来，可以清晰地看到数百米开外山坡上的市精神中心那三栋高大的灰色楼房。李振峰打开车窗，虽然已经是夏末秋初，但是扑面而来的海风依旧带着几分夏天特有的灼热感。

"李哥，你怎么看姜海今天的行为？"罗卜哑声问道，"我刚才一直在想这个问题，他这么做的目的是什么？就是故意挑衅吗？"

李振峰听了，转头看了他一眼，目光随即回到车前方的路面上："姜海还有一个目标，那就是我，甚至说是我们警察。"

"挑衅警察？"罗卜有点吃惊，"跑出来就只为了挑衅警察？"

"按照目前手头的证据来看，确实是这样。"李振峰的眼神中满是忧虑，"当年他的父亲就是个颇有建树的心理学教授，又和我们警方有过合作，他不可避免地被他的父亲影响，喜欢搞'心理战'。在他父亲死后，我们成为他挑衅的首选目标也是情理之中啊，更何况我们还把他抓起来过。等咱手头的案子结束后，我会抽时间再去苏川找姜海的姑妈好好聊聊。"

说话间，警车已经穿过了安平市精神中心大门，直接进入地下停车场。

李振峰轻轻叹了口气，道："虽然我做好了心理准备，应对姜海的回击，但我错估了事态的发展速度，更忽视了姜海对报复的强烈渴望。我以为我接替了老师的工作，能用秦方正被害案挫一下姜海的锐气，却反而刺激了他。"他难掩自己懊悔的之情。

罗卜的脸色一阵灰白："我们会抓住他的。"

李振峰停好车，看着车窗外向这边走来的陈院长，靠在方向盘上，喃喃说道："不管姜海过去做过什么，或者经历过什么，这些其实都不重要。我现在想的是，他对社会的危害性太大了，必须抓到他。"

下午1点30分。

齐一民在寻找记忆深处的影子。

他慢悠悠地走过水车胡同口，左脚脚底的伤口还在疼，虽然包裹了很多层从医院顺手偷的纱布，但是每走一步，他都感觉像踩在刀子上一样。还好脚上的雨靴大了两号，柔软的靴底稍微缓解了钻心的疼痛。

右手边是一片灰色的山墙，他的目光在上面停留了好一会儿，午后的阳光无声地在空气中流淌着，周遭的喧嚣没有干扰到他脑海中的宁静。

阳光下，一切就好像从未发生过一样。尸体早已被转移走了,山墙上也很难再找到血迹,因为凌晨的那场雨实在太大了,大到把现场冲洗得干干净净,连个烟头都没能留下。

齐一民若有所思的眼神中闪过一丝歉意,但仅此而已。

再次转身的时候,他的脸上恢复了平静。他继续缓步走向十字路口,随着人流穿过拥挤的米箩街,向正对着公交站台的两栋民房小楼走去。

这时,天空中飘过一片云彩遮住了阳光,二层小楼敞开着的窗口里,又一次传出了野兽般的低沉的嚎叫声。周围的居民早就已经习惯了这种异样的嚎叫声,只有无意中经过米箩街的人,才会下意识地去寻找声音的来源。

齐一民站在楼底下,表情平静地抬头看向门牌,对这诡异的叫声充耳不闻。

"你找谁?"一位身穿橘红色围裙、满头大汗的中年男人站在一楼门口好奇地看着他,"也是找房东的吗?"

齐一民小心翼翼地回答:"听说这里有房子出租,我,我想问问。刚才有人找过房东了?"

中年男人满不在乎地撇撇嘴:"警察和社区的人来查户口的,不过,这里没有空房间了,你到前面去打听打听吧。"

齐一民并没有要走的意思:"请问,这里的房东是不是个女的?"

"没错,叫陈兰。"中年男人在腰间油腻的围裙上擦了擦双手,眼神中闪出亮光:"你们认识?"

齐一民含糊地点点头:"认识,我认识她姐姐,不过已经很多年没见了。大哥,贵姓?"

"免贵姓岳。"岳城笑了,"我是开烧烤店的,手艺还不错的,有时间一定来哈,兄弟,我给你打折。"

齐一民的关注点却似乎并不在吃上,他犹豫了一会儿,接着问道:"岳大哥,你见过陈凤吗?"

"这个嘛,有点复杂。"说到这儿,岳城突然回想起刚才那个小警察的问话,有些犹豫了。他想了想,环顾左右后压低嗓门,把刚才跟警察说的话又说了一遍。

齐一民听罢,目光落在了岳城面前正在整理的烤串上,突然感到饥肠辘辘,他伸手一指:"现在卖不?"

岳城乐了,忙不迭拉开叠在一起的塑料凳子和椅子,用袖子擦了擦,热情地伸手一指:"坐,兄弟,别客气,我和我老婆在这儿租房子开烧烤摊快五年了,有很多老客户的,晚上生意还不错。今天兄弟你是第一次来,啤酒我请客,猪腰子管饱。还要点啥?我这后头的卤味马上就能出锅了。"

一阵阵香味扑鼻而来。齐一民仍然站在门口,腼腆一笑:"有猪脸吗?我喜欢吃猪脸。"

"嚯,兄弟,口味挺独特嘛,"岳城开心地笑了,"不过我也不怕你挑,我手艺好得很。你等等,我给你切,切完马上就来,咱们好好聊聊。"

说着,他便兴冲冲地掀开帘子走进了后厨。

齐一民脸上的笑容缓缓消失了,他若有所思地抬头看向门牌,许久,仍然面露疑惑:"怎么回事?"

此时,屋里传出了岳城招呼的声音:"兄弟,都切好了,来吧,趁热吃。"

齐一民应声走进屋，屋里摆着一张简易的小饭桌，上面依次摆了六个菜，四瓶啤酒，岳城把围裙解下随手放在一边，手一挥："来，今天我们喝个痛快。"

齐一民笑着问："岳大哥，陈凤今天在家吗？"

岳城连连点头，嘴里嚼着吃食，含糊不清地回答："在，在，每天都在，都瘫了，能上哪儿去？这女人，可怜着呐！"

瘫了？

第五章 四个五个六个

有时候,一个人只要好好活着,就足以拯救某个人。

9月24日,星期日,下午1点37分。

安平市精神中心静悄悄的。

李振峰与罗卜跟着陈院长走进办公楼二层楼的院长办公室,房间里有些闷热。陈院长一边开窗,一边招呼两人在沙发上坐下。

"警察同志,这大老远的开车过来,辛苦你们了。"陈院长笑呵呵地说道,"我们这儿太偏了。对了,李警官,我跟黄教授上午通了个电话,他叫我告诉你,他在那边一切都好,让你别挂念,等身体养好了他就回来。"

"谢谢陈院长的关心。"李振峰礼貌地点点头,转而问道,"陈院长,我们今天来就是为了你们院里2病区出逃的那两个病人的事,还有了解一下遇害的黄巧珠护士长。您能先说说当天具体发生了什么事吗?情况说得越详细越好。"

"没问题。"陈院长拉开办公桌抽屉,从里面拿出一本当班日志,翻到最近一页后递给李振峰,"市精神中心的病人,每人都有一个对应的所需服药记录和自身本来所患疾病的对症医嘱记录,我特地查了出逃的这两个病人的情况,一个是8号齐一民,一个是12号姜海。这个姜海,患有中度缓慢性心律失常,这是先天性遗传性疾病,需要服用洋地黄类药物,所以我们会给他开具地高辛片;而齐一民,患有肾结石,平日里除了正常服用精神类治疗药物外,还服用防止水肿的氢氯噻嗪片,都是医嘱用药。"

听了这番话,李振峰突然想起赵晓楠在医院急诊留观病房时提过一种药,于是他让罗卜继续询问陈院长,自己则拿起手机走出院长办公室,来到走廊里拨打了赵晓楠的电话。

电话很快接通了。

"你还记得凌晨在急诊中心留观病房出现场时你曾经问过当值护士接手病人时,病人是个什么状态吗?"

"我当然记得。"赵晓楠回答,"你是不是找到了他们的服药史?"

"是的,我现在就在市精神中心这边,陈院长提到,除了正常的精神类药物外,还会针对病人自身的病史开具一些慢性病用药,其中姜海用的是地高辛。"

赵晓楠叹了口气:"地高辛属于洋地黄类药物,他们中心用的都是医保的药,看来姜海有心衰和心律失常一类的病史。"

"没错,院长就是这么说的。他还提到齐一民患有肾结石,所以会开具氢氯噻嗪片。"

电话那头又一次传来了沉重的叹息声:"他们应该是混居的吧?"

"是的,这里毕竟不是牢房,要照顾到病人的情绪和恢复期,所以不能长期单独看管。"李振峰无奈地回答道。

赵晓楠说道:"那他们有机会交换药。这样,你再向院长证实两个情况。第一,他们两人之间有没有机会互相接触,一定要确认,如果有轨迹交叉,那就说明这两人进行了药物互换。"

"什么意思?"

"字面意思,就是他们互相换着吃药。"赵晓楠回答。

李振峰吃惊地问道:"那风险不是太大了吗?"

"风险当然大,并且所造成的后果是市精神中心的医生没有办法处理的,必须立刻送去急诊中心。"赵晓楠想了想,随即打了个比方,"他们的这种行为性质,你可以理解成是一场赌博,赌注就是他们各自的命!"

李振峰环顾左右,接着问道:"那第二呢?"

"确保你能拿到当晚值班的所有医护人员的名单,然后逐一筛选。我记得市精神中心特殊病区的护士进出时都会有时间记录,方便事后的责任追查。那帮助姜海和齐一民外逃的人必定在这份名单上。"

"等等,难道说除了黄巧珠,还有其他人参与其中?"李振峰皱眉问道。

"是的,因为一位护士长没办法独立应对两位急性药物中毒的精神病人,而且这种状况不是简单的护工能够处理的,所以参与人员必定是一个专业的医护人员。总而言之,就是这事儿一个人做不了。"顿了顿,赵晓楠接着说道,"我甚至都有些怀疑姜海是不是真有心脏病。要知道这种病遗传的概率非常大,我在分局那边看到了秦方正在大学任职时的体检报告,上面显示他没有任何心脏病史,而且心脏非常健康。当然,光凭这点没办法断定姜海病史的来源,他母亲的医疗档案也已经没办法找到,所以我觉得你必须尽快找到另外一个参与此事的人。还有一个问题,他们那边应该有专门的配药医生吧?"

"有,类似于社区医院的住院医师。"李振峰回答。

"那就没错了,连他一块儿带上,也许会找到直接的线索。还有啊,姜海和齐一民所住的房间也要仔细检查一下,尤其是那些床框缝隙犄角旮旯啥的一个都别放过。"赵晓楠语气中带着一丝不满,"一两粒药片达不到那种效果,姜海肯定是算准了的,不排除有人在背后为他量身定制逃跑方案。对了,你究竟是怎么刺激他的,竟然把他吓得玩命逃?"

李振峰感觉自己的耳朵有些发热,他嘿嘿一笑:"是我的失误,我太专注秦方正的案子了,这个回去说吧。"

下午1点48分。

安平路308号大院一楼技侦实验室外的走廊上,赵晓楠结束和李振峰的通话后,转身刚要回实验室继续工作,玻璃门却自己开了,小九从门后探出大半个身子,兴冲冲地嚷嚷道:"师姐,师姐,小丁传过来的黑旅馆现场房间的足迹图中,我匹配上了一双警用雨靴靴底的专用纹路,这和叶文警官失踪的那双雨靴是同一型号的。"

就在中午12点30分前后,市局侦查员丁龙正站在水西厅24号二楼的门口时,突然接到了花桥派出所民警田雨的电话,通知他立刻前往水车胡同10号。那里是一处黑旅馆,刚才另一组

109

走访的人员从黑旅馆老板嘴中撬出了一些信息——有两个与照片中的人长得差不多的住客昨晚在那儿住过，目前两人均已经退房，具体姓名当然是不知道的，因为他不查看身份证，也不登记房客信息，只管收钱。田雨已经通知了花桥派出所的技侦人员赶去现场勘验固定证据了。

丁龙得知消息后便匆匆下楼，在熟悉地形的社工闫晓晓的带领下径直跑过马路，向街对面的水车胡同赶去，那地方离米箩街并不远。

两位疑似人员住过的房间是三楼302室，现在里面除了凌乱的床铺、满地的垃圾和空气中残留的香烟味，私人物品一件都没留下。花桥派出所的技侦人员在现场房间内提取完物证后，丁龙便把提取出来的几组鞋印一并扫描转发给了小九，并简单说明了情况。

而市局技侦部门的小九和赵晓楠之所以对鞋印这么感兴趣，是因为叶文警官的尸体被发现时，是赤着脚的，所穿的警用雨靴不见了踪迹。凌晨时分虽然有台风，但是水车胡同所在的位置并没有积水，所以不存在鞋子被水冲走的情况。那就只有一个可能，凶手拿走了他的雨靴。

"你确定？"赵晓楠严肃地看着小九，"鞋码数也对？"

"没错，师姐，完全吻合。而且从小丁他们传过来的足迹分布图来看，符合进出成趟的规律。犯罪嫌疑人明显就是穿着雨靴进去的。"小九回答。

"为什么凶手要穿叶文警官的鞋子？"赵晓楠有点迷糊。突然，她一把扒拉开挡在她面前的小九，径直走进实验室，边走边问:"在急诊中心病房现场发现的血迹样本中,有没有发现除了受害者以外的血迹?"

"有,三份陌生的,没有办法和受害者匹配上,现在正准备和两位出逃的病人做匹配。"小九从电脑上调出了那张病房的现场照片,然后指着其中的三个点说道,"就是这三个地方,两处是滴落状,位于通往卫生间的路上,一处在床边,面积大很多,但是比较模糊,上面有不规则的擦拭痕迹。"

"让我看看。"赵晓楠点击单个固定样本照片,然后放大了第三处的血迹,沉吟半晌后,果断地说道,"这处血迹结合对应的足迹轮廓来看,应该是处于一个人右脚足底部位。发现血迹的位置是病床边上,不排除是犯罪嫌疑人之一下床时无意中留下的,这说明他脚上有伤。结合出血量判断,扎得有点深,有可能是足底内侧动脉受损,我觉得可能是犯罪嫌疑人光脚下地时,无意中踩到了碎玻璃,造成受伤出血。""至于说碎玻璃来源,"她想了想,开始翻找现场全貌照片,最终在第三张照片的一个位置停了下来,"你看,左面靠床头柜的地上有个摔碎的玻璃药瓶,角落里有个医用托盘,棕色玻璃碎片在床边地上呈无规则分布。这样的状态有可能是,犯罪嫌疑人在病床前试图控制受害者从而发生扭斗时导致的。而犯罪嫌疑人没穿鞋子,无意中踩到了地上的玻璃碎片,才会导致脚部受伤出血。至于说另外两处静止滴落状血迹,符合上肢滴落的高度,你结合足迹运行轨迹判断下,不排除犯罪嫌疑人在冲突中也受伤了。对了,他们俩走的时候穿的什么鞋?你从足印上能判断出来吗?"

小九点点头:"鞋底有些硬,还是新的。"

"难怪。"赵晓楠咕哝了句,"这或许就能解释他为什么要穿走叶文警官的雨靴了。"

"可是,如果真的是凶手拿走了这双雨靴的话,师姐,杀一个警察难道就只是为了一双鞋子?这有点离谱啊。"小九看着赵晓楠的目光中充满了疑惑。

"这两个可不是普通的犯罪嫌疑人,他们都患有精神疾病,不能用常人的思维来揣度他们。所以呢,这个问题我也回答不了你。"赵晓楠苦笑着摇摇头,"我只能从目前已有的证据得出科学推论,印证推论还需要你和你的李哥。"她伸手指了指自己的太阳穴:"记得血液样本比对报告,明白吗?我们必须确定受伤的到底是姜海还是齐一民,抑或是其他人。"

小九做了个"OK"的手势,又埋头开始了工作。

赵晓楠却再也无法让自己静下心来继续盯着面前的显微镜看了,脑子里总是会时不时地出现方六月的影子。

她回到自己的办公室,坐在椅子上,然后打开办公桌抽屉,在里面翻找了好一会儿,把那几本自己常看的资料都翻找完,来回抖落了好几遍,却还是怎么也想不起来自己到底把它放哪儿了。

那是一张聚会时偶然拍下的留影,也是和师姐方六月仅有的一张合影。

赵晓楠突然感觉自己心里酸溜溜的。

下午2点02分。

市精神中心会客室的门又一次被人敲响了,李振峰和罗卜对视了一眼，随即大声说道："进来吧。"

一个戴着眼镜、书卷气极浓的年轻男人走了进来，他双手插在兜里，身上的白大褂干净得几乎纤尘不染。

这是今天询问名单上的第四个人——药剂师于文涛。

"请坐吧。"李振峰伸手指了指自己面前的椅子，罗卜则一声不吭地坐在边上看着于文涛，脸上没有任何表情。

或许是房间里的气氛让于文涛感觉到了一丝异样，他伸手去拉椅子，刻意与对面坐着的李振峰又往后拉开了一点距离。他坐下后，脊背挺直，浑身僵硬，双手无处安放不说，目光更是并不直接与李振峰接触。

李振峰已经看出了他过分紧张，却依然不动声色地问道："你的职位是药剂师？"

"是的，警察同志。"于文涛回答，"我同时还是普内科医生，有行医执照，有处方权。"

"你在2病区工作多少年了？"

"六年。"

自始至终，李振峰的双眼都没有离开过于文涛的脸："中心每年给病人正式体检几次？"

于文涛脸上露出疑惑的神色，顺口回答道："两次，分别是每年的5月和10月。"

"于医生，你每次开药的程序是什么？"罗卜问道。

"程序？就是每次体检报告出来后，我再根据病人的体检报告结合精神科医生的医嘱来开药。"于文涛一脸的无辜，"我们中心不像普通公立医院那样，除了专门的精神科医生外，只有

113

我一个人负责给全中心329位病人开药。"

……

"那就好,"李振峰点点头,"于文涛,我最后给你一次机会,你确定你没有什么话要对我们讲了吗?"

"那是当然,对于我的工作,我,我问心无愧。"对方说这些话的时候,李振峰注意到,他的眼神显然与正常的直视偏差了至少15度角,他真正看向的是李振峰右手方向偏上的位置,那面刷白的墙。

李振峰与罗卜对视一眼,后者打开一个厚厚的文件袋,从里面掏出两份装订好的体检报告,然后将其在面前的桌子上并排放好。

李振峰看向于文涛,下巴朝体检报告努了努。"你应该很熟悉这两份体检报告吧?在你坐下之前,你们陈院长亲自去医疗档案室帮我拿过来的。你刚才说得没错,确实是每年两次体检,但是,"说到这儿,李振峰伸手拿过其中一份体检报告,微微一笑,语气却格外冰冷,"于医生,里面有一份完全正常的二十四小时动态心电图。你说一个心脏完全正常的人,有必要服用地高辛药片吗?"

于文涛有些傻了,他看看李振峰,又看看他手中的体检报告,嘴里喃喃辩解道:"不可能,完全不可能,我怎么会犯下这么严重的工作失误?警察同志,我是冤枉的,这肯定不是我这边的问题。"

眼前这个男人表面上依旧是一副强装镇定的架势,目光中却满是无法掩饰的慌乱与不安。

"于医生，我刚才跟你说得很明白——我可是给过你机会的。"李振峰的语气瞬间变得严厉了起来，"这份报告上的名字你看清楚，参加体检的人叫姜海，体检医生签字栏有你的亲笔签名，说明你对这份结果是完全认可的。对吧？"

于文涛的额头上渗出了一层细密的汗珠，他清了清嗓子，结结巴巴地赔着笑脸："那，那是我记错了，对不起，警察同志，我下次一定改正。"

"你还有下一次机会吗？"李振峰笑了，摇摇头，"我再说一遍，几分钟前我就已经给过你机会了，是你自己不要的。2病区里监管的都是些什么人你应该比我清楚，到现在为止已经死了两个人，一位是黄巧珠护士长，我相信你也认识，而另一个，是一名很有才华的急诊中心年轻医生。两个社会危害性极大的精神病患者，就因为你的渎职而大摇大摆地回归社会。所以呢，不是我吓唬你，从他们脱离你们中心监管的那一刻开始所做的任何一件违法的事情，你都要承担相应的法律责任。"

于文涛瞬间脸色煞白，他的双手开始微微颤抖起来。"我……警察同志，我，我错了。"话音未落，眼泪就夺眶而出，他低头慌乱地说道，"我真的不知道后果会这么严重，如果我早知道的话，我就不会干这么蠢的事了。"

"你有没有从中获利？"

"有，八……八千元。"

罗卜皱眉看着他："于医生，真没想到八千元钱就能买到你做人的良知。"

于文涛听了，抬头焦急地说道："警察同志，我当初真的不知道后果会这么严重，我本以为就是开些药，他乱吃后装装病罢了。"

"装病？生病了有什么优待吗？"李振峰虽然来了好几次市精神中心，却还是第一次听说这个。

"有，当然有，生病了就不用参加病区的集体思想交流会，不用每天公开做自我总结，而且伙食也会好很多，还有加餐。"

"看来你不是第一次这么做了，对不对？用药换钱？"罗卜一针见血地指出了于文涛心中最想回避的问题，于文涛顿时哑了嗓子。

李振峰严肃地说道："你别再有任何幻想了，我们现在已经掌握了关键证据，如果你还不愿意全部坦白，让我讲出来性质可就完全不一样了。于文涛，你能听懂我的话吗？"

"能，我能听懂。"于文涛连连点头。

"那就把事情的来龙去脉都说清楚，谁来找你的？什么时候来找你的？对方到底说了些什么？一字不落都详详细细地说出来，包括你的同伙。"罗卜一边说着，一边翻开了自己的工作笔记本。

于文涛汗如雨下："警察同志，12号病人大概是八个月前，我按照规定通知男护士去带他来做初次体检。"

李振峰打断他的话："2病区和别的病区不同，你不是精神专科医生，按照规定是不能擅自进入病区的，是吗？"

"是的，所以一般情况下都需要男护士带领。"

"那次是谁带他来的？"

于文涛略微迟疑后，目光看向李振峰："黄，黄护士长。"

"黄巧珠？"

"对，对，就是她。"于文涛回答。

李振峰靠在椅背上，双手抱着肩膀，犀利的目光紧紧地注视着于文涛："你不是说要男护士吗？于文涛，你要对自己说的话负责。"

于文涛用力点点头："我，我知道。黄护士长虽然是女的，但是因为她资历老，级别高，2病区又是她管辖的，所以有时候即便违反一下小规定，也没人去指出来。这，这毕竟都要在她手下过日子，警察同志，你说是不是？"

"接着说下去。"

"好的，好的。"因为过于紧张，于文涛连咽了几下口水，这才接着说道，"12号病人就是在那时候跟我提起的这个想法。而黄护士长全程都坐在旁边。"

罗卜停下手中的记录，抬头皱眉看着他："真的？"

于文涛听了，嘴角不由得露出苦笑："警察同志，都到这个时候了，我怎么可能还有心思骗你们？"

"当时姜海是怎么跟你提起这事的？"罗卜问道。

"他很直截了当地要我开药，说自己心脏不好，有家族遗传史，并且强调他妈妈就是因为这个毛病去世的。我看过他的心电图，当时显示一切正常，根本没必要吃药，我就又对他做了快速血检查肌钙蛋白，检验结果正常，他没有病。我本来想拒绝，但是，"于文涛想了想，转而说道，"就在那个时候，他突然对我说会给我钱，很多的钱，每个月都给。"

"他真的给你了吗？"

于文涛点点头，说话声越来越小："现金，黄护士长拿给我的，我们这都是这么操作的。"

"等等，姜海人在精神病院里，安平市也没有亲人，所有的社会关系我们警方都已经接触过了，也可以全部排除，那谁帮他付钱？你是不是在撒谎？"李振峰沉声追问道。

"没有，我没撒谎，钱确实是黄护士长亲手给我的。"于文涛最后又补充了句，"现金！"

听了这话，李振峰不由得和罗卜对视了一眼。

"那你给8号齐一民开了多久的药物？"

"前后脚的工夫，差不了几天，也是黄护士长带过来的。他说自己有肾结石病史，最近小便出了问题，双腿也浮肿了，想要开点氢氯噻嗪，我寻思着没啥问题就给他开了一瓶。"

罗卜听了，重重地叹了口气："你就没有核查体检报告吗？"

于文涛面露愁容："警察同志，我们中心是市精神中心，精神科不治肾结石，没有设备的。我这都是最常见的医保用药，最贵的也就五块五毛钱一瓶。"

"于文涛，我再问你最后一个问题，你昨天晚上为什么跟着市精神中心的车去了市急诊中心？是谁让你跟车去的？"李振峰问道。

"台风天的缘故，中心领导要求每个医生都在岗，就怕病人出事。结果，怕什么就来什么。事情是吃晚饭的时候发生的，我心里害怕，就主动要求跟车去了。"于文涛面露无奈的神色，"因为我那时候已经看出了他俩是什么情况，我，我怕出人命，再加上我知道黄护士长一个人处理不了两个药物中毒的病人，所以，我就跟去了。"

罗卜冷冷地问道："那为什么不是你而是黄巧珠留下来了？难道说你知道后面会发生什么？"

"不，我不知道，我真的不知道他们会杀人！如果我知道的话，我……"于文涛没说几句话就急了，他本能地从椅子上站起来，却又立刻被罗卜呵斥坐了回去，整个人如坐针毡，"你们要相信我，警察同志，我真的只是贪财。我怕他们俩出事，我确实不知道他们会跑，更不知道他们会杀人啊。我当时以为他要我开药就是为了自杀，这是我最担心的事儿了。院里对这个有严格规定，如果出现有人用药物自杀的情况，我们都得倒霉，我真的只是不放心啊，警察同志。"

罗卜问道："你开药的时候就没想过这个吗？"

于文涛急得眼泪都快流出来了："我当然想过呀，警察同志，所以开的剂量都是最小的，不会死人的，更不会出现药物中毒，最多，最多就是呕吐而已，结果那晚那俩人的症状把我吓死了，更没想到居然是两个人同时出事。"

李振峰心中一动，仔细打量着于文涛，突然开口问道："于医生，你们市精神中心以前发生过类似的利用配发的药物自杀的事件吗？"

于文涛的情绪略微缓和了点，他点点头："很久以前的事儿了，那时候我还没来，算起来有十多年了吧。据说就是从那件事开始，我们中心就有了一条严格规定，那就是必须看着病人把药吃完。"

"出事的也是需要监控的人员吗？"

"不,我听我师父说起过,是我们中心之前一个护工的女儿,具体原因不清楚,"于文涛苦笑道,"都过去这么久了,再说了,病人的档案都是按照级别保密的,不可能谁都知道。现在你要问我她叫什么名字,我更不可能知道了。"

李振峰没有再继续追问下去,却皱起了双眉。他翻开面前桌子上摆着的那本人员进出记录,看着上面黄巧珠进出病区的时间标记与签名,心中不由得感觉沉甸甸的。

下午3点整。

每天都要来回挤很多次公交车,陈兰感觉自己都快麻木了。

18路公交车摇摇晃晃地开过花桥,车里挤满了人,陈兰因为个子矮小的缘故,被挤在车门边。她看着窗外掠过的嘈杂街景,感觉自己的每一次呼吸都成了一种难言的奢侈。

终于,公交车在站台上停了下来,控制车门的自动气泵哼哧了好几次才在乘客的帮助下艰难地挪向两边。陈兰如释重负,赶紧跳下车,一个踉跄差点摔倒,终于能闻到公交车外的新鲜空气,感觉又活过来了。

她整理好挎包,把散乱的头发夹在脑后,随即低着头匆匆走上人行道,向水西厅24号方向走去。迎面看见自己的租户——正在准备出摊的摊主老婆,陈兰习惯性地冲对方点点头,刚想走上楼梯,耳根子边就听到了夫妻俩的吵架声。与其说是吵架,不如说是摊主老婆自怨自艾,抱怨她老公,每天光顾着喝酒不干活,狐朋狗友吃了不付账,到头来还得害她忙前忙后地收拾。

以往，那个姓岳的中年摊主是绝对不会还嘴的，家里据说也是老婆说了算，但是今天不一样，岳城嘟嘟囔囔的一句话让陈兰下意识地在楼梯上停下脚步。

"我要跟你说多少遍你才信啊？人家认识咱房东的姐姐，跟他搞好关系的话说不准他还能说合说合，让房东给咱减掉一点房租。这年头生意难做，每个月真金白银地往外掏你就不心疼？真是个笨女人！"岳城骂骂咧咧地掀开门帘来到楼梯间，一抬头看见陈兰，脸上的表情就有些尴尬，"房东，你下班啦？"

陈兰点点头："岳大哥，你刚才说的是谁？"

"有个男的，年龄比你稍微大一点，穿得有点普通，风尘仆仆的样子，应该是刚从外地过来的吧，说认识你姐姐，然后想要租房子，别的也没说什么。"岳城伸手挠了挠鸡窝一样的头发，接着说道，"他找你的时候你不在，我跟他说你上班去了，看他样貌挺和善的，我就跟他喝了几杯。结果，这一睡就睡到现在。"

"他有提到过自己叫什么名字吗？"

岳城茫然地摇摇头："这我倒没顾得上问。"

"他大概什么时候走的？"陈兰感觉自己心跳得厉害。

"不知道，不过再怎么说也得半个多小时以前了吧，因为我婆娘已经唠叨了我大半个钟头了，嘿嘿。"岳城尴尬地笑笑。

"你刚才说他是来租房子的？"陈兰右手下意识地抓紧了楼梯扶手。

"是的，想租房。"岳城回答得很干脆，"不过我跟他说这里已经没房子了，他这才问起的你姐姐。"

"我姐姐？"

"对，你姐姐，"中年摊主脸上的笑容变得有些僵硬，"我说我搬到这里这么多年了，都没见过你姐姐一面呢……"

话音未落，陈兰突然摆了摆手，语速飞快地低声咕哝了句："谢谢岳大哥，我有些不舒服，先回家了。"说着便匆匆上楼了。

摊主老婆从身后的帘子中伸出手，一下就把她男人拽进了一楼隔间，压低嗓门严肃地说道："别偷懒，还不赶紧干活去。"

"我这叫偷懒？"借着残留的酒劲，岳城不满地挥舞着拳头，"我从早干到晚，像头牛一样，你知道尊重你男人吗？"

话音未落，楼上传来了一声撕心裂肺的尖叫，那是陈兰的声音，隔着一层楼板依旧清晰可辨。

楼下瞬间安静了下来，岳城夫妇迅速对视了一眼。岳城老婆明显被吓着了，脸色煞白，冲自己男人连连挥手，催促道："你赶紧，赶紧上去看看，发生什么事了，你赶紧啊！傻站着干什么？"

岳城满脸狐疑地看了自己女人一眼："这样不好吧？我从来都没上去过。"

岳城老婆朝天花板看了一眼，身体本能地哆嗦了下，声音颤抖地道："肯定出事了。"

"出事？"岳城有点发蒙。

"你刚才听到了吗？房东大喊'姐姐你醒醒，不要丢下我一个人'？"岳城老婆看向自己男人的眼神里闪过一丝惊恐，言语间满是埋怨，"叫你别喝酒，你就是不听，这下可好，你醉得稀里糊涂，那男的肯定趁机上去偷东西了，也许就是他杀的人。

到时候看你怎么向警察解释！等等，你刚才醉得跟头猪一样，咱家少东西了没，你看过钱箱了吗？"

岳城皱眉："钱箱一分不少，不过，咱家确实少了样东西。"

岳城老婆瞬间慌了神："啥？你快说啊！"

岳城双手一摊，满脸疑惑的表情："我的围裙不见了。"

第六章　谁在你身后

死人怎么会开口说话？

9月24日，星期日，下午2点58分。

李振峰驾驶着警车从市精神中心返回市公安局。

"李哥，你相信于文涛说的话吗？要知道黄巧珠都已经死了，死无对证。"罗卜说道。

"我信。"李振峰回答。

"为什么？"

"补偿法则。"李振峰微微一笑，"一个很有意思的心理行为名词。书面语言解释起来太长，我给你换成通俗点的话，好理解一点，那就是——做错了事，感觉内疚，赶紧弥补一下以求心理平衡。而这部分弥补的行为，我们是可以相信的。于文涛作为一名执业医师，他严重的渎职行为间接导致了两名监管病人的逃脱，后果是难以想象的。我相信他也从我们的话里意识到了自己即将面对的是什么，出于本能的求生心态，于文涛不可能再去捏造什么别的理由。你想啊，2病区确实有这么一条规则，就是病号不能出病区独自会见治疗医师，必须有男护士陪同。而黄巧珠护士长身份特殊，是管理护士的人，她就完全有机会私底下自己把病号带出病区。这一点最初是我们推理的，现在与于文涛刚才所说黄巧珠的行为不谋而合，就更加证实了他所提供的线索的可靠性。"

说到这儿，李振峰话锋一转："虽然黄巧珠的行为已经差不多被定性，出于严谨起见，我们还必须等走访她社会关系的人回来汇总了消息后，才能确定于文涛和她在这起逃跑事件中所扮演的角色。"

"李哥，于文涛这么干显然不是一天两天了。"罗卜嘀咕，"这可是个惯犯。"

"对，这起案子结束后，还是要深挖他的从医牟私获取非法利益等行为的。"李振峰的神情有些无奈，"当前先联系下当地派出所，对于文涛这种行为先按正常程序处理，等抓到姜海和齐一民后再一起走司法程序。"

两人正说着话，李振峰的电话突然响了起来，是侦查员丁龙打过来的，语气非常急切："李哥，我在市局情报中心，我注意到你们的车离花桥不到三千米，对吗？"

市局情报中心对所有警车都有专门的GPS定位措施，所以丁龙才会知道李振峰和罗卜此刻所在的具体位置。

李振峰心中一凛："出什么事了？"

"先别回单位，马上去花桥水西厅24号，那里死人了。"顿了顿，他又补充了句，"案发现场和小叶警官遇害现场很近，不到二十米。"

花桥区！

李振峰心中一沉："明白。"

结束通话的同时，他伸手打开了车顶的警灯。刺耳的警笛声迅速响了起来，警车加速朝花桥的方向驶去。

下午3点37分。

站在水西厅24号楼门前，李振峰朝今天早上叶文警官尸体被发现的方向看了一会儿，又回头看看自己身后的二层小楼，直线距离目测下来甚至都不超过一百米，难道真的有这么巧合的事？

小九从二楼窗口探出了半个脑袋："李哥，我们完工了，你可以上来了。"

李振峰点点头，冲罗卜打了个招呼，利索地穿上一次性鞋套和头套后，便顺着木质楼梯向二楼走去。罗卜则继续站在一楼门口，耐心地向烧烤摊老板岳城和他的妻子询问情况。

楼层看似不高，但是因为楼道狭窄，光线不足，还是挺难走的。二楼平台就一道木质门，很厚重，门是朝外开的，用一块石头挡着，方便技侦人员出入。

二楼房间的整体布局是一室一厅的结构，卧室在左手方向，与厨房和卫生间并列。厨房非常小，仅容一个人通过，大白天都得开灯，不然根本看不清周围的环境。卫生间也非常小且简陋，光线昏暗。右手方向就是客厅，面积占了整个屋子的一半以上。引起李振峰注意的是，客厅靠墙放着一张床，床上的被褥叠得整整齐齐，窗口的位置摆着一张油漆斑驳的书桌，一张靠背椅。除此之外，屋中只在墙角放置着一个塑料衣柜。

房间的陈设如此简单，甚至连张饭桌都没有，李振峰心中默默地想。

"尸体还在里面的床上，师姐在里面。"小九对李振峰比画了下。

"这房间里什么味儿？"李振峰提起鼻子嗅了嗅，"尸体放了几天了？"

"不是尸臭，死者是个瘫痪病人，所以才有味道。死者家属说，今天上午她去上班的时候死者还是活着的，回来的时候却发现人已经死了。"小九低头耐心地整理相机，"李哥，咱们见过那么多杀人命案现场，这连个瘫痪的人都不放过，下手还这么狠的，也是第一次见了。"

"报案人呢？报案人在哪儿？死者家属呢？"

"打报案电话的是楼下那对开烧烤店的承租户夫妻，不过发现尸体的是死者的妹妹，叫陈兰。死者妹妹回家后没多久，楼上就传来了她的惨叫声和呼救声，夫妻俩赶紧上来查看，发现死人后就报了警。我们来的时候，陈兰因为突发晕厥刚被120拉走，以防万一，派出所的兄弟安排了个女警陪同过去了。"小九回答道。

李振峰点点头："那就好，我先进去看看。"说着，他便朝卧室的方向走去。

"李哥，等等，有个线索你得知道下，"小九叫住了他，"这事儿八成就是齐一民干的。"

李振峰停下脚步，转头看向小九，不解地问道："这么快就出结论了？"

小九伸手指了指他左脚边的一处足印标牌："那是我们系统

配发的雨靴留下的，带着泥土，很新鲜。雨是早上7点停的，据报案人回忆，受害者的妹妹离开家的时间是中午前后，那时候受害者还活着。"

李振峰脸上的神情顿时严肃了起来，他掏出手机拨通了罗卜的电话："把齐一民和姜海的照片都拿给摊主夫妇辨认下，看看他们有没有印象，在案发时间段前后是不是见过这两个人。"

很快，罗卜的回复就发过来了——辨认出了齐一民，没见过姜海。不仅如此，齐一民还与岳城一起喝了点酒，可惜的是岳城后来睡着了，现在看来惨案就是在这个时间段发生的。

应该是没好好休息的缘故，李振峰感觉自己的太阳穴疼得厉害。他嘴里嘶嘶地哈着气，顺手把手机揣进兜里，推开卧室门走了进去。

下午3点43分。

卧室里浓烈的血腥味已经完全掩盖了原本房间中浑浊的空气味道。一张长一米八、宽一米三的木床占据了大半个房间，床边摆放着尿壶、鼻饲管和所有瘫痪病人必需的应急设备，从遍布墙面的发黄污渍可以看出，死者已经在这张床上度过了不少年头。

"你见过被杀的人死得这么平静的吗？"赵晓楠问道。

看着床上被鲜血染红的被褥中那具平躺着的躯体，李振峰心中一震，脱口而出道："她的脸……"

"是的，你没看错。"赵晓楠语气冰冷，"我见过这种伤口，那是在六年前的长桥。"

"但这伤口已经愈合有些年头了。"

赵晓楠点点头,脸色愈加凝重。

"刚才楼下的摊主根据照片认出了齐一民。"李振峰说道,"这么看来,真的是他干的,只是已经隔了这么久,他为什么还要费尽心机过来杀了她?"

赵晓楠却并没有回答他这个问题,只是习惯性地皱着眉,嘴里喃喃自语:"她是怎么活下来的?"

"你说什么?"李振峰不解地看着她。

"长桥市局的金法医曾经跟我说过,齐一民杀人有个固定模式:第一,耳后两厘米注射肌松剂;第二,剥下脸皮;第三,心脏部位再注射过量麻醉药物致死。手法非常干脆利落,受害者在他手里绝对不会活过四十八小时。但她是怎么回事?"赵晓楠奇怪地问道。

"她是七名受害者之一吗?"

赵晓楠摇摇头:"不,那七具尸体当年都已经找到了,也已经被各自的家属领回火化安葬,这些长桥那边都有明确记录,怎么会出现这第八个?难道当年有突发情况?"

"她怎么出了这么多血?"李振峰来到床边,低头看着床上躺着的女人,小声问道。

"初步尸表检验,死亡原因是胸口心脏位置的刀伤,伤口是锐器伤,凶器宽五厘米,长十二厘米左右,一刀致命。"赵晓楠回答。

"和叶文警官遇害案的凶器是同种类的吗?"李振峰问。

"我看不太像，形状一个扁平，一个圆形。"

"等等，她怎么不呼救？楼下不是有烧烤摊主夫妇吗？"李振峰说着，环顾了一下整个房间，顺势踩了踩地板，"完全不隔音，地板很薄，而且大白天的，窗外来往都是人，她为什么不呼救？"

"她的声带已经严重受损，没办法说话了，除了发出单一的吼叫声。"赵晓楠平静地回答道，她抬起头，目光看向窗外，"不仅如此，她的视力应该也是受损的，只是相对于声带来说还能有少许视力。当年把她救下来的那个人，单纯从伦理的角度来看的话，有点残忍了。"

李振峰心中一颤："为什么这么说？"

"一个人说不出话，看不清这个世界，丧失大半吞咽功能，每天只能像个活死人那样躺着，陪伴她的只有受折磨的记忆，年复一年日复一日，这样活着真的比杀了她还痛苦。"说这些话时，赵晓楠目光注视着死者的脸，声音有些冷，"我想，这或许就是她最后时刻不挣扎的原因之一吧，至少是解脱了。"

正在这时，随着脚步声在门口停下，罗卜探头进来说道："李哥，马处刚刚打来电话说，苏川有人举报发现姜海的踪迹，叫我们尽快派人过去协助抓捕，我能申请过去吗？"

李振峰略微迟疑了一会儿，随即果断地点点头："去吧，跟丁龙说带上阿水，注意安全，随时联络。"

阿水就是林水生，是队里的老警察，经验非常丰富。

罗卜脸上露出了笑容："谢谢李哥。对了，刚才马处还说一个叫蔡家胜的警官，花桥镇派出所的，十分钟前刚到了局里。"

"我马上回去。"李振峰转身对赵晓楠点点头,做了个打电话的手势,然后便随着罗卜匆匆下楼去了。

赵晓楠摘下手套,从兜里摸出手机拨打了一个电话,电话很快就接通了。

"师姐,我是晓楠,我想问一下十多年前长桥能做全脸整复手术的权威医生你还记得有谁吗?……什么,已经去世了?什么时候的事?……太不幸了。他有学生吗?……不知道?麻烦你务必帮我找找,因为我们这里有个案子,死者可能是当年做了手术的病人,看手法有点像做过全脸整复,从恢复状态来看时间不短了。这个手术难度很大,费用方面肯定也很高,所以我想问问你知不知道当年谁有可能做这样的手术。别的没什么事,麻烦你了,师姐。"

在得到对方肯定的答复后,赵晓楠挂断电话,抬头看着推门而进的小九,满脸愁容,心里始终都无法打消疑虑:"我明天一定要去长桥。"

"师姐,你确定她和当年的受害者是被同一个人杀害的?"小九指了指床上无声无息的尸体。

"每个人用刀的手法都是不一样的,尤其是熟练了以后,就像自己的签名,只要仔细辨认都可以辨认出来。虽然在她耳后我没有找到标志性的注射孔,不排除那块皮肤已经被割除,或者时间太久的缘故注射孔已经长好复原。让我感到困惑的是——她是怎么活下来的,这个手术,在当年没有一百万是拿不下来的。"赵晓楠回答道。

"一百万保一条命?"

赵晓楠环顾了一下整个房间,喃喃说道:"住在这里的可不像是能拿得出一百万的人家,至少当初看来是这样。"

"对啊,我听我老爸说过,这个地段准备搞开发区,还要通高速,等明年拆迁文件一下来,人均至少五百万!"小九瞥了下床上的死者,眼神中满是同情,"可惜了,快熬到头了,人却遇害了。"

下午5点03分。

初秋的傍晚,天空遍布橘红色的晚霞,海风阵阵,白天的闷热瞬间被一扫而空。

华灯初上,安平市最热闹的八三四音乐广场上人头攒动,巨大的电子广告牌正在播放着当地的实时新闻报道。

齐一民坐在过道天桥旁的花坛边,手里拿着铅笔正在一张白纸上画画,此刻的他感到从未有过的轻松,就连受伤的脚掌也完全没有了痛感,这当然得益于脚上那双舒服的雨靴。他发现这双雨靴的过程纯属偶然,因为一开始的时候他并不想杀人,或者说不想杀一个自己不感兴趣的人。如果不是自己当时正好迷路,又正巧在迷路的时候遇到一位警察,如果这位警察没有过于警觉多疑而拦下他寻问,那么,他就绝对不可能下了死手。如果不是恰巧回头,也看不到他的雨靴。这一连串的事态发展如今想来离奇得就像开盲盒,不到最后一刻还真的不知道自己下一步会遇到什么。虽然感觉不是很好,但至少结果还是让人很满意的。

齐一民顺势低头看了看自己脚上的雨靴,无声地点点头,脸上露出了孩子气的满足。

他手中那张铅笔画的主人公是一名穿着雨衣的警察。或许是他画得太专注了，没注意到身边站着一个手拿皮球的小男孩。男孩子露出了羡慕的表情，看着他画完，便怯生生地说道："叔叔，你画得真好，能送给我吗？"

"当然可以。"齐一民顺手把画递给了小男孩，笑眯眯地点点头。

"谢谢叔叔。"小男孩拿着画一溜烟地跑了，边跑边回头向齐一民挥手再见。

正在这时，广场电子广告牌方向随风刮来的一句话让齐一民心中一动，他旋即转身向电子广告牌的位置看去。渐渐地，他感到浑身冰冷，脸上的笑容瞬间消失了。

要知道，有些记忆无论过了多少年，都是不可能磨灭的，那是刻在骨头里的印记。

广告牌大屏幕上正在播放一段新闻视频，画面定格在一个面容憔悴的女人在女警的陪同下走出医院的场景，背景是女主播的解说——受害者的妹妹数年如一日照顾瘫痪毁容的姐姐，姐妹情深让人动容，如今姐姐遇害……

齐一民突然感到胃里一阵翻江倒海，他快步冲向两米远的垃圾桶，蹲在边上，把下午好不容易吃下去的那点东西给吐得干干净净。

齐一民这一蹲下就再也没力气站起来了，他不得不保持着蹲的姿势，无声地泪流满面。

下午5点10分。

苏川的阳光与安平相比起来少了几分初秋的温暖。

窗外的巷子里，正值放学的孩子们沉浸在一天中最兴奋的时刻，像极了小河里赶着去吃食的鸭子，叽叽喳喳闹腾个不停。

安静的屋内夹杂着一股死亡的气息。

傍晚时的阴霾占据了房间多半的面积，555牌台钟在五斗橱上发出滴答的声响，周围依旧是熟悉的摆设和熟悉的味道。姜海坐在椅子上，静静地看着眼前这具逐渐冰冷的尸体，他的嘴唇微微颤抖，眼中竟然闪过一丝泪花。

许久，他站起身，戴上手套，开始了最后的扫尾工作。

半个小时后，一切收拾妥当，姜海用绳子将黑色垃圾袋捆扎好，环顾了一下房间，确保没有遗漏什么，这才又一次回到尸体前，目光停留在那颗再也不会跳动的心脏上，轻声咕哝了句："对不起，都是你逼我的。"

死人是不会回答的，血液已经开始凝固。

姜海转身，一手拿着垃圾袋，另一只手扛起牛仔包，头也不回地推门走出了房间。

第七章 谁又在我身后

我总是在最深的绝望里,遇见最美丽的惊喜。

9月24日,星期日,下午5点30分。

正值饭点,李振峰带着蔡家胜来到食堂,两人各自打了饭菜后,便端着托盘在窗边找了个僻静的位置坐下。

李振峰开门见山地问道:"你信任叶文警官吗?"

"当然信任,他是我兄弟。"蔡家胜不假思索地回答。

"以前有没有人对叶文警官进行过打击报复?"

蔡家胜摇摇头:"除了有些大爷大妈投诉他办事磨唧,真到动手程度的还从没听说过。"

李振峰想了想,接着问道:"我听王副所长说过,叶文警官每次写结案报告都会比较慢,能拖则拖,你知道这是为什么吗?"

蔡家胜嘴角划过一丝苦笑:"不瞒你说,李队,小叶他有点焦虑,他总是担心自己做得不够好,辜负了警察这份责任。工作不仅是他的精神支柱,更是他的全部。他也承认自己太过执着,甚至有点偏执,但是这活儿干久了的话,换谁不都会这样做吗?小叶只不过比我们经历得更多一点罢了。所以我能够理解他，能帮他分担的我都会尽量做好。"

李振峰轻轻点头："叶警官生前办理的最后一起案件的尸检报告你带来了吗？"

"带来了，我这就把电子版发给你。"说着，蔡家胜便点开自己的手机界面，把范小青案件的尸检报告转发给了李振峰。

李振峰仔细翻看着上面的每一条描述，随口问道："案件嫌疑人有没有和你们提过案件的起因？"

"有，家暴。在那个片区，范小青的丈夫翟佳宽是个出了名的混蛋，三天两头一不顺心就打老婆，不分白天黑夜。社区和我们派出所已经上门做过无数次调解工作了，但他屡教不改。"

"是啊，确实很让人头疼。那这个丈夫家暴妻子的事儿持续多长时间了？"李振峰问道。

"断断续续很久了，在小叶来我们所工作之前就存在了。"蔡家胜皱眉说道，"但范小青是个逆来顺受的女人，社区的阿姨上门劝过很多次，却总是无功而返，如今她怀孕了就更不会轻易改变了。李队，你也知道，这种纠纷都是属于法院民事自诉范围，我们急也没用。至于说案发当晚范小青为什么会突然反抗，后来在医院里的时候她也说了，为的就是保护肚子里即将出生的孩子。"

"我明白。"李振峰点点头，"这么说在逻辑上也能解释得通。但范小青是个即将生产的女人，虽然母性的力量可以激发出一些超乎寻常的能力，但基于她丈夫翟佳宽的身高体型，要把这样一个男人活活打死，尤其是造成这份报告上的致命伤，还是有点出乎意料。还有啊，你们把范小青送到医院的时候有没有做过体检？能确定范小青是在什么状态下进行反击的吗？她身上有没有什么被忽视的新产生的伤痕？"

听了这话，蔡家胜脸色微微一变，赶紧拿起手机打了个电话，安排在医院值班的同事找当天的接诊医生，他要了解一下范小青身上的伤痕。没一会儿，医院值班的同事便打来了电话。蔡家胜接通电话后，打开了免提，当着李振峰的面问了对方几个问题，电话那头的医生也逐一做了详细回答。

最后，李振峰补充道："医生，有没有人在近期向你问起过和我们今天提的类似的问题？"

"有，也是你们警方的人，一个年轻人，姓叶。我们前一天刚见过，就是你们警方来我们院找患者范小青谈话的那一次，他先是单独找患者谈了谈，然后直接来了我办公室，特地找我交换了电话，说有情况随时联络。这个年轻人对工作挺敬业的，想的也挺周到。"医生回答道。

李振峰和蔡家胜对视了一眼，后者急切地追问道："医生，小叶警官后来有找你吗？"

"找了，是昨天晚上，很晚了，大概晚上10点多钟的样子，他给我打的电话。我当时还有些奇怪，怎么这么晚？但是后来想想你们警方也是急着破案嘛，可以理解的。"

"他提到什么了没有？"

"一种假设，他想知道那个孕妇有没有可能在被死者按在地上的前提下反抗，起身，然后拿起石头准确无误地从死者背后把他给打死。我当时都被这警官的话逗乐了，这当然不可能。"

挂断电话后，蔡家胜垂着头，脸色有些灰白："难不成凶手真的另有其人？可我不明白，范小青为什么要替别人隐瞒，自己背上杀人的罪名。"

李振峰无声地摇摇头："谁知道呢？她可能以为孕妇可以法外容情呢。"

蔡家胜面色难过地说道："我觉得叶警官也是因为发现了这个问题，起了疑心，所以才会想着再去现场看看。那范小青和这个人有没有可能是合伙作案？"

李振峰反问道："你们走访的时候发现有这么个人存在的迹象吗？"

蔡家胜摇头："摸排了几次，都没有发现。因为翟佳宽的名声太臭，他老婆成了谁都不敢靠近的可怜女人。"

李振峰想了想，说："你现在要做的，就是找范小青再好好谈谈，晓之以理动之以情。我想，身为一个母亲她会告诉你真相的。"

"我懂了。李队，那，小叶是被谁杀害的？动机是什么？"

"目前还不能完全定论。"李振峰皱眉想了想，"但有一点可以肯定，叶文警官连夜赶去水车胡同，再结合刚才医生给的信息，他的目的应该就是再一次查看当时的案发现场，这就是他迟迟没有完成那份结案报告的原因。而很不幸的是，他在去的路上有可能遇到了我们正在追捕的那两名逃跑的犯罪嫌疑人，然后被人袭击遇害。但大雨带走了现场证据，无法判断当时到底发生了什么事。"

"原来是这样。"蔡家胜的眼圈红了，"我兄弟表面上虽然是个不太懂人情世故的人，但他非常热心，只要群众有需要，多么困难的事情他都不会推辞。李队，你们抓住凶手后，一定要告诉我，这么好的人，他怎么下得去手？"

"放心吧，我一定会给你一个答案。"李振峰轻声说道，"你见过叶文警官的遗体了？"

"是的。"蔡家胜的眼泪瞬间夺眶而出，他垂着头，双手局促地交错在一起，声音沙哑而低沉，"我去过法医那儿了，他的脸……一点都不像活着时候的样子，我差点没认出来。那畜生，下手太狠了。"

眼见着一个身材高大的男人在自己面前突然情绪失控，哭得就像个孩子，李振峰突然感同身受，想起一年多以前安东刚刚殉职的时候，自己也是如此。他不忍心地移开了双眼，将目光投向窗外的夜空。

下午5点42分。

经过了将近三个小时的长途奔波，警车终于开进了苏川市的城区范围。路边有个快餐店开着，罗卜把车靠边停下，说道："水哥，我去买两份盒饭，咱一会儿在车上解决。"

侦查员林水生点点头："我不吃辣。"

"我知道，我马上就回来。"

罗卜拉开车门下车，走上人行道，几步来到快餐店门口，因为前面还有几个人排队，他便耐心地在队尾站着。

快餐店并不大，三四平方米的简易石棉瓦房，规模类似于夫妻小店，丈夫掌勺，妻子打菜收款。此刻，店里已经坐满了行色匆匆的食客，一角的墙上悬空吊着一台老式的电视机，电视屏幕上正播放着当地的新闻。

很快便轮到罗卜了，他伸手指着并排摆放的几个菜式："荷包蛋、红烧狮子头、青菜……不要辣，我同事不吃辣……"

正说着，两个工地建筑工人模样的年轻人走了进来，排在罗卜身后隔着一个人的位置。两人不断地交谈着，其中头发略长的年轻人夸张地摇摇头："不可能，这年头哪有小偷入室抢劫还对年纪这么大的独居老人下这么狠的手的，我觉得肯定有问题。"

同行的伙伴啧啧叹道："都七老八十的人了，凶手犯得着把人脑袋给切下来吗？但凡讲话声音大一点绝对都能把人给吓中风了，还用得着费那劲？"

"我不骗你，水泥组上中班的大强胆子够大了吧？他就在那条巷子里租的房子，在警察到来之前，他进去看过，被吓得半死。"前面那家伙一边说着一边比画了几下，最后摇摇头，"事情肯定没那么简单。"

"谁发现的？这么倒霉！"

前面那家伙嘿嘿一笑："大强说是一个调皮捣蛋的孩子在巷子里踢球呢，一脚下去踹得狠了点，球把老人家的窗玻璃给砸碎了。他上门拿球，屋里没反应，他以为主人不在家就想偷偷摸摸把球拿回来，结果呢，见了鬼了呗！"

同伴听了，耸耸肩咕哝了句："那么大年纪了，还挺可怜的。"

一旁的罗卜听了，心中一动，他刚想开口问个究竟，店铺老板娘已经把两份打包好的快餐递给了他："二十，扫码还是现金？"

罗卜接过餐盒说道："扫码。"

付了钱，罗卜拿着鼓鼓囊囊的塑料袋匆忙走出快餐店，来到警车边上，拉开车门钻进驾驶座，拿了一盒递给林水生："水哥，最近你有听说苏川发生恶性杀人事件吗？"

"没有啊。"林水生打开饭盒，把一次性筷子掰开，随口问道，"饭钱多少？我转给你。"

罗卜却半天没反应。

"你怎么了？"林水生好奇地问道。

"水哥，苏川一般很少会发生恶性案件吧？"

林水生愣了一会儿，点点头："没错，苏川面积也就是我们安平的三分之一，人口也少，老弱妇孺比较多，印象中是很久没有发生命案了，平时也就是一些偷鸡摸狗的纠纷。小罗，你怎么了？这么紧张。"

"我刚才在快餐店买盒饭的时候，无意中听到两名工人在说一个刚发生不久的恶性入室抢劫杀人案，死者是个七八十岁的独居老人，凶手那个手法，我听着有点耳熟。"罗卜皱眉说道。

"什么手法？"林水生索性放下了筷子。

"割人脑袋！"罗卜伸手比画了下。

"得了，甭吃了。"林水生狠狠瞪了一眼饭盒里的红烧狮子头，把盒子盖上，插上筷子往旁边一丢，果断地挥挥手，"那我们直奔苏川市公安局吧，我对路比较熟悉，我来开车。"

罗卜见此情景，不禁笑出了声，说道："水哥，这种场面你

143

还是没习惯啊？"随即交换了座椅位置，吃萝卜吃得不易乐乎。

林水生开着警车加速朝苏川市公安局的方向驶去。

半个小时后，林水生和罗卜一起来到位于苏川市北碚区松原巷的案发现场，并拨通了李振峰的电话："李队，我是阿水，苏川出事了，姜海的姑妈死了。"

电话那头的李振峰倒吸了一口凉气，他下意识地看向面前白板上姜海的照片："死因有结论了吗？现场照片发我一些。"

"我这就把案发现场的照片传给你。我看了现场，这起案子和半年前水月洞天小区灭门案的手法完全一样。我怀疑是姜海做的。李队，我和小罗今晚不回安平了，苏川晚上有行动，有消息我们随时联络。"说着，他便挂断了电话。

李振峰把手机连接上办公室打印机的无线传输信号，很快，机器提示灯亮了起来，手机在不断接收照片的同时，打印机也开始了自动打印。李振峰站在打印机边上，看着手中清晰度非常高且触目惊心的照片，不禁双眉紧锁。林水生说得没错，这现场的风格确实似曾相识。但是，照片中死者伤口的形态，却又与之前被害者的情况有着一点本质的区别，老人的心脏被凶手用锐器多次捅刺，竟然给生生扯出了一半挂在体外！这明显就是出于恨意而产生的过度杀戮。印象中，在之前和老人交谈时，李振峰感觉老人与姜海的关系应该是很不错的，至少在离开苏川后，姜海还是惦念她的。为什么这次出逃后姜海第一时间要回来杀她呢？下手还这么狠，难道说他们两人之前都说了谎？

李振峰回到自己的办公桌旁坐了下来，思索了好一会儿后还是无法打消自己内心的疑虑，索性抓过电话机拨打了技侦大队实验室的电话，这时候小九肯定还在实验室里。

电话很快就接通了，李振峰问小九："你还记得那封信吗？上一次我交给你的那封我从姜海姑妈那里拿来的信？原件还在不在你那里？"

"还在，我还没空出时间把它送回苏川。"小九以为李振峰是专门打电话来催促自己及时归还信件的，便赶紧解释道，"我本打算上周托人给苏川那边送过去的，这不正好有案子给耽误了嘛，我明天就送去。"

"不用了，人已经死了。"

"你说什么？"小九呆了呆，"谁死了？"

"姜海的姑妈秦爱珠。你那边现在能做人像比对吗？"李振峰问道。

"当然可以。"小九回答，"李哥，能确定是姜海干的吗？"

"不排除这个可能，作案手法很相似，要尽快确认犯罪动机。阿水和罗卜他们今晚会留在苏川跟进这件事。小九，你找苏川市公安局户籍科要下秦爱珠的户籍资料，越详细越好，尤其是照片，然后和两份样本做比对，一份是秦爱珠近期的照片，另一份是姜海的照片。"

"等等，李哥，我记得你不是说姜海和这个姑妈之间没有血缘关系吗？比对人像有意义吗？"小九不解地问道。

"没错，我是这么说过，但这条血缘关系线索的提供者是姜海的姑妈，当初的户籍管理工作相对比较薄弱，时间跨度也大了点,所以我需要得到官方的确认才行。不然的话,我没办法解释姜海为什么突然要对养大自己的姑妈下毒手,并且这是他费尽心机第二次跑出精神病院后做的第一件事。"

"行,等我一会儿,结果出来后我立刻告诉你。"小九挂断了电话。

李振峰伸手关闭了台灯,站起身拿了警服外套走出办公室。到值班室的时候,他靠着门探头和专案内勤丁龙打了声招呼:"我出去下,找陈兰聊聊。我联系了花桥派出所,他们确认陈兰已经可以回家了。"

丁龙叫住了他:"等等,李哥,你真的要去找陈兰吗?"

"没错,"李振峰点点头,眼神忧郁,"卡点那边没有进一步的线索,目前看来那俩人已经分开行动了。我已经安排小九跟进姜海逃出精神病院后有可能在苏川犯下的第一个案子,而杀了陈凤的人有可能是齐一民。从下午的现场情况来看,陈兰知情的可能性很大,我不想拖太久,所以打算去看看。"

"你担心齐一民会对陈兰下手?"

李振峰的脑子里怎么也忘不了赵晓楠的那番话,他迟疑了会儿,回答道:"陈凤的脸是被严重毁容的,而齐一民的作案特征就是割人的脸皮。不管怎么说,我都想和陈兰面对面好好谈谈。要知道那俩家伙在社会上多待一分钟,我都没办法安宁。"

"李哥,我下午的时候去了赵法医那里,她反复提到陈凤的头面部受过严重的损伤,却还能够活下来,就是个奇迹。我当时问她面部恢复手术是不是很难做,她说是的,而且是非常难做,所需的费用即使在现在也是一笔天文数字。我觉得你或许可以从这个方面去找找线索。"丁龙说道。

此刻,李振峰脑子里满是疑问——陈凤如果真是齐一民当年众多受害者中被遗漏的那个的话,为什么这个案子在卷宗中没有任何痕迹呢?难道说陈凤家人没有报案?

"李哥,关于陈兰家的情况,我明天一早会再和社区的闫晓晓联系一下,看能不能找到一些陈凤过去的痕迹。我今天和陈兰家楼下的承租户岳城随便聊了聊,他在那儿租店面做生意好多年了。据他反映,陈家父母很早就去世了,平时妹妹为了方便照顾姐姐,需要打好几份工养家,过得是非常辛苦的。"丁龙回答。

李振峰心中一动:"岳城他们搬来的时候,陈家姐姐陈凤就已经出事了,对吗?"

"对。岳城说陈家姐妹出租房子就是为了减轻生活负担,毕竟一个生病的人是需要很多钱的。现在她们终于熬到快拆迁了,结果人却死了,唉。"

"陈家姐妹的感情怎么样?"李振峰问。

丁龙说:"岳城说这个妹妹照顾姐姐很用心,除了偶尔听到妹妹大声说话外,平时都是细声细气的。"

"我懂了。明天社区那边有消息了随时告诉我。"李振峰点点头,转身匆匆下楼而去。

晚上8点05分。

夜风阵阵,虽然已经进入秋天,天气转凉,但此时并不寒冷,路上的行人仍旧不少。

一辆蓝白相间的出租车驶过花桥后在马路边停了下来。后车门打开，陈兰付了车费，下了车，随手带上车门。出租车应声启动，急驶而去，随风扬起的尘土中夹杂着熟悉的烧烤味，陈兰的心中顿时有了一种既熟悉又有些陌生的感觉。

下车地点离水西厅24号还有一段距离，需要步行几分钟才能到家，但是陈兰已经无法再在空气浑浊的出租车里多待哪怕一秒钟。经过了下午的变故，她感觉自己的忍耐力已经到了极限。

刚才在派出所的时候，一直陪伴在她身边的女警关切地向她提出了在花桥的宾馆替她订个房间暂住两晚的建议，毕竟她家里出了那么大的事。陈兰却摇摇头，坚持要回家。

夜幕下的米箩街依旧是往常的样子，街道两旁小贩还在，充满了烟火气，陈兰的心里却感到了不安和空虚。站在楼下的时候，她本能地抬头看向那个熟悉的窗口，窗户朝外打开着，房间里一片漆黑，可凝神细听，她的耳畔似乎还会响起那沉闷的哀嚎声。她微微皱眉，略微迟疑后便迈着沉重的步子向楼梯口走去。

楼下的烧烤摊和往常一样开张了，食客依然很多。但奇怪的是，一看到出现在门口的陈兰，大家不约而同地闭上了嘴，飘忽的眼神在投向她时都不自觉地充满了同情或者讶异。

"房东，回来啦？"岳城尴尬地伸手打了个招呼，他老婆在一旁，脸上破天荒地露出了礼貌的微笑。

陈兰不知所措地点点头，然后逃似的快步走上楼梯。直到推门走进家的刹那，看着被挂上封条的卧室，她呆住了。虽然早就有了心理准备，可真看到这一幕的时候，陈兰的心中还是有些接受不了。

关上门，反锁好，家里黑漆漆的，除了那张刺眼的封条和紧闭的卧室房门外，似乎什么都没改变，客厅敞开着的窗外是摇曳的路灯光，楼下的烧烤摊仍旧人声鼎沸。陈兰缓步向客厅里自己的床铺走去，全然不看地上用白色粉笔留下的现场勘查痕迹。她现在迫切地想在自己熟悉的床上好好地睡一会儿，她甚至有些期盼此时有个人和自己说说话。

来到床边，她伸手从枕头底下摸出了烟盒和打火机，转身来到窗边坐在了椅子上。刚抽出一支烟，准备按下打火机点燃时，楼梯上传来一阵异样的响动，那是人的脚步声。陈兰的心莫名地悬到了嗓子眼，她丢下烟盒，迅速回到门边，把耳朵贴在门背上，这下能够很清晰地听到木质楼梯发出的声响。

这是一个男人的脚步声，夹杂着沉闷的喘息。两人之间只隔着一道门板，恍惚间，陈兰感觉对方也在仔细观察屋内的动静，她哆嗦着朝自己身后瞄了眼，庆幸刚才进门后她没有开灯。

门外的男人并没有要离开的意思，相反，伸手在门板上摸索了好一会儿，终于，他的喉咙里发出了一声轻笑，带着嘲讽的意味。虽然隔着一道木门，陈兰却依旧能够感受到那近在咫尺的混浊的呼吸，她紧咬着嘴唇，竭力克制住自己发出尖叫的冲动，跪坐在地板上，眼泪无声地滚落。

也不知过了多久，陈兰的头抵靠着木门渐渐地陷入了昏睡状态，她不知道门外的男人到底是什么时候离开的，她的潜意识中只有一个念头——双手死死地抓着门，绝对不能松开！

她做了一个噩梦，梦里一片漆黑，却有一个沙哑的嗓音在自己耳畔轻轻哼着一段古怪的歌谣："一个两个三个，四个五个六个，谁在你身后，谁又在我身后？嘘，他来了……"

惊恐至极的陈兰被猛地惊醒，仔细辨别，声音不是来自门外，却是墙角自己的挎包里传出来的手机铃声，一阵阵地，根本没有要停下的意思。她慌了，赶紧扑上去，把手机的声音关掉。随后又返回去再一次把耳朵贴在门板上，听了很久，这时门板外面静悄悄的，楼道里的声音消失了。看来那个男人走了，她这才长长地出了口气，猛然间发觉自己浑身是汗。

她回头看向墙角的手机，那蓝色的屏幕上光芒还在不停地闪烁着，只不过这时候是无声无息的。犹豫了好一会儿，陈兰还是一把抓起手机，看着屏幕上陌生的号码，想了想，这才按下接听键。她一边朝窗口走去，一边小声问道："谁？"

电话那头的背景很吵，却和窗外的嘈杂声混合成了一体。

"我是李振峰，安平市公安局刑侦处的，我负责你姐姐陈凤案件的侦破工作，下午的时候来过现场。我现在就在你家楼下，想问一下你现在方便下楼来谈谈吗？我有几个问题，关于你姐姐的。"

陈兰微微一怔，脑海中瞬间回想起刚才楼梯上那阵让人莫名惊恐的声音，不禁脱口而出："你刚才上来了吗，李警官？"

"没有，"李振峰的回答很干脆，"在来的路上我给你打过几次电话你都没有接，我无法确定你在不在家，是楼下的老板跟我说了你已经回家的事。怎么了，你家里出什么事了吗？"

"不，没有，没出事，你等下，我这就下楼。"陈兰飞速地挂断电话后，起身冲进了卫生间，不一会儿，卫生间里便传来了哗哗的流水声和呕吐的声音。

晚上8点32分。

陈兰一眼就看到了坐在最里面位置的李振峰，却没有直接走过去，而是到柜台要了瓶啤酒，这才慢吞吞地来到李振峰那桌坐下，拿起筷子利索地撬开瓶盖，冲着李振峰咧嘴一笑，咕哝了句："要吗？"

李振峰满脸的诧异，他摇摇头："谢谢，我不喝酒的。"

陈兰给自己面前的塑料杯里倒满了酒，然后仰头一饮而尽，放下杯子的刹那，脸颊上泛起了一丝红晕。她浅浅一笑："你想知道什么，李警官，尽管问吧，我姐姐的事，我知无不言言无不尽。"

眼前这不同寻常的一幕让李振峰愈发疑惑不解，他突然不知道该说什么才好。

陈兰又给自己面前的塑料杯里倒满了酒，似笑非笑道："怎么，李警官，是不是让你失望了？你是不是觉得自己应该看到一个痛哭流涕的女人？"

李振峰摇摇头。

"我照顾了姐姐这么多年，她走了我是很难过，尤其是以那种方式离开，但是后来我也想通了，因为她终于解脱了，我也解脱了。虽然姐姐没有善终，但是这就是人生，你说是不是？"陈兰目光迷离，嘴里喃喃地说道。

"陈兰，根据现场勘查报告来看，你家里并没有丢什么贵重的东西，对不对？"李振峰问道。

"没有，什么都没丢。"陈兰抬头看向他，"在花桥镇派出所的时候，我已经把我知道的所有情况都告诉你们了，你还想知道什么呢？"

"你姐姐陈凤的社会关系怎么样？"李振峰认真注视着陈兰脸上细微的表情。

陈兰一阵苦笑："警察同志，一个瘫痪在床上连话都不会说的人，数年如一日，你说，她还会有什么社会关系？"

"那和我谈谈当年在你姐姐身上发生的事情吧，她是怎么变成现在这个样子的？"李振峰轻声问道。

"车祸。"陈兰果断地回答道，"我姐姐刚参加工作的时候喜欢上了一个坏小子，那家伙有一个很特别的爱好，就是玩'鬼火'。"

"'鬼火'？"李振峰不解地问道，"那是什么？"

"摩托车，改装过的，时速可以媲美一辆性能很好的小型汽车那种。"陈兰的眼神中满是鄙夷，"而且骑着'鬼火'出去飙车的人基本上是不会戴防护具的。我姐姐昏了头，一天到晚和那小子厮混，甚至飙车，后果可想而知。"

"难道说撞车了？"

"比那稍微好一点，如果真是撞车的话，我姐姐可能当场就没了。"陈兰又一次把塑料杯中的啤酒一饮而尽，这时候她心里的恐惧已经随着见底的酒瓶消失得无影无踪，甚至连说话的底气都足了许多，"据说是因为那小子没控制好车把手的平衡，结果车辆失控，车轴断裂，人因为强大的惯性向前猛扑了过去。

我姐姐的脸就是这么蹭着路面给蹭没的。"

对陈兰的回答，李振峰感到震惊不已，不只是因为眼前这个女人脸上所流露出的与下午案件初发时迥异的神情，更因为他不明白，如果陈凤真的只是因多年前一场男友寻求刺激导致的车祸而变成如今这模样的话，齐一民为什么会找上她们姐妹俩？

李振峰的脑海中突然浮现出刚才在电话里陈兰无意中提到的那句话——"你刚才上来了吗，李警官？"

李振峰微微皱眉看着陈兰，换了个话题："这楼上只有你们一家居住，对吧？"

陈兰点点头："建这栋房子的时候，我爸比较懒，又没钱请人设计，就索性自己依葫芦画瓢，照着他工作过的花桥镇小学食堂给房子画了个大概的模样，然后自己一点一点造出来的。所以房子虽然看上去不小，但是上面其实也就一室一厅一厨一卫的结构。我小时候和我姐姐住在客厅，我爸妈住在卧室。后来我姐姐出事了，再之后我爸妈没了，我看她在大厅休息不方便，毕竟正对着23号人家的卧室，有时候换个衣服啥的容易被人偷窥，就索性把她挪进卧室里去了。那里也比较隔音，她至少能好好休息，旁人也能好好休息。"

李振峰的目光落在了陈兰面前桌子上那个已经空了的塑料杯里，又抬头看看她，小声劝道："陈女士，你吃点东西吧，垫垫肚子，光喝酒对身体不好。"

"不，我不饿，没胃口。"陈兰夸张地长叹一声，又伸了伸懒腰，双眼直勾勾地看着他，"李警官，我不知道是谁杀了我姐姐，那是你们警方要去寻找的答案，不过我更愿意相信我姐姐是很乐意自己被杀的。因为当初车祸发生后，她就寻死觅活了好几次，甚至还求我帮她去死，或许是没办法面对自己那张脸吧，毕竟她以前还是挺漂亮的，最后逼得我妈把她送去医院治疗，那几年我们一家人别的啥都没干，就只折腾着治她那张脸了。后来啊，我姐姐出院了，回家了，我爸妈却前后脚地没了，就差一年。"

李振峰微微皱眉："陈女士，方便告诉我你父母是因为什么离世的吗？"

"我爸是自杀。"陈兰的目光中闪过一丝泪光，"他借了高利贷，还不上，我姐治病花光了家里的积蓄，我爸太焦虑了。他又是个死要面子的人，有啥心事都不愿意说出来，最终憋出了心病，喝了很多酒，跳河了。我妈是在我爸死了半年后没的，骨癌，发现的时候已经是晚期了。没钱治，很快就没了。"

"你没有亲戚吗？"李振峰关切地问道。

陈兰嗤之以鼻："亲戚？他们对我们一家就像避瘟神一样地躲，连我爸妈的葬礼都不出现，你说这叫亲戚？早就断了。"说着，她突然笑了笑："我想想，这快二十年了吧，我妈这辈子唯一干的一件有骨气的事，就是临死前跟亲戚狠狠吵了一架，彻底断了个干干净净，这样也好，耳根子清静了。"

看着眼前这个在酒精的作用下肆意宣泄着对曾经生活的不满的女人，李振峰陷入了沉思。听上去似乎是陈兰得到了解脱，以后她不用再因为照顾姐姐而丧失自己对生活的追求了，但是他隐约感觉到陈兰似乎在竭力掩盖什么，她还有什么秘密呢？

"陈女士，刚才来找你的是谁？"李振峰冷不丁地问道。

"刚才？没有，没有人来找我。我在家睡觉呢，所以没听到你的电话，还以为你直接上来了。"陈兰的情绪变得有些烦躁不安，她的视线开始四处寻找忙碌的摊主夫妇，很快便晃了晃手中的酒瓶，高声招呼道，"老岳，再来一瓶。"

李振峰心中一沉，看着陈兰的目光随即变得若有所思起来。这个女人看似对自己非常坦诚，实则步步为营，避重就轻，而酒精不过是她在自己面前装疯卖傻的借口罢了。他决定最后试一下。

这时候，岳城的老婆送来了新的啤酒和赠送的小菜。陈兰终于感到饿了，她慢悠悠地吃着，就着面前塑料杯里新续上的啤酒。

李振峰微微一笑："陈女士，我还有最后一个问题。"

陈兰点点头，嘴里含糊不清地说道："你问吧。"

"你姐姐虽然瘫痪在床，但她是一个意识清醒的人，平常你们应该有互动吧？"

陈兰的手停了下来，她抬头看向李振峰，反问道："谁告诉你我姐是个意识清醒的人？"

李振峰伸手指了指在两米开外的烤炉边忙得不可开交、满头大汗的岳城："刚才等你的时候客人不是很多，我就和岳师傅闲聊了会儿，他说每次你离开家去上班时，你姐姐都会在家里发出'嚎叫'，很抱歉，他管那种声音叫嚎，可能有些形容得不太准确。岳城说那声音里充满了怨气。而只要你一回来，你姐姐就很少叫了，或者说几乎不会叫。陈女士，我在想，她是不是在用这种方式表达自己的想法？"

陈兰脸色微微一变，随即苦笑着摇摇头："她是不是用这种方式来表达自己内心的想法我不清楚，毕竟这么多年来我听她的嚎叫已经听得麻木了，因为这是她唯一能发出的声音，我也没法和她交流，怎么知道她是要表达什么呢？或者她只是单纯地发泄愤怒或者怨气呢？"

一时之间，李振峰无言以对。

"陈女士，你觉得谁最有可能对你姐姐下手？"李振峰追问道，"会不会是因为她听到了什么？据我所知，靠近她床头位置的那扇窗户长年累月都是朝外开着的，而那扇窗正对着十字街口。你应该也知道，就在你姐姐陈凤遇害前不到十二个小时里，有一位花桥镇派出所的警官在街对面的巷子口遇害，那里与你们家直线距离不到二十米，你说有没有这种可能，你姐姐听到了什么？"

李振峰没有再继续说下去，只是目光紧紧盯着陈兰，观察她脸上的表情。

眼前这个女人不动声色地摇摇头，淡淡地说："那起杀人案我知道。不过她不可能听到什么声音，李警官，因为今天早上我就在家，台风天大家都是关紧门窗睡觉的，我自始至终都没听见什么，我姐姐怎么可能听到？再说了，即使她真的如你所说听到了什么，凶手又怎么知道她会听到？警官，你的想象力还真丰富啊。"

说完这些话后，陈兰便冲着李振峰浅浅一笑，利索地吃完面前桌上所有的东西，然后抬起头，拿起餐巾纸擦了擦嘴，说话的语速比刚才明显轻快了许多："李警官，还有什么要问的吗？没有的话我回家去了，明天早上我还要早起上班呢。"

"陈女士，你现在在哪儿上班？"李振峰好奇地问道。

陈兰咧嘴一笑："扫大街。"

李振峰有些不太明白："扫大街？"

陈兰耸耸肩："没错，早上3点起床，干四个小时，区环卫所。我是本地人，所以工作时间比较自由，工头也不会挑刺儿，只要把活儿干利索了就行，钱虽然少了点，可我当初找这份工作就是为了能有时间照顾姐姐。不然，干别的工作，哪个老板会对你经常迟到早退睁一只眼闭一只眼啊，你说是不是？"

李振峰点点头，打消了继续追问下去的念头，呆呆地看着陈兰酒足饭饱后满意离去的背影，临走前她还在岳城柜台前站了会儿，拿了样东西才走。李振峰无声地叹了口气，至此他可以肯定陈兰只对自己说了一半不到的真话，但是这个女人到底出于什么动机在隐瞒或撒谎，那就不得而知了。

正想着，他的耳边响起了摊主老婆的声音："警察同志，我收一下这里的餐盘好吗？你还需要点什么吗？"

"不用了，您收拾吧！"李振峰尴尬地笑了笑，刚准备起身要走。

这时，摊主老婆却没有去动桌上的餐盘，反而在他对面坐了下来，一副欲言又止的样子。

"老板娘，你有什么话要说吗？"李振峰满脸微笑。

"警察同志，真的很不好意思，我刚才无意中听到了你们的谈话。"摊主老婆双手在腰间的围裙上来回擦拭着，眼神有些迟疑，"你现在有时间吗？我有个事儿想跟你说一下，就是关于陈兰的。不知道你……你想不想听？"

李振峰脸上的笑容没变，心中却是一动："我当然有时间，说说看，老板娘。"

摊主老婆猛地抬起头，压低嗓门小声说道："刚才陈兰撒谎了。在你来之前，有人来过，直接上楼去了，在上面待了有一会儿呢。至于说来的那人，我不认识，鬼鬼祟祟的。我起先还以为是小偷呢。"

"你怎么知道那人没进门？"李振峰问。

"因为陈兰每次开门关门，我都能听到。警察同志，这房子有些年头了，不隔音。"摊主老婆重重地叹了口气，"要不是这里租金便宜，又有老客户常来关照，我们早就搬走了。"

"来的那个人是男是女？大概是几点来的？"

"男的，就在陈兰回来后没多久，就急匆匆地跟上去了，我没看清他的长相。过了一会儿他就下来了，只是他下楼经过我们店铺的时候，我看到他脚上穿着一双雨靴。对了，警察同志，他当时就从你身边走过呢，你没注意到吗？今天又不下雨，天气好得很，我还在琢磨呢，这人怎么大晴天的穿雨靴……"摊主老婆还在自顾自地说，全然没有注意到李振峰脸上的表情发生了巨大的变化。

李振峰一听那人穿着雨靴，便坐不住了，忙站起身，一边拿出手机问道："老板娘，你看一下，是这个人吗？他往哪个方向走了？"

"就是他，朝你来的方向走的。"

他听后转身就要走，摊主老婆叫住了他，"哎，等等，警察同志，你还没付刚才那啤酒的钱。"

"她没付吗？我刚才看见她站在那儿给你们钱了。"李振峰有些诧异。

摊主老婆点头："那是烟钱，她经常在这买烟。我这房东烟瘾比我家老爷们儿的还大，嘿嘿。"

李振峰无奈，顺手从兜里摸出一张五十块的纸币放在桌上，然后心事重重地离开了烧烤摊，身形很快就消失在漆黑的夜幕中。

岳城看着老婆递过来一张五十的纸币，有点不解："你怎么还问那警察同志要钱？"

摊主老婆双眉一挑："吃饭给钱天经地义，就算当警察的也不能例外吧？"

岳城一皱眉："你这女人，都钻钱眼儿里去了。对了，你刚才跟他说啥了？"

"没啥，"摊主老婆顺手接过食客付的账，满脸带笑，"我就是见不得人撒谎罢了……哎，好的，好的，喜欢吃的话再来啊，明天一定给你打8折！"

看着自己老婆忙里忙外的背影，岳城无奈地摇摇头，把那张五十的纸币随手塞进了钱箱。

没人会跟钱过不去，想明白这个理儿就好了。

锁好钱箱，岳城再次搬着一箱啤酒走出店门，昏黄的路灯光下，一个长发女孩与他擦肩而过，径直走向通往二楼的木质楼梯。

岳城感觉他好像认识那个女孩，一时却怎么都想不起来对方是谁。

"老岳，啤酒呢？快点！"老婆的催促声把他从愣神中拽了出来，他忙不迭地上前招呼客人去了。很快，他便把这件事忘得一干二净。

随后，一道黑影也悄无声息地上了楼。

第八章 嘘,他来了……

最强烈的爱都根源于绝望,
最深沉的痛苦都根源于爱。

9月25日，星期一，凌晨2点07分。

周遭一片寂静，路边停着的白色面包车内突然亮起一点微弱的手机蓝屏光，很快又被黑暗吞没了。

"王处那边的线索可靠吗？怎么直到现在房间里还是黑漆漆的？"侦查员林水生在驾驶座上艰难地伸了个懒腰，小声嘀咕道。

就在他们的面包车前方，停着三辆大小不一的苏川市公安局的备用警车，此刻，大家都在车里静静地等待着，只留下一名侦查员在小区楼洞口蹲守着。

"王处说线索来源没问题。"罗卜轻声回答，"23号门三楼左边那间的男主人姓崔，叫崔明杰。松原巷派出所的人说，根据周围邻居反映，在很长的一段时间内，这个崔明杰经常去探望姜海的姑妈秦爱珠。他们查过崔明杰的社交平台账号，发现他经常会和一个头像为白兰花的安平市账号互动，我们也查过那个安平账号，暂时没法确认它就是属于姜海的。聊天记录看上去也没有什么特别的地方，只是过于简略了，有时候只有一个问号和感叹号,联系起来看的话就有些不正常了,再加上安平的那个账号在姜海被抓后便不再有任何动静,直到今天。他们最新一次的聊天记录是在昨天下午3点,就一句话,安平账号说——我已经到了,崔明杰的账号回复了一个OK的手势。"

"苏川市公安局是什么时候开始盯上这个崔明杰的?"林水生问道。

"李哥上次来过以后,派出所就开始格外留意秦爱珠的生活起居,本来只是为了必要的时候给予帮助,毕竟是孤寡老人。可是后来发现有人经常去看望她,还给她带东西。走访过周围邻居后,所里就知道了这个崔明杰的大致来历。据说他是姜海的发小,家里在南郊有个植物苗圃。我想,姜海应该是把秦爱珠托付给他照看了吧,毕竟秦爱珠是亲手养大自己的人,他放心不下也是情理之中的事。"罗卜回答。

林水生听了,脸上露出了鄙夷的神色:"他懂得什么叫感恩吗?畜生不如的东西!"

罗卜的嘴角划过一丝苦笑,接着说道:"今天傍晚松原巷案发后,王处说姜海已经很难离开苏川,因为各个路口都有对姜海的抓捕通告,所以猜测姜海很有可能来找崔明杰想办法外逃,因为崔明杰的苗圃基地就在郊外,他的那辆牧马人每天都需要进出苏川市区。一直蹲守在这儿的辖区派出所民警上报说,崔明杰的那辆车是早上6点05分回来的,之后就一直没有离开过家。我们看过监控,姜海不在车里。但是他在回来的路上去了趟加油站,把油都加满了,而他上次加油的时间是前天傍晚,台风来的前一天。崔明杰的车是改装过的,油箱容量非常大,加油的次数是平均半个月一次。"

"懂了，他这是在为窜逃做准备呢。"林水生重重地叹了口气，目光紧紧地盯着前方的目标楼洞口，"等等，小罗，松原巷案发时间被证实是在凌晨4点30分到5点30分之间，凶手全程避开了路口监控，崔明杰早上6点05分回到小区的话，他会不会已经见过或者接到姜海了？这种牧马人车子里的空间藏个人可是绰绰有余的。"

罗卜神情凝重地点点头："王处他们也是这么考虑的，但是车辆早上回来前驶过了几处无监控路段，不能确定姜海有没有上下车，所以做了两手准备，找来了全局性能最好的车。我们现在只要等到崔明杰下来开车，就在车库和路口分两次围堵他，如果上楼去硬攻的话，不确定性太大，怕万一姜海在楼上为了逃命伤及无辜。"

"倒也是，那家伙即使被我们抓了，也还得原封不动地给送回精神病院去，唉，这叫什么理儿啊！"林水生不满地小声抱怨道。

突然，远处楼洞口有手机的光一闪，接着步话机里传来苏川市公安局刑警支队老张压低嗓门的声音："各组人员注意，有人从崔明杰家出来了，正向车库走去，各组人员立刻到位，按照预定计划行动。"

与此同时，前面有两辆车离开了原来的车位，朝车库方向开去，罗卜与林水生被安排在了围堵的第二梯队，暂时不需要动。

很快，车库里传来了激烈的争吵声和车辆撞击剐蹭的声音，警方本以为可以趁机在车库内解决这件事,谁承想在紧要关头,一辆越野车从车库陡坡处全速冲了出来,两辆警车紧跟其后,刺耳的警笛声骤然响起,划破了宁静的夜空。

"快,快,快……"林水生见状赶紧扣好安全带,启动车辆紧跟其后,总共四辆警车跟着牧马人狂奔出了岔道。

耳机中又一次传来了老张的声音,沙哑而沉稳:"崔明杰拒捕,现驾车逃窜,各卡口注意拦截,车辆型号为白色牧马人,车牌号×××××,朝南城门莲花卡口方向驶去,沿途注意拦截,注意拦截。"

这一晚注定不会平静。

追逐了二十多分钟后,白色牧马人的前车轮被卡口的阻拦铁钉给扎破,车辆侧翻,车内人员被困。眼见着油箱被点燃了,罗卜突然冲了过去,不顾危险拉开车门,拼尽全力把驾驶座上的安全带扯开,把人给拖了出来。他们刚跑出不到五米的距离,车辆就发生了爆炸,气浪把罗卜掀翻在地,但是他的一只手仍然紧紧地抓着被他冒死救出来的崔明杰。

林水生见到眼前这一幕,不禁佩服地点了点头,蹲在一旁说道:"你这小子,还挺有经验的。"

"那油箱,改装过的,一旦起火必定爆炸,"罗卜气喘吁吁地顺手抹了一把嘴角渗出来的鲜血,急切地上前追问崔明杰,"人呢?姜海人呢?他是不是被你藏在车里了?"

崔明杰也被刚才的气浪给掀蒙了,好半天才缓过神来,等看清楚了面前的林水生和罗卜后,问道:"你们,你们不是……"

"我们是安平的警察,姜海在哪?"林水生冷冷地问道,"你是不是把他藏车里了?我们知道今天他和你联系过。"

崔明杰听了,脸色微微一变,艰难地吸了口气,脸上露出些许痛苦的神情。他摇摇头,苦笑道:"我是和姜海联系过,但是藏过一次怎么可能藏第二次?你们警察也不动动脑子,这个时候他早就走了,他可精得很,你们是抓不到他了。"

林水生和罗卜不由得对视了一眼,后者愤怒地质问道:"不配合调查可是要负法律责任的,你可考虑好了!"

"我反正没杀人,大不了就是一个包庇罪,你们抓我啊!"崔明杰嚣张地咧嘴一笑,露出的牙齿被自己的血给染红了,"看在你救了我的命的分上,我告诉你们一个秘密,也算戴罪立功了,你们到时候可得帮我记一笔哈。你们要来车库抓我的时候,姜海那家伙顺着楼上放下来的登山绳下到一楼后面,早就溜了。我喜欢自驾游,喜欢登山,真没想到我这登山绳到头来还能帮别人逃命,哈哈哈……咳咳……"随着笑声咳出来的是鲜红的血液,后面赶来的120急救医生赶紧嚷嚷道:"快让开,快让开,他伤得很严重,你们现在别跟他说话了,我们要救人!"

林水生看向罗卜:"兄弟,能撑得住吗?"

"我没事儿,好得很,只是擦伤,不用去医院。水哥,我们得赶紧和安平那边汇报这边的情况。看情形,姜海最终的目的地还是安平。"

两人心照不宣地互换了一下眼神:姜海是个不达目的誓不罢休的人,他不可能放弃李振峰。

凌晨3点。

安平路308号大院内值班室的灯通宵亮着。

李振峰接完罗卜从苏川打来的电话后,揉了揉发酸的眼睛,看着面前电脑屏幕上的监控视频截图,不由得轻轻叹了口气。这段监控是从十字路口对面的一家银行柜员机旁取到的,因为距离比较远,像素也很模糊,但是镜头中一晃而过的特制的雨靴还是被图侦组的同事给认了出来。可惜的是有效的监控视频只有这一幕,齐一民很快就消失在人群中。

丁龙推门走进值班室,注意到电脑屏幕上那双被定格的雨靴,忍不住压低嗓门愤怒地道:"这混蛋,早晚我们会抓住他。"

李振峰听了这话看了他一眼,问道:"叶文警官的尸检报告出来了,是吗?"

"出来了,我刚才去小九那里拿鉴定报告,顺道去了法医那边拿了正式的纸质报告给你。"说着,丁龙便把尸检报告递给了李振峰。

"谢谢兄弟。"李振峰看着签名栏赵晓楠的签字,心中升起一丝暖意,"赵法医下班回去了吧?"

"早就走了,今天她轮休,听她说她要回去准备下东西,然后去长桥,时间挺赶的。李哥,她去长桥干什么?"

"一个老案子,齐一民的案子,她昨天跟我提过这事儿,说那个案子太复杂了,不亲自过去查看档案,她不放心。"李振峰一边仔细翻看着尸检报告,一边接着问道,"小丁,说说你看法。"

"刚开始我们以为叶警官脖子上的那道开放性创口是第一

刀,也是致命伤,但赵法医在全面尸检后才发现并不是,他真正的致命伤在后腰,刀直接扎进了肺部,往上提,导致大量血涌入肺部,所以,脖子上的伤口,只不过是加速了叶警官的死亡罢了。他受到攻击的时候,体位是背对着凶手的,我觉得姜海也参与了,否则叶警官不会那么被动。"

李振峰点点头:"现场没有遗留太多的打斗痕迹,但从叶警官身体的伤痕可以判断他们之间有冲突。"

"只有抓到他们才能知道真相了。"丁龙难过地说道。

李振峰点点头,然后把手一伸:"你还少了我一样东西。小九那边的人像比对结果,我都等了他好几个小时了。"

丁龙嘿嘿一笑:"看我这记性,都忘了这茬儿。小九没给我纸质报告,只是提到说60%,他说据此可以判定两人之间有遗传血缘关系,要想更准确的话,就需要比对DNA了。我们有秦爱珠的生物检材样本吗?"

李振峰点点头:"我已经告诉阿水和小罗了,要他们尽快把生物检材样本给我们。他们现在正在赶回苏川市公安局的路上。"

"姜海呢,有没有抓住?"丁龙问道。

李振峰有点沮丧:"跑了,估计此刻正在回安平的路上。"

丁龙满脸的诧异:"怎么回事?那么多人怎么还让他跑了?"

李振峰嘴角一阵抽搐,暗暗咬牙说道:"可别忘了姜海最擅长的是什么,他太会控制别人了。刚才苏川那边刑侦支队的王处把情况给我简单说了一下,归纳起来其实就一句话,姜海在苏川有个发小,他利用发小跟苏川市公安局的同事们玩了一手老掉牙的套路——声东击西。结果呢,发小成功被抓,他却跑了。"

"李哥,秦爱珠是姜海的姑妈,他为什么要杀她?"丁龙皱眉问道。

李振峰抬头看向丁龙,眼神犀利:"姜海的个性,偏执、自恋。他逃出来后,在层层关卡的阻拦下,冒险去杀一个养育他成人的姑妈,而且如此迫切,除非——"

"除非什么?"丁龙脸上的神色变得凝重起来。

李振峰没有正面回答他这个问题,转而轻声说道:"除非有非杀不可的理由,但这个理由只有抓到他,才能从他嘴里问出来。如果按照他的杀人行为模式去分析,理由同样是深入骨髓的恨意。不过,等姜海和秦爱珠的DNA比对结果出来后,也许我们就能找到答案了。"

最后一句话把丁龙听得目瞪口呆,脱口而出道:"李哥,你是说秦爱珠有可能是姜海的血亲?"

"不排除这个可能,之前我们忽略了太多的细节。"李振峰懊恼地道,"当年所有的情况都是秦爱珠跟我们说的,时间太久了,我们没法求证秦爱珠所说的姜海的身世是否属实。但是从姜海这次的行为和秦爱珠送走姜海的表现来看,不得不猜测他们之间有关系。现在也只有用DNA来证实一下我们的推测了。"

"如果是真的,那姜海的命可真不好。对了,这段监控是哪个案子的,我怎么没见过?"丁龙伸手指了指李振峰面前的电脑屏幕。

"陈兰家附近街道的监控。我昨天晚上去见陈兰了。"李振峰若有所思地看了他一眼,"你说得对,陈兰确实有事情不想让我们知道,而且她说陈凤受伤是一场车祸造成的。她分明就是在撒谎。我见过那种车祸造成的表皮撕裂伤的样子,甚至更严重。以前我的初中同学也是玩'鬼火'出的事,双上肢的内侧表皮全都脱落了,整个血肉模糊,我当时就在他身边,陪着他上的120,那种创面都是朝着一个方向并且不规则的。而陈凤脸上的伤虽然也很严重,但是那伤口太规整了,一个人哪怕只是整张脸擦过路面,留下的伤口也绝对不会是那个样子的。即使真的是摩托车高速行驶造成的车祸导致整张脸被剥脱,她的鼻梁骨是不是做过修复?这些还真得等赵法医从长桥回来后看了再说。"

李振峰双眼盯着电脑屏幕仔细看了会儿,一字一顿地接着说道:"还有件事让我提高了警惕,我去见陈兰之前,齐一民正好从她家出来,并且和我擦肩而过。但是我没能够认出他来,就这么错过了,唉,是我的失职。"

"谁跟你说的这事?他见到陈兰了?"丁龙吃惊地看着他。

李振峰摇摇头:"陈兰家楼下烧烤店的老板娘跟我说的,这种人在市井里混久了,看人挺厉害的,眼力见儿不输于我们警察。至于说齐一民有没有见到陈兰,我虽然没有得到肯定的答复,但是从后来陈兰在我面前的种种刻意表现来看,陈兰应该没有见到他,甚至还有可能在躲着他。"

话音未落,手机铃声响了起来,李振峰按下免提,电话是罗卜打来的。

"李哥,秦爱珠的DNA已经做好,发到你手机上了。我刚才和苏川市公安局图侦组的人一起追踪了崔明杰所住小区周边的监控视频，证实姜海已经离开。他打了一辆网约车走的，后来我们联系上了网约车车主，对方说客人在南安码头下的车，那里有出海的渔船，至于说具体上了哪一艘就不知道了。"

李振峰和丁龙对视了一眼："南安码头对面就是我们的东星港码头。他是几点到的南安码头？"

"一小时前。"

李振峰叹了口气："完全符合姜海的做事风格。今天海面的风又不大，估计姜海已经到东星码头了。罗卜，你和阿水说一下，可以回来了，苏川那边交给他们的人去做吧。临走时记得帮我谢谢王处。"

"没问题。"罗卜挂断了电话。

凌晨3点13分。

海风阵阵，海水不断地拍打着堤岸，姜海右手提着鞋子，背上背着双肩包，蹚过海水，赤脚走上浅滩。这里是东星码头的一个偏僻角落，除了游客和钓鱼佬，平日里几乎没人来。此刻，天空黑漆漆的，听不到海鸥的叫声，靠着海面上渔船的灯光，才能勉强看清楚整个海滩的大致模样。

一步步走上海滩，姜海靠着一块礁石坐了下来，顺势眺望远处。看着那块熟悉的高出海面三米多高的礁石附近的某处海床，就是发现父亲秦方正车辆残骸的地方，他的嘴角忍不住微微上扬。

他摸出手机，拨打了陈兰的电话。不出所料，陈兰没有让他等很久，电话很快便接了起来。

"是我，你还好吗？"姜海沙哑的声音中夹杂着明显的疲惫，"很抱歉，我现在只想找人聊聊天。喂，你还在听吗？"

许久，电话那头终于传来了陈兰轻柔的嗓音："说吧，我在呢。我晚上喝了点酒，有点犯困，不过现在清醒了。"

显然，陈兰对此刻姜海给自己打来电话这件事一点都不奇怪，尽管不到二十四小时前，这个男人刚对自己说过不会再来找她。

斜靠着礁石，听着耳畔阵阵的海风，姜海的脸上终于露出了一丝微笑。

"你怎么不说话？"陈兰感到有些诧异。

"我在看那块石头，当年你跟我提过的那块石头。"姜海若有所思地说道，"都过去这么多年了，我还从未这么近距离地仔细看过它呢。"

电话那头的陈兰突然怔住了，语气也变得急促起来："你，你回安平来干什么？是不是傻？你不知道警察在四处找你吗？"

"我跟你说过我离开安平回苏川只是办一些急事，现在事情办好了，我自然就回来了。"远处海面上，不知何时黑色的夜空已经逐渐变成了浅浅的橘黄色，姜海轻声说道，"嘘，马上就能看到日出了，真希望你现在就在我身边。"

电话那头一阵静默，姜海也不追问，更不舍得挂断电话，就这么拿着手机静静地在海滩上坐着，任由咸咸的海风吹拂着自己的面颊。

远处，海鸥掠过天际，一轮红日正缓慢地从海平面上升起。

第九章 一个不存在的人

你之所以看见它,是因为你想看见。

9月25日，星期一，早上6点30分。

安平汽车总站的语音广播响了起来："请持有A320车次（安平—长桥南）车票的乘客现在带行李前往3号门准备上车，本趟班车将于10分钟后准时发车。"

由于是最早的一趟班车，车上连司机在内总共也只有三个人，赵晓楠乐得清静，挑了个靠窗的位置坐了下来。班车刚开出总站没多久，手机上便收到了李振峰传来的文字讯息：

——你出发了吗？

——我在车上，已经出发了。

——注意安全。

冷不丁看到这四个字，赵晓楠的嘴角划过一丝笑意。

——谢谢。

——我有几个问题想不明白，陈凤脸上的伤口有没有可能是摩托车车祸造成的？比方说在强大的惯性作用下，车前轴突然断裂造成脸部与地面接触，产生严重刮擦伤？

赵晓楠微微皱眉，迅速按动手机键回复。

——不可能，如果是那样的话，她的面颊骨、鼻梁骨和下颚骨都会因作用力的方向而分别引起受损的，但是从 X 光片上看不到任何曾经骨折的迹象，包括复原的痕迹在内我都找不到。目前为止，造成她那种面部大面积皮肤撕裂伤的原因只有一个，那就是人为的剥下脸皮，这点我可以给你肯定的答复。

——谢谢。你什么时候回来记得给我个消息，我好放心。

心中划过一丝微妙的感觉，赵晓楠一时之间竟然不知道该如何回答，想了想，便索性关闭了手机屏幕，闭上眼靠在椅背上休息。

班车的线路沿着海岸线行驶，海鸥在不远处的海平面上穿掠而过，长长的鸣叫声伴随着灿烂的阳光扩散开来，预示着今天将是一个好天气。

花桥镇米箩街斜对面巷子里的早餐摊刚刚支起没多久，齐一民便在摊位上找了张简易塑料凳子坐了下来。他看上去有点憔悴，但是面带笑容，举止更是很有礼貌："老板，麻烦来碗米线，两个烧饼，一个茶叶蛋。"

刚开张便来了生意，摊主立刻热情地招呼道："稍等，稍等，马上就好。"

热气蒸腾之间，摊主本能地打量了一下齐一民，顺口问道："怎么样，房子租到了吗？"

齐一民仍然满脸带笑，伸手接过摊主递上来的塑料餐盘，道："租到了，租到了，谢谢你，老板，余阿婆对我很关照。"

"那就好。"摊主咧嘴乐了，左右看了看，然后凑上前小声嘀咕道,"那余老太是有些古怪,但其实为人很不错的,私底下经常帮那些外地来的打工人一些小忙,有时候你偶尔欠几天房租也没关系的,明白不?嘴巴甜点就行,老太太喜欢听好话。"

"哦?"齐一民腼腆地微微一笑,脸竟然有些红了,"那倒不用,我,我有钱的。"说话间,他抬头看看天空,阳光明媚,心情也好了许多。

齐一民一边吃着米线,一边看着陈兰家那扇似乎永远都不会关上的窗户,脸上的神情逐渐变得严肃起来。

早上8点。

安平路308号大院内,李振峰站在三楼走廊上正朝外看着,身后不断有人走进案情分析会议室。

小九停下脚步拍了拍李振峰的肩膀:"李哥,还在担心师姐呢?"

李振峰忙不迭地转身和小九一起走进会议室,小声说道:"我或许不该让她一个人去,现在两个犯罪嫌疑人还在逃呢,我真的很担心她会有什么意外。"

"别想那么多,"小九乐了,"李哥,你要相信这句话——但凡是女人能在基层当法医并且还一干这么多年的,无论是心理还是生理的承受能力都足够强大。师姐可不是一般的女孩子,明白吗?"

正说着,马国柱和庞同朝一前一后走了进来,坐下后便宣布第二次案情分析会议正式开始。

首先,针对上一次会议留下的任务进行汇报。

专案内勤侦查员丁龙把一沓准备好的卡片插入了幻灯播放器:"黄巧珠,三十八岁,遇害前是安平市精神中心2病区白班护士长。丈夫张洪文,在市公交公司18路车队工作,工作时间是白班早上3点35分到下午1点30分,中班下午1点30分到晚上8点45分末班车为止。他们有个女儿,叫张天天,今年七岁,常年和黄巧珠的母亲生活在老家的镇上。"

"怎么会有早上3点35分的班?"

丁龙回答道:"因为这趟18路公交车以前是通宵运营的,就是为了方便三班倒的沿途居民,尤其是花桥以东的毛纺厂,员工早班都是4点30分,所以这趟车人少不了。"

"你查过黄巧珠的银行往来资金流水吗?"马国柱问道。

"查过,很干净,没有于文涛所说的那笔来历不明的钱,除了每个月的工资奖金收入外没有别的可疑收入。支出方面也多半都寄回了老家。"丁龙回答。

"那她的丈夫张洪文呢?"

"一样,每笔都核对过,名下的账户都没有异样。"

马国柱满脸疑惑地说道:"这就奇怪了,种种迹象表明黄巧珠就是帮助姜海和齐一民外逃的人,并且还因此被害,那她到底为了什么帮他们?李队,那天是你去市精神中心询问那个负责开药的药剂师的,你有没有怀疑过他是在栽赃陷害?"

李振峰摇摇头:"我认为他说的是实话,因为在市精神中心2病区这个特殊的区域里,药剂师于文涛的工作范围和权限是受限制的,他没有权利直接在病区和病人单独接触,每次都必须由专门的护士陪同病人前来就诊开药。本案中每次陪同姜海前去就诊开药的就是黄巧珠，这么做是违反规定的，因为她是女性，按规定男病人必须由男护士陪同，但她全程在旁。而且出事那晚，她又一次执意违反规定只留下自己在急诊中心看护两名男性精神病患者，这点也很可疑。为此我还专门询问过赵法医，在什么情况下能让两名出现休克的病人尽快苏醒，她提到了肾上腺素注射是其中一种可能。结果，经过核实，急诊中心护士站当晚确实丢失了两剂肾上腺素和两支一次性注射器。除了黄巧珠，还有谁会这么熟悉护士站内的基本配置以及在最短时间内给人注射肾上腺素？至于说监控方面，我也派人查过了，确实是黄巧珠在特定时间段出现在了护士站的药柜附近。

"现在只缺了最关键的一环，那就是黄巧珠为什么要帮姜海外逃，两人之间的关系根本没有实质性的交汇点。而且姜海不是一个正常人，他只不过是平时在别人面前表现出了所谓正常的一面罢了，黄巧珠是专业人员，并且有权限接触到姜海的病历，她又怎么可能对姜海的病情视若无睹？"李振峰接着说道，"毫不夸张地说，2病区的每个人身上所显露出的病症状况都是非常复杂的，不然的话也不用专门进行监管。身为重点病区的护士长，她又怎么可能不知道他们的过去？

"我看过齐一民的病历记录，他被确诊患有妄想型精神分裂症。这么两个危险系数非常高的人，黄巧珠还能去帮，我想一定有特殊的原因。"说着，李振峰向后靠在椅背上，摇摇头，"所以，我还是觉得肯定有哪个关键节点被我们忽视了，到底是什么值得一个女护士冒着那么大的风险不惜违反职业道德不计一切代价，地去做这种事，肯定有原因。"

此刻，坐在丁龙身边的网安大队工程师大龙研究了好几遍自己面前那两本薄薄的银行流水账后，突然伸手示意自己有话要说："小丁，你漏了一条，我在这本账目上标出的每个月的固定支出，扣款方是儿童医院，我们安平市的儿童医院，流水上显示的这个标记是对公转账的标志。你看，数目还不少呢，肯定是大病。那就需要很多钱了。"

马国柱听了，点点头："会后记得派人去医院查一下黄巧珠女儿的病情和治疗情况，最好不要让孩子的父亲参与，我们需要单独和主治医生做交流。"

李振峰点点头，在工作笔记上做了相关的备注记录。

"李队，我觉得我们也需要派人跟进一下黄巧珠的丈夫张洪文，"庞同朝接着说道，"在这起事件里，黄巧珠只是起到一个里外沟通的作用，那她对外是直接和姜海的同伙联系吗，还是另有帮手？我们不能确定，所以，张洪文，我们不能单纯地就把他当作受害者家属看待。你的意见呢？"

李振峰点点头："没错，我们不能排除张洪文有参与的可能性。我等下就安排下去。"

趁他们说话的时间空挡，丁龙在白板上写下了姜海和齐一民逃跑的时间线路，以及发生在这条时间线上的几起重要的案件：

23点03分，李队接到了黄巧珠从急诊中心病房打来的电话；

23点08分，黄巧珠遇害死亡；

23点15分，后面进病房的急诊医生苏晨浩遇袭，受重伤后向急诊中心前厅保安处逃离，后经抢救无效，于第二天中午宣告死亡，死因是创伤性失血性休克；

23点17分，保安报警；

23点24分，齐一民和姜海乔装改扮后逃离医院，临走时带走了作案凶器，一把电工专用的螺丝刀，来源已经证实，正是医院电工房存放的电工工具箱中丢失的那把；

23点42分，台风原因，我们终于赶到急诊中心案发现场；

第二天凌晨3点07分，叶文警官离开花桥镇派出所；

凌晨3点30分到6点期间，叶文警官遇害；

中午2点前后，家住花桥镇米筜街水西厅24号的陈凤遇害，陈凤四十二岁，常年卧病在床。

"为什么要把陈凤加进来？她和姜海、齐一民出逃杀人案有关系吗？"庞同朝问道。

"没错，因为我们在水西厅24号二楼案发现场的房间内发现了齐一民的足迹。"丁龙回答，他又伸手指了指齐一民的照片，"我们在急诊中心案发现场采集到的血样中有一处表明，当时有人踩到了地上的碎玻璃导致足底受伤，最后证实这处血样属于齐一民。而他逃走时所穿的鞋子非常不合脚，引起脚上伤势蔓延加重。"

说着，他又把叶文警官的照片放到了时间线节点上，"基于当时特殊的气候原因以及米筜街一带缺失的街面监控，我们没有找到叶文警官遇害时的实时景象。但是通过尸检报告情况来看，叶文警官一开始就受到了致命伤害，而且是从后背袭击的，凶手直接就是冲着杀人去的。事后，叶文警官脚上穿的那双刚配发没多久的警用制式雨靴就不见了踪影。"

一听这话，马国柱不由得满脸诧异："叶警官那双半高筒雨靴是被人拿走的？"

李振峰回答："是的。米箩街周围地势很高，没有发现积水现象，而叶文警官遇害的地方也是如此，所以我们认为是有人刻意拿走了那双雨靴。"

马国柱点点头："不过，单单为了一双靴子，齐一民就杀了叶警官？这个动机未免也太不可思议了。"

"也许雨靴不是犯罪动机，因为现场太干净了，具体还有待验证。不过这要看牵涉到谁了，"李振峰说道，"如果是齐一民，他的犯罪动机可能会很简单。齐一民患有妄想型精神分裂症，这是长桥精神卫生中心和长桥法院的法医精神鉴定得出的一致结论。"

听完这些话后，一旁的小九不由得倒吸了一口凉气："我的老天爷，确诊妄想型精神分裂症？姜海怎么会把这种人给放出来？齐一民和陈兰姐妹俩又有什么关系，他为什么刚出来就要杀死陈凤？"

丁龙摇摇头："我们现在手头掌握的线索是，姜海和齐一民昨天晚上在水车胡同内的一家黑旅馆住了一晚，一大早就退房了，而且他们俩是分开走的，后期在一块儿的可能性也有，但是不大，目前看来两人各自有各自的打算。"

这时候，会议室的门被轻轻推开了，小九实验室的一位年轻技术人员把一份刚打印好的检验报告交给了他，然后快步离开了。小九皱眉看了会儿，随即把报告递给身边的李振峰，小声道:"你推断得没错,秦爱珠就是姜海的亲生母亲。"

一时间,三个多月前的那次交谈经历又一次在李振峰的脑海中出现了,他回顾着秦爱珠所说的每句话,同时拧开笔帽,紧锁双眉,在工作笔记本的空白页上简要写下了当时秦爱珠的情绪变化过程:

厌恶(恐惧)——同情(犹豫)——担忧(茫然)——思念(后悔)——欢乐(虚假)

写完后,他放下手中的笔,仔细打量着秦爱珠情感变化的瞬间,心生疑惑:"她为什么要对自己的孩子刻意隐瞒她作为母亲的身份?"

"李队,你有新线索?"庞同朝问道。

李振峰点头:"刚得到的,DNA比对结果证实了姜海的姑妈秦爱珠,是姜海的亲生母亲。我们在当地查过户籍档案,她和姜海的父亲之间没有血缘关系,只是按照家族辈分算是姜海的远房姑妈,早就出了五服。这一次姜海离开市医院急诊中心后,第一时间就回了苏川,而他到苏川后没多久,秦爱珠便遇害了,现场很惨烈,死者脖颈离断,现场还经过了刻意布置,这一点符合姜海连环杀人时的作案手法。我推断,人可能是姜海杀的。"

"那你是什么时候开始怀疑秦爱珠的身份的?"

"秦爱珠被害后,我思考姜海的行为和他的犯罪动机,进而怀疑她的身份,这也是秦爱珠被害后,我第一时间让他们做DNA检测的原因。之前我们忽略了所掌握的姜海身世信息的准确性。"李振峰轻声说道。

他走到白板前,把秦爱珠的户籍系统照片放在姜海的照片旁,同样用吸铁石固定住,这才转身接着说道:"一年前姜海被捕,而在被捕前没多久,他还给秦爱珠写过一封信,那封信我见过,言辞恳切,字里行间甚至表示说以后会给她养老。但是一年后,姜海却冒险回到苏川,以最快的速度杀人后逃离苏川,回到安平。据此,我有理由认为他的作案动机,是他得知了他与秦爱珠的关系,所以他铤而走险回苏川寻找答案。当他得知真相后,他的情绪失控,惨剧发生。"

"姜海是如何知道秦爱珠是他亲生母亲的呢?"小九不解地问道。

李振峰想了想,低声说道:"我们对姜海的社会关系还是没有调查到位。我推测,告诉他真相的可能与安排他出逃的是同一个人。"说完这些话后,他回到椅子上坐了下来,示意丁龙继续对案情进展进行汇报。

"简单总结一下,在本案中,第一,我们目前所掌握的线索之一是,黄巧珠是被姜海利用的人,所以按照他的一贯风格,利用完就必须杀掉,人命在他眼中只是单纯的耗材。第二,叶文警官是被齐一民杀害的,齐一民的作案动机尚不明确,但是从他的角度来看一切皆有可能。第三,姜海与齐一民是临时搭档,彼此之间并不是很了解。这体现在两人逃离精神病院后各自的去向以及所犯下的杀人罪行上,两者性质完全不同。"

马国柱问道:"说说陈凤遇害案你们的走访结果吧。"

"好的。"丁龙回答,"依据户籍资料,陈凤四十二岁,陈兰四十一岁,是花桥镇水西厅24号本地原住民,水西厅24号二层小楼属于自建用房，现在一楼用于出租做烧烤生意。陈凤的父亲原来是镇上小学的食堂工作人员，后因琐事投河自尽，母亲是小学老师，一位本分传统的家庭女性，丈夫去世后她积劳成疾，最终因病去世。一家人在邻里乡亲间的口碑还可以，但奇怪的是每当谈到陈凤的时候，周围的老邻居都会采取回避的态度。而对陈凤当年受伤的事情，知道的人都是道听途说，说什么的都有，后续还需要进一步核实。"

李振峰补充道："陈兰说陈凤脸上的伤是年轻时遭遇的一起摩托车事故导致的。"

"李哥，你信她的话吗？"小九问道。

李振峰摇摇头，露出尴尬的神色："开会前我联系到了今天轮休的赵法医，她的回答总结起来就四个字——她在撒谎。"

马国柱问："这么看来，我们现在要同时追踪两条线。一是，姜海那条线，李队，你确认他已经回安平了？"

"不能完全确认，但是有两点因素我们必须考虑在内：第一，在市精神中心外那个帮助姜海出逃的人还在安平；第二，姜海逃离苏川时最后出现的地方很特别，那边的渔船只会通往我们安平的东星港码头，目前苏川那边还在继续寻找当晚姜海乘坐过的那条渔船，他回到安平的可能性很大。"李振峰有点挫败地说道。

马国柱与庞同朝互相交换了一下眼神，马国柱说道："你们需要安排人手继续跟进黄巧珠和张洪文夫妇这条线，只要能捋顺这条线，那么帮助姜海出逃的人自然也就露出来了。主要走访一下张洪文单位的同事和张天天的主治医生。你们还需要同时开展的第二个任务，是结合社区力量对陈兰进行社会关系调查，越详细越好，包括她的行动路线，从你们刚才讲述的线索来看，这个陈兰有问题。另外，还要找出当初给陈凤做手术的人，进而了解当年到底发生了什么事。从赵法医提供的齐一民案的线索，不排除陈凤是当年长桥案件的幸存者。最后，两个危险分子脱离掌控已经有三十三个小时了，要尽快抓捕姜海和齐一民归案，这是我们工作的重中之重。好了，还有别的要补充的吗？没有的话就散会吧。"

参会的侦查员随即鱼贯而出，离开会议室，奔赴各自的战场。当然脚步最急促的，还是负责抓捕的李振锋等人。

会议室内，庞同朝坐在椅子上没有动。他沉思良久后，抬头对马国柱说道："老马，你看这个帮助姜海出逃的人，他不只是促成了姜海的出逃计划，甚至还得到了姜海的信任，这，可是非常难得的。"

马国柱点头："没错，老庞，我也是这么想的，姜海是一个非常敏感的人，尤其是经受了那么深的背叛，要想在短时间内再信任一个人，真的是很难。难道说，这个人一直与姜海保持着联系？"

庞同朝与马国柱共同看向白板上的线索人物图，若有所思。

一直默不作声往前走的李振峰突然问身边的丁龙："小丁，姜海被捕前他名下的银行账号和流水你们查过没？"

"查过了，好像没什么问题。"丁龙说道。

"姜海逃跑是需要资金的，我记得当初查他的公司账目时没发现还有多少钱留下。"李振峰摇摇头，"得找个审计好好查查，姜海的行事风格是不打无准备之仗，他肯定事先有准备资金。为了抓住他，我们必须抓住一切可能的线索。"

丁龙眼睛一亮："以钱找人？"

"如果我们能找到他的资金往来账户，或许就能找到那个帮他出逃的人。"李振峰表情严肃，"我们通过张洪文找线索是一个方向，但如果能查到姜海的'金库'，那就是双管齐下了，说不准会有新的发现。"

得到指令的丁龙兴冲冲地向办公室跑去。

李振峰掉头又向会议室走去，当着庞同朝与马国柱的面，简单讲了一下"以钱找人"这个方案。

"阿峰，你一开始的时候为什么没想到这个？"马国柱有点不满。

李振峰苦笑着伸手揉了揉自己乱糟糟的头发，长长地叹了口气："马叔，从姜海开始杀人到被送进市精神中心，再到逃出市精神中心，这一系列案子发生得太过紧凑了，也导致我们没能考虑到每条线索，这也是我的失职。我一直在被姜海牵着鼻子走，尤其是这次，他赌上了自己的命，他在与我们警方抢时间，我们只能追着他跑。"

"他真是不把自己的命当回事啊，看来真是无所牵挂了。"马国柱不由感叹。

李振峰果断地摇头："他拼命逃出来，就说明他还有牵挂，就是要出来了结牵挂的，不然也不会精心设计以脱离我们的掌控。再说了，姜海和齐一民在离开急诊中心的时候没有身份证也没有现金，要想在我们的布控和抓捕中生存下去就必须有人接应，尤其是钱这方面。所以我就想到了姜海之前开的网络公司，可能存在备用资金，像他这样逻辑严密的人，肯定是狡兔三窟。这次，绝对不能再被他玩弄于股掌之间了。"

马国柱与庞同朝听了，下意识地相视一笑，都满意地点了点头。

马国柱说道："哎，小子，我师父最近身体怎么样？好久都没见他了。"

"我爸啊，和我妈在海南岛度假呢，去了快大半个月了，正在开开心心地享受自己的退休生活，"李振峰嘿嘿一笑，"我妈不会让他闲着的，马叔你就放心吧。"

十多分钟后，李振峰从办公室里给马国柱打去了电话："马叔，医院方面已经查到了，黄巧珠的女儿患有先天性脊椎病变导致的脊髓硬脊膜动静脉瘘，治疗需要大笔的钱。"

电话那头的马国柱沉默了片刻，说道："这样的动机……唉，张洪文那边你们继续跟进。"

"我懂了，马叔。"

第十章 阳光下的影子

恨,也是一种很抽象的感情。

9月25日，星期一，上午9点03分。

安平市第一医院产科手术室外的走廊内有三堆人，彼此之间没有任何交流。

从凌晨开始，花桥镇派出所民警蔡家胜在走廊里足足守候了将近五个小时，对面的老太太也用余光偷瞄了他五个小时，平时擅长观察的他对于被观察多少有些不适应，于是低声对身边的同事说："我出去抽支烟，顺便买点早点。你想吃啥？"

同事咧嘴苦笑道："能填饱肚子就行。"蔡家胜抬头瞅了眼手术室上方亮着的指示牌，"手术中"三个醒目的红字依旧一动不动，不由得叹了口气，自言自语道："这都进去快五个多钟头了，怎么磨磨唧唧地还不生？"

一直偷瞄他的老太太终于抓到了教训对方的机会，冲到两人面前，很强势地把手一挥，说道："喂，你这个人，说话怎么这么没礼貌？一看你们就是没经验的，你们谁是孩子他爹？头一胎是吧？家里没女眷过来吗？不懂得——"话音未落，她注意到了蔡家胜腰间的手铐，顿时目瞪口呆，脱口而出道："你们，你们是警察？要抓人？"

她尖锐的嗓音顿时吸引了周围人的目光，大家顿时睡意全无。

此时，蔡家胜脑子一片空白，他本以为穿了便装就不会引人注意了，没想到自己一个不留心没藏好的手铐却被这个眼尖的老太太注意到了。他赶紧强打起精神头儿，满脸堆笑地道："大娘，我们是花桥镇派出所的警察，里面生产的是我的家属，您别误会。家里老人身体不好，我怕他们熬不住，就没让他们过来。"

蔡家胜本以为自己的一番说辞可以了结大家的疑问，没想到老太太把脸一沉，开始教训道："好啊，既然你是孩子他爹，那我就更要说了，就算你是警察，你得先是个男人才行！你得先学会疼自己的媳妇，懂不懂？她住202床对不对？"

"您怎么知道？"蔡家胜吃惊地看着她。

"我儿媳妇就住你媳妇对门，我没事的时候就会去你媳妇病房串门。你媳妇儿人可好了，你老实跟我说，你是不是经常对你媳妇动手，打得她浑身都是伤？她虽然没在我面前承认过，别看我人老了，但眼睛可不瞎。"

此话一出，走廊里的气氛瞬间紧张了起来，蔡家胜百口莫辩，为自己刚才的大意而恨不得狠狠抽自己一嘴巴子："我，我……"同事见状赶紧拽拽他的衣服，使眼色叫他低头装怂，啥都别说最好。

"别我我我的，你给我听好了，一个愿意为你生孩子的女人，你就得好好疼，知道不？还有啊，你媳妇流产过很多次了，现在好不容易怀上后又胎位不正,危险得很,你最好现在老老实实给我待着,求菩萨保佑你媳妇没事。"

"大娘,您怎么知道她,我媳妇儿胎位不正?我都没听说呀。"蔡家胜有些吃惊。

老太太狠狠地瞪了一眼蔡家胜,从牙关挤出一句话:"你媳妇随时都会有危险,要么保大,要么保小,要么母子平安,要么大小全没,年轻人,你就好好求老天爷吧。"

蔡家胜听罢,像泄了气的皮球一样又重新坐回了长椅上。

就在这时,手术室门上的小窗户吱呀一声打开了一条缝,产房护士喊道:"202床家属在不在?"

众人的目光瞬间集中到了蔡家胜的身上,同事狠狠捅了他一胳膊肘,他这才清醒过来,几步上前说道:"护士……"

小护士白了他一眼,咕哝道:"叫你们提前准备的包被呢?生了,9点21分,男孩,母子平安。"说着,她手一伸,见蔡家胜半天没反应过来:"等等,你不会啥都没准备吧?你来干什么的?我早就跟你们家属说过多少遍了,产妇太多,包被根本供应不够,都得你们家属自己准备才行,你把我的话听哪儿去了?"

一旁的同事毕竟比蔡家胜大了几岁,见识过这种场面,赶紧上前道:"准备了,准备了,抱歉哈,我们这就去拿,谢谢,谢谢。"

"快去吧,别耽误事儿。"小护士冷着一张脸,顺手带上了手术室的小窗户。

同事从兜里摸出所有的钱,加上蔡家胜的,勉强凑了四百块,然后一股脑儿全塞给他,催促道:"快去,快去,医院里的

191

小卖部就有得卖,这里我看着就行。"

"好的,多谢了,兄弟。"蔡家胜赶紧跑下楼。

半个小时后,范小青母子俩被平安护送回了原来的病房。一切都安顿好后,范小青看着静静地躺在一旁酣睡的婴儿,又注意到忙前忙后的派出所民警,眼眶逐渐湿润了。

"谢谢你们,警察同志,让你们费心了。"范小青轻声说道。

"没事,没事,这也是我们应该做的。"蔡家胜索性在病床前坐了下来,"范小青啊,你现在当妈妈了,责任可就更重大了,你要好好照顾你的孩子。"

范小青点点头:"我会的。对了,叶警官来了吗?我还要谢谢他,他上次走的时候知道我手头不宽裕,就偷偷在我枕头下塞了两千块钱,我真的很感谢。"

听了这话,蔡家胜和同事不由得面面相觑,这才意识到自己还没来得及把叶文警官已经殉职的事告诉范小青,不由得暗自懊悔。

"怎么了?"范小青敏锐地注意到房间里的气氛有些异样,因为激动,她半撑着胳膊抬起上身,紧张地追问道,"警察同志,你们告诉我,叶警官是不是出什么事了?"

蔡家胜哑声说道:"叶警官,他去世了,就在昨天凌晨,他被人杀害了。"

"怎么会这样?"范小青的眼泪顺着脸颊滚落下来,哽咽着说道,"为什么,叶警官那么好的人,为什么会被杀?是不是我的缘故?我知道,肯定的,都是因为我,都怪我。"

听了这话，蔡家胜心中不由得一动，他知道这就是李振峰对自己提到的那个特殊的情感缺口，便不动声色地轻声安慰道："范小青，你刚生完孩子，身体要紧。叶警官遇害和你没关系。你别太自责了。"

"不，不，不，"范小青果断地摇头，泪水又一次夺眶而出，她喃喃地说道，"叶警官对我真的很好，他是个好人，还那么年轻，都是我害了他。如果我能早一点说实话，或许叶警官就不会死。"说着，她抬头看向身边那个弱小的生命，眼神中充满了矛盾与不舍。

蔡家胜竭力克制住自己内心的激动，问道："范小青，你最后跟叶警官说了什么？"

"我，我什么都没说，他走的时候对我说，相信我是无辜的，现在我不告诉他真相没关系，反正他找机会一定会再去现场看看。对了，他还说他会等我的电话，什么时候我想通了，可以随时打电话给他。"说着，范小青颤抖着右手从枕头底下摸出了一张警民联系卡，上面正是叶文的名字，她把联系卡递给蔡家胜，"警察同志，就是这个，还有两千块钱现金，他一起塞给我的。"

蔡家胜一时语塞，重重地点头，说道："叶警官就是在去勘察现场时被歹徒杀害的。他活着的时候就跟我说过，你绝对不可能是杀害你丈夫的凶手，你只是受害者，他说他一定会想办法还你清白。因为你很快就要当妈妈了，你不只是为自己活着，你更要为这个无辜的小生命负责。再说了，范小青，你要相信法律和正义，那个救了你的人一定会得到公平的对待。你好好看看你的儿子，他已经失去父亲了，不能再没有妈妈了，你一定也希望孩子能健健康康成长吧？"说着，他掏出随身带的圆珠笔，在那张警民联系卡的背后写下了自己的手机号，递给了范小青，"拿着吧，小叶的手机号码旁，我写下了自己的手机号，以后，你随时可以联系我，无论有什么困难，随时可以打给我。"

范小青听了这话，终于哭出了声，她点点头："警察同志，那晚，确实有人救了我，但是我不知道她是谁，因为我从未见过她。"

"你看清那人的长相了吗？我知道当时巷子里的光线并不是很好。"蔡家胜耐心地提醒道。

"勉强可以看清楚，那混蛋打我打得太狠了，周围邻居都是听到了的，我看到有人开了灯，但是没人敢来救我，都很怕那混蛋事后打击报复。就是凭借那些人家的灯光，我才大致看到了她的长相，朦朦胧胧的，但能确定是个女人，而且我并不认识她。还有，她身上有烟味。"范小青回答道。

"抽烟？"

"对，应该是刚抽完烟。"范小青说道，"我是孕妇，对异味很敏感，尤其烟味或者做饭时的油烟味，只要闻到一点点我就会受不了。"

"跟我详细说说当晚发生了什么，可以吗？"蔡家胜示意自己的同事打开随身带着的录音设备。

"嗯，"范小青点点头，"那天晚上，11点钟左右，我刚睡着，我老公就醉醺醺地回来了，每次喝完酒他总是找碴儿打我一顿。以往挨打，我就当自己死了，随便他打去，但是我的孩子快出生了，我要保护我的孩子不能让他再那么打我，所以当那混蛋把我从床上拖起来摔到地上后，我反抗了，我顺势打了他一巴掌，就往出逃。我一边哭着叫救命，一边往大街上跑去，但是没有人救我，最后他在大街上把我摁在地上，然后骑在我肚子上一拳拳地打我。就在我快要感觉不到痛苦的时候，突然他整个人像触电了一样，浑身僵住了，他还回头去看，但是很快便猛地倒在了我身上。血落下来溅了我一脸，就是从他的后脑勺往外喷的血，温热的，带着浓烈的腥味。我整个人都傻了，哭都哭不出来，就在这时候，那个女人将我硬生生给拖了起来，她只对我说了四个字——你解脱了。还没等我反应过来，她就快步走了。"

"走了，朝哪个方向？"

"大概是十字路口方向吧，我当时脑袋发晕，心跳得厉害，受惊过度，什么话都说不出来，整个人都是僵硬的，就那么坐在地上发抖，直到警察和120到了，我才缓过神来。"说到这儿，范小青轻轻叹了口气，"我当时想着，她救了我，我唯一能报答她的就是不要让她受到牵连，毕竟是我惹出的祸。我真的没想到牵连了那么多人，尤其是叶警官。对不起，真的对不起，警察同志，我错了。"

"再见到那个救了你的女人的话，你还能认出她来吗？"

范小青摇摇头："除了那股烟味外，我已经没有什么印象了，对不起。"

"没事，没事，你别放在心上了，好好休息吧。"说着，蔡家胜站起身,示意守在一旁的同事继续关注,自己则快步向门外走去。

来到走廊上,蔡家胜找了个僻静的角落,掏出手机拨打了李振峰的电话。

电话很快就接通了。

"李队,是我,蔡家胜,花桥镇派出所的,昨天我们刚见过面。"

"我知道,小蔡,范小青说实话了,对吗?"电话那头李振峰的声音有些激动,"只要她愿意开口,这起案子就有很大的机会了结了。"

"是的,整个过程我都录下来了。李队,小叶是对的,这起案子,范小青确实是替人背了罪名,只不过她是自愿的。你那天分析全都准确,一点儿都不差。"蔡家胜高兴地说道。

"你该佩服的是你的搭档小叶,是他最先看出了其中的疑点。"李振峰轻声说道,"和我说说情况吧。"

"好的。其实归纳起来就一句话——一个刚抽过烟的女人救了一个差点被自己丈夫活活打死的临产孕妇。李队,范小青说当时有很多居民开了灯,我已经让同事走访调查了,看看能不能找到目击者。"

李振峰接着说道:"走访一旦有结果了立刻告诉我。那范小青还记得对方的长相吗?在现场的时候我听说案发当时周围的照明环境并不是很好。光凭路灯光或者周围邻居屋里透出的灯光,会有阴影面积,看不到全貌。"

"是的,你说得对,范小青只是说对方是个女性,其他没啥印象，这女人临走时还对她说了一句话——你解脱了。别的什么都没说。"蔡家胜回答道。

"你解脱了？"李振峰皱眉想了想，"难道说范小青被人家暴的事，这个救她的人是知情的，所以她才会这么说？"

"有可能。"

"那这个女人一定就住在附近。"李振峰回答，"范小青还说了别的什么情况吗？"

"她说小叶最后一次去看她时，给她留下了两千块现金，让她很感动。范小青刚生下一个健康的男婴，正如你昨天所说，角色定位的改变所带来的强烈的责任感让她明白她不仅是为了自己而活着。"蔡家胜看向窗外阳光明媚的天空，深有感触地接着说道，"李队，小叶如果还活着的话，我想他也一定会由衷地为范小青母子平安而感到高兴的，你说是不是？"

"是的，因为你所看到的，一定也是小叶希望看到的，你们是搭档，更是兄弟，相信我。"李振峰的脑海里全是安东的笑容。

"谢谢你，谢谢你终于让我心里的石头放下了。"蔡家胜不由得热泪盈眶。他挂断了电话，双手扶着窗台，脸上露出了欣慰的笑容。

9月25日，星期一，上午10点30分。

陈兰突然从床上爬了起来，昏昏沉沉地朝厨房的方向跑去，嘴里咕哝着："好了，好了，别骂了，别骂了，我这就给你弄吃的去……"

或许是因为昨晚喝了太多的酒，陈兰完全失去了方向感，狠狠地一头撞在了厨房低矮的门框上，疼得她倒吸了一口凉气，脚没站稳，跌坐在了地板上，她混沌不堪的脑子也瞬间清醒了许多。

她转身看向那扇依旧紧闭的卧室门，昨天下午，她的姐姐已经不在了，她也解脱了。

只是可惜，明年就拆迁了，姐姐你应该再活一年的。

垂下头，陈兰不自觉地看向自己右手上的伤痕，突然笑出了声，看这完美的针脚，虽然是左手缝的，依然这么完美。

有句老话说得好，"是自己的，总有一天会拿回来的"。

此刻，陈兰觉得幸福触手可及。

这时，楼梯上传来了沉重的脚步声，逐渐靠近门口。陈兰赶紧走了几步，抵住门板，惴惴不安地听着门外的声音。

脚步声在门口停下了，接着便传来了礼貌的敲门声："兰，是我，开门，我知道你在家。"

陈兰的脸色顿时白了，她猛地拉开房门，顺势一把揪住姜海的衣服，把他整个人拖进了房间，左手立即把门甩上，这才转身皱眉盯着他，冷冷地说道："你来这儿干什么？不知道警察在四处找你吗？"

姜海笑嘻嘻地刚想说话，突然，脸上的笑容僵住了，整个人就像遭雷击一样站在原地。他伸手一指那扇卧室的门："出什么事了？为什么上面有警察的封条？"

"我姐死了。"陈兰头也不回地向沿街的窗边走去，四下望了望，在那张高高的靠背椅上坐了下来。她盘起双腿，垂着头，一声不吭地看向地面。

"她是怎么死的？什么时候发生的事？"姜海皱眉看着她，"她只是个瘫子，谁会对她下手？"

陈兰并没有直接回答他的问题，沉声说道："你走吧，这里已经是案发现场了，警察随时都有可能过来，万一碰到你肯定立刻把你抓回去，那个鬼地方，你不会想回去吧？"

姜海哼了一声。

"你来找我干什么？我们之间两不相欠。"陈兰轻声说道。

"兰，我想照顾你，我当初就说过我会这么做。"姜海认真地看着她。

陈兰却只是摇摇头，伸手朝门口一指，便再也不说一句话了。

这一幕让姜海心中一沉，他抬头看向陈兰坐着的地方，目光突然变得冰冷起来："好吧，我这就走，以后不会再来打扰你了。但是你要答应我，一定要好好活下去，过去的就让它过去吧。我只希望你以后能找到真正属于自己的幸福。"说着，转身打开门准备离开。

身后突然传来陈兰沙哑的嗓音："谢谢你的白兰花。"

姜海突然感觉自己的胸口像是被人狠狠地打了一拳，他脸色一沉，目光中闪过痛苦的神色，淡淡地说道："花早就谢了，丢了吧。"说完便拉开门，头也不回地走出了房间。由于惯性，木门在两人之间被重重地关上了。听着楼梯上远去的脚步声，陈兰缓缓抬起头，心中涌起一股莫名的滋味。

这时候，水西厅23号二楼的窗口，齐一民正默默地站在那，把刚刚对面发生的一切尽收眼底。他租下了身后这个不到六平方米的小隔间，房间并不大，摆上一张床后就几乎没有多余的活动空间了，但是这点地方对于齐一民来说已经够用了，尤其是对眼前这扇能够看穿别人内心秘密的窗户，他很满意。

因为是自建房，两栋楼之间的距离真的是太近了，不到五米，只要站在窗口，不放下窗帘，就能把正对着的24号二楼房间里的一切尽收眼底。齐一民觉得，如果能听到对方的说话声，那就更完美了，不过，他已经从两人愤怒的表情上把事情猜了个八九不离十。

此刻，正午的阳光透过玻璃窗把整个小隔间照得暖洋洋的，齐一民微微阖上双眼，做了个深呼吸，尽情享受着阳光给他带来的惬意，嘴里喃喃自语："一个两个三个，四个五个六个，谁在你身后，谁又在我身后？嘘，他来了……一个两个三个……"

突然，身后隔间的房门被猛地撞开，一个男人飞快地冲进房间，不容分说一把揪住齐一民的脖颈，一个过肩摔顺势把他按在了地板上。姜海用阴郁的眼神死死地盯着眼前这个比自己足足矮了半个头的瘦削男人，压低嗓门冷冷地说道："你他妈的到底想干什么？"

显然，刚才齐一民看着对方的时候，姜海也正好看见了他。

"我在这住呀。"齐一民一脸的无辜。

"安平市这么大，你偏偏挑这里。"姜海的愤怒已经无法再压抑，"你一天到晚阴魂不散的，到底想干什么？"

齐一民无声地摇摇头，虽然喉咙被姜海铁钳一样的手给挤压着，呼吸逐渐变得有些困难，但他还是竭力挤出一句话："我，真的,没想干什么。"

"你,你说什么?"姜海的目光中闪过怀疑的神色。

"我在这住,这是我昨天租的房子。"齐一民几乎是一字一顿地说道。

话已经说得很明白了,姜海不得不松开手,然后恶狠狠地看着齐一民:"希望你说的是真的,否则我不会放过你。"

缓过劲儿的齐一民反而笑眯眯地安慰他:"天底下恰好的事儿很多的,你只不过恰好碰到罢了。我没有身份证,而这里的房东老太太又恰好需要钱,房子空着,不需要身份证就能入住,这不,我就租下了呗。"

姜海听了这话渐逐恢复了平静,他对齐一民说道:"8号,我不管你究竟有什么意图,她帮过我,如果你敢碰她,我会杀了你,明白吗?"

听到这么直白的威胁自己的话,齐一民的脸上却依旧挂着笑容。他无声地点点头,喉咙里咕哝了一句:"你爱上她了?"

"你说什么?"

"你爱上她了,原来如此。"齐一民竟然笑得很开心,"你爱上她了,哈哈,你竟然爱上她了,你连她是谁都……算了算了,哈哈……"

"你胡说八道什么呢!"姜海吃惊地看着齐一民瞬间变化的脸部表情,从最初的腼腆畏惧到现在近乎混乱的疯狂,那根本就无法停止的笑声更是一阵阵地敲击着姜海的头皮,让他瞬间浑身起了鸡皮疙瘩,"真他妈是神经病!"硬生生丢下这句话后,姜海朝地上狠狠啐了一口,便扭头迅速离开了房间。

直到凌乱急促的脚步声在走廊里彻底消失，齐一民的笑声戛然而止。恢复平静的他揉了揉被摔疼的肩膀，缓缓从地上爬了起来，回到窗边，依旧保持着原来的姿势，抬头看向对面那个房间。

这时候，诡异的一幕发生了——正午的眼光下，陈兰穿着整齐的衣服，竟然也站在窗边看着齐一民所在的房间。她伸手抓着窗框，面部表情平静而又诡异，眼神交汇之际，陈兰并没有感到丝毫恐惧，反而嘴角的笑容正在一点一点地出现。

刚才发生在自己房间里的一幕，齐一民相信陈兰都看在了眼里，也知道这个时候姜海已经离开了，所以此刻他们在彼此面前没有秘密。

眼前这一幕让齐一民恍然大悟，他笑了，也报以同样的笑容看着陈兰，嘴里小声嘀咕："还说我阴魂不散，这个世界上到底谁是人谁是鬼你都还没真正分清楚呢，蠢货！"

就在这时，陈兰抬起双手朝着齐一民打出了一句手语。

瞬间，齐一民感觉自己的呼吸停止了，他微微地张开嘴，目光中燃起了希望的火花。

——我们好好谈谈！

第十一章 脸的故事

世界不过是个舞台,人们都戴着面具扮演着不同的角色。

9月25日，星期一，上午10点35分。

大巴车行驶了整整三个小时后，终于准点进入了长桥南汽车站。赵晓楠拿着电脑包下了车，没走出多远，就看到了出站口站着一位与她年龄相仿的男警察，她立即面露喜色迎上前去："夏至，是你呀！"

"师姐，辛苦了，走，我开车送你去单位。"男警察微微一笑，两人并肩向警车停放的位置走去。

来车站接人的警察姓方，叫方夏至，是方六月的弟弟，姐姐殉职后，他就一直在长桥刑侦支队一线工作。

上车后，赵晓楠坐在副驾驶座上，忍不住又打量了一眼身边坐着的方夏至，深有感触地点点头："上次见你还是三年前，你现在越来越像你姐姐了。"

方夏至的笑容中有着些许无言的苦涩："都是遗传基因的功劳，除了长相，其他方面我就和姐姐差太远了。"

"方伯伯和伯母他们都还好吗？"赵晓楠问道。

"还行，毕竟过去这么多年了，我爸妈也慢慢适应姐姐不在的日子了。"方夏至若有所思地说道,"本想着杀害姐姐的凶手虽然没有得到法律的严惩,但是至少他不会再在社会上害人了,可现在看来,我们还是想得太美好了。"

"我们会把他抓住的,这一次,再也不会让他跑出来害人了。"赵晓楠皱眉说道。

方夏至看着警车前方平坦的柏油路面,顺带瞄了一眼导航仪上的地图,突然说道:"师姐,我昨天得知这个消息后就有个奇怪的想法,想说给你听听。"

"嗯,你说说看。"

"师姐,当时齐一民为什么会被送往你们安平市精神中心监管,你知道吗?"方夏至问。

"据说是因为长桥精神卫生中心的监管条件不够,齐一民在放风的时候杀了人,不得已才把他送往省内监管最严的安平市精神中心的。"赵晓楠回想着说道。

"既然监管最严,为什么半年不到他就这么轻轻松松地跑了呢?"

赵晓楠哑口无言,她发觉自己竟然没办法回答这个问题。

方夏至似乎并没有留意到赵晓楠的尴尬,自顾自接着说了下去:"师姐,跑的不止一个吧,对不对?咱们系统里消息传得可是很快的。"

赵晓楠轻轻咬了咬嘴唇:"是的,跑了两个。"

"这事有蹊跷啊。"方夏至扫了她一眼。

"是的,我们现在也没有完全查明白他们是怎么做到的。"赵晓楠回答。

方夏至听了,苦笑着摇摇头:"师姐,齐一民这人下手可不是一般的狠。"

"我这次来就是为了他。"赵晓楠轻声说道,"我有心理准备,能被关进市精神中心2病区的都不是简单人物,不管怎么说,他们两个都必须尽快抓回来,一刻都不能耽误。"

听到这话,方夏至的脸上露出了笑容:"不只是我,我们单位至今都还没有放弃过追寻真相。"

"他当年是怎么被你们抓住的?"赵晓楠轻声问道。

"应该说是被我姐姐六月抓住的。"每次提到自己姐姐的名字时,方夏至的声音都会略微停顿一下,似乎要用很大的努力才能继续念出来,"具体我不是很清楚,因为那时候我还在基层派出所实习,等下你见到我们领导的时候,他会跟你详细说的,我现在只能说个大概。警方之所以能锁定齐一民,是因为我姐姐有随手做记录的习惯,任何一张小纸片,只要手头能拿到的,她都会随手记下一点东西。姐姐失踪后同事很着急,四处找她,都快疯了,后来无意中记起她这个特殊习惯,便开始在她的私人物品中翻找,最后在工作台历上看到了一个手写的地址,他们就是在那个地址找到我姐姐的尸体的。而齐一民,他就坐在我姐姐尸体旁哭,哭得很伤心。"

"哭?他还能哭!"赵晓楠简直不敢相信自己的耳朵,第一次听到方六月被杀案的详细情况,虽然做了心理建设,但她还是有些情绪难平。

"师姐,我到现在都不敢看姐姐死时的现场照片。"方夏至深吸了一口气,接着说道,"预审科的兄弟说,那是他们印象中最特别的一次审讯,因为往常的案子,每次去看守所至少都是一小时起步,但是这家伙却让人和他五分钟都待不下去,他给人的感觉就是他根本听不懂我们说的话。后来一个老警察无意中说了句这家伙会不会脑子有问题,随后他们就和检察院联系了。师姐,你要知道这个案子在我们长桥实在是太重大了,牵涉遇害人数众多不说,甚至还有参与调查工作的警察被杀,所以我们警方必须保证侦破工作中的每个点都没有疏漏,物证是一条线,但零口供的话,尤其是作案动机方面的空白,是无法让人接受的,必须深挖。我们开了几次案情分析会,每次谈到这点,大家的意见分歧都很大。在这个节骨眼上,预审科这位老警察的建议无疑是很容易受到上头关注的。

"至于说后来案件的发展情况,师姐,你也已经知道了。最后案件只能撤销,他被送往精神病院监管。因为避嫌的规定,连我都始终没有办法和他见上一面,更何况那些同样是受害者家属的人呢?你想想看,那种亲人遇害,自己却没有办法让凶手受到法律惩罚的心情,换了你,你能平静地接受吗?"

警车里一片寂静。

许久,方夏至轻轻一笑:"我知道你不会明白的,师姐,因为你生活中没有过这种特殊的经历,而要想让人在这种感觉上做到换位思考的话,难度实在是太大了。"

"你说这些的意思是有人想杀了齐一民,却因为他在精神病院里没办法下手,便处心积虑找别的途径接近他?"赵晓楠摇摇头,满脸的无法置信,"如果确实是你所说的那样,那这人得等待多少年啊,而且有没有这个机会还是个未知数,代价岂不

207

是太大了？"

方夏至平静地说道："对于被害者家属来说，他们的亲人再也不会回来了，他们连等待的机会都没有，所以，如果能有百分之一的可能的话，就算付出自己的生命，我想，他们都会等的。所以，师姐，如果我是那个人的话，我是绝对不会放过齐一民的。"

"你……"赵晓楠欲言又止，脸上的神情瞬间紧张了起来。

方夏至似乎早就料到赵晓楠会对自己的话感到吃惊，他笑了，摇摇头，眼神中闪过一丝亮光："放心吧，师姐，当年我姐姐既然帮我选择了警察这个职业，我就不会玷污身上这套制服。我刚才之所以会有这样的设想，不是天马行空，而是我失去了姐姐，在我的内心深处，作为一名受害者家属，我曾经那么想过，但仅此而已。可其他人，我们不能排除有人想把齐一民杀死这个可能性。我想齐一民被转出长桥市精神卫生中心也有这方面的原因，避免一些不必要的麻烦。"

警车转过长桥市中心高架转盘，很快便看到长桥市公安局那两栋高大的灰色外墙建筑。

方夏至把警车开过马路，径直开进公安局的大院内："师姐，到了，你今天就要回安平吗？"

赵晓楠点点头："是的，时间有点赶。但是，夏至，我想见见方伯伯，可以吗？我有东西要带给他。"

"当然可以，他前几天还在念叨你呢。这事儿就交给我办吧，下午你走之前我开车接他来见你。"说着，方夏至关了警车的发动机，拉开车门钻了出去。

上午10点42分。

安平市街头洒满初秋的阳光,一辆警车风尘仆仆地通过安平东高速检查站,很快便开进了城区。

车上坐着的正是从苏川办案归来的安平市公安局侦查员林水生和罗卜。结束苏川的工作后,两人顾不上吃早饭便匆匆地赶回安平,警车开到安平路308号大院门口的时候,他们才感到饿。

"水哥,我去对面街上买二十个生煎包,咱们一人一半,帮你再带碗酸辣汤怎么样?新开的那家做得不辣,我吃过,很开胃。"罗卜手扶着门把手,转头看向坐在驾驶座上的林水生。

"没问题,谢谢,兄弟,玉米饼也可以,回去后给你钱。对了,叫老板另外拿个袋子装点榨菜,这大清早的嘴巴里没啥味道。"林水生说道。

罗卜点点头,下了车,径直穿过马路,向对面的小吃一条街走去。

新开的毛毛饮食店是专门卖安平地方特色食品的,所以一天中只要营业,店铺里多半都会挤满当地的食客。罗卜在打包区付款拿到装满食品的打包盒后,转身刚要推门离开,腰间的手机却不合时宜地响了起来。他腾出右手接起了电话:"喂,我是罗卜。"

电话那头却没有说话,相反,沉寂了一会儿。

"喂,怎么不说话?"罗卜刚准备挂电话,突然心中一动,他低头看了眼手机屏幕,呼吸瞬间停止了,此刻,电话还没挂断,"等等,别挂,我出去接。"

推门走出嘈杂的饮食店来到大街上后，罗卜紧紧抓着手机，对电话那头的人说道："姜海，是你吗？"

一声轻轻的叹息后，电话挂断了。

"喂，喂……"

电话那头已经没有了任何回应。看着恢复平静的手机屏幕，罗卜心里有些忐忑不安。

毋庸置疑，电话那头的人就是姜海。

罗卜环顾四周，马路两边人群熙熙攘攘，根本就看不见那张被自己深深刻进脑海的脸。电话那头的叹息声到底意味着什么？是失望吗？对他还是对自己？秦方正的事情已经了结，苏川的事也画上了句号，他下一步又想干什么？

罗卜感到一阵心烦意乱。他匆匆走过马路，身形很快便消失在了单位的大院里。

上午10点50分。

李振峰把罗卜和林水生叫到自己的办公室，开了个小型会议，交流了一下苏川那边案件的情况和后续的侦查方向。

李振峰看着两个狼吞虎咽的下属，双手抱臂直摇头："你们俩没听说过那句话吗——身体是革命的本钱？你们这要是有个啥病啥灾的，不是凭空添乱吗？阿水啊，你也是局里的老人了，带着小兄弟哪有这么玩命的，又不是蹲守，在苏川随便找个小面馆吃点热乎的不行吗？还非得饿得半死。"

林水生尴尬地嘿嘿一笑："头儿，咱不是想着早点回来干活嘛，抱歉，抱歉，下不为例。"

"你们慢慢吃，我先说说我这边收到的线索。"李振峰拿出一份纸质银行回执单和一张模糊不清的监控画面截图，推到两人面前，说道，"这份银行回执单是我安排丁龙去查的，账户名字是姜海，上面显示姜海在被抓前二十一天的时候，通过银行预约了大额取款服务，在他被抓当天，有人去银行里取走了三十万现金，拿着姜海开户时的密码盾。这三十万是姜海个人名下备用账户里所有的流动资金。这不审计还真发现不了这笔资金的往来信息。所以说，姜海早就有了准备，他逃窜在外，根本就不用愁钱，至少短时间内不用。"

"至于说这张监控截图，是银行实时截取的，经过对银行员工的仔细询问，唯一可以确认的是，取走款项的是个女人，但线索仅此而已。"

"女人？"罗卜微微一怔，"会不会是黄巧珠？"

"这个女人的正脸摄像头并没有拍到。因为时间太久，银行的人对黄巧珠的照片也没有太大印象。我也让人核实过黄巧珠当天的去向，反馈回来说一方面因为时间过去太久，相关人员记得不是那么清楚，而她丈夫张洪文本身的证词就有一些瑕疵，无法完全采信。况且，"说到这儿，李振峰话锋一转，"我查过黄巧珠的个人工作档案，发现她是三年前才从郊区的康复中心医院调到安平市精神中心的，她与姜海进入2病区前没有任何交集。"

罗卜问："那有没有可能是姜海从仙蠡墩精神卫生中心出来后遇到她的？"

李振峰摇摇头："可能性不大。黄巧珠在康复中心医院工作

211

的时候也是长期住在单位,一个月才回去一次,因为康复中心都是老人,二十四小时需要监护,离不开人。黄巧珠之所以调去了安平市精神中心,是因为女儿体弱多病,一是需要照顾,二是需要更多的钱。所以,她和姜海认识的时间大概率还是在2病区的时候。"

"那银行里的女人另有其人。"罗卜微微点了点头。

"对,这个女人就是我们的突破口。"说到这儿,李振峰的脸上终于露出了些许笑容,"也许帮姜海杀害秦方正的人也和这个女人有关,否则姜海怎么会那么信任这个女人呢?"

"李队,银行取款不用本人前去吗?"林水生问道,"这个账户明明是姜海的,为什么那个女人能取出钱?"

"大宗银行预约取款有好几种方式,只要提前约定并且带齐所有证件就行,如果不是本人的话,出个委托书就可以了。姜海很聪明,开设小金库以防万一也是有可能的,只能怪当时我们没有考虑到他会这么快就跑出来,也就没在这点上下功夫一查到底。"说到这儿,李振峰不由得一声长叹。

"他到底是不是精神病?"林水生皱眉问道,"这就是高智商犯罪啊。"

"你以为精神有问题的人都有智力障碍?"李振峰苦笑着摇摇头,"精神类疾病可比普通的别的专科病症难治多了,姜海的病不只有后天的原因,也有先天的,一两句话还真说不清楚,非常复杂。"

"李哥,姜海刚才给我打电话了,但是什么都没说,就叹了口气,便挂了电话。"罗卜忧心忡忡地看着李振峰,问出了心里一直纠结的问题,"他到底想干什么?投案自首吗?"

"不。"李振峰想了想,说道,"也许他把你当成了朋友。"

"但我是警察。"罗卜皱眉,"我不可能和他做朋友的。"

"我知道,所以我不担心。"李振峰轻轻一笑,"姜海就像一枚硬币,有两个面,一面,善于挖掘别人的弱点,然后攻击其弱点,使之成为他的工具人。苏川他的那个发小,不就是这样吗?而另一面,坎坷的经历让他更加渴望情感的温暖。"

"李哥,我想说两句丧气的话,你别生气,我心里憋太久了。我们这个案子破得真累。线索?线索没有。证人?证人也没有。这一天到晚就是跟在姜海后面收拾残局,什么时候才是个头?以前破案子,现场在那,受害者在那,我们跟着线索走就行了,现在呢?"林水生双手一摊,满脸的无奈,"简直是疲于奔命,我觉得我们好窝囊,被他耍得团团转。"

罗卜用沉默表示了对林水生发言的支持。

"阿水,你说得没错,我们是很窝囊,从一开始,我们警方就是被动的,而且没有足够的时间让我们停下来去找机会反击。"李振峰垂下了头,声音变得有些嘶哑,"难度真的很大,我从未见过这种案子,书本上也没有看见过。我们不仅要追他,还要想尽办法超车,才能将他成功拦截,这样一来,我们在没有足够证据的前提下,只能推测犯罪心理,从他的犯罪模式出发,去摸索,去做侧写。我的老师曾经说过,只有用罪犯的眼睛去看去想,你才能知道他下一步会做什么,而不是单纯地用我们的脑子、我们的思维去替他想象,那样没有用。"

说到这儿,李振峰长长地出了口气,再次抬起头时,嘴角露出了一丝苦笑:"起码现在还有一个女人的线索。动用交警力量,查一下银行各路段的监控,一定要把这个女人找出来。我们一定能把姜海和齐一民抓回来。"他的目光落在罗卜和林水生身上,"姜海是个人,是人就会有弱点,明白吗?我们只要抓住他的弱点,就能抓住他!"

罗卜看着李振峰,目光复杂:"李哥,我觉得他的弱点可能就是这个女人。"

李振峰眉毛上扬:"说说看。"

"那声叹息,我刚才一直在回想。"罗卜说道,"我找不到他刻意掩饰的影子。姜海和我通过很多次电话,他说话的方式和语气我是熟悉的,而他的这声叹息,给我的感觉就是挫败、失望,他可能想跟我说什么,却在最后时刻打消了这个念头。"

"为啥?"林水生诧异地看着他。

李振峰笑了:"这不明摆着吗,因为他是警察!"

"除了这个女人,关于姜海,有一点也是他的弱点,就是他近乎偏执的行为模式。"李振峰接着对罗卜说道,"你母亲遇害就是因为她是姜海计划中的一个变量,他必须尽快除掉你母亲这个变量。

"我刚才看了苏川案件的现场介绍和尸检报告,秦爱珠的尸体虽然也出现了人为损毁的情况,与姜海的作案手法相吻合,但那是死后发生的,现场附近没有发现白兰花。无论姜海想通过尸体的状态来表露什么感情,其实都不重要,我个人认为整个犯罪现场最重要的点并不是尸体颈部的离断伤,那是死后造成的,是摆给我们警察看的,我们应该注意她心脏部位的捅刺,这是死者的致命伤，在姜海以前所犯的案件中从没有见过。这是一种宣泄式的过度杀戮，除此之外，秦爱珠的身体上没别的生前所留下的伤痕。整个现场虽然经过布置，却很仓促，没有他一贯的仪式感。你们换位思考一下，当时的姜海匆匆赶回苏川，找到秦爱珠证实情况，然后直接就对老人的心脏进行捅刺致其死亡，紧接着清扫现场后离开。这种行为模式与他杀害罗卜母亲时的行为方式几乎一模一样。"

罗卜听了，下意识地站起来："李哥，你的意思是姜海是不久前才知道秦爱珠和他的关系的，并不是蓄谋杀人？"

"完全有这个可能。"李振峰点点头，眼神随即变得犀利起来："我只是不明白是谁告诉姜海真相的。"

"秦爱珠是姜海母亲的身份有多少人知道？"林水生忍不住追问。

罗卜无奈地摇摇头："在你们回来之前我尝试找过仙蠡墩精神卫生中心的探视记录，结果他们反馈时间过去太久了，探视记录都是一年清理一次的。"

"那就是说，除非是她自己说出来的？"

林水生话音未落，侦查员丁龙突然冲进来，急切地晃了晃手中紧紧抓着的手机，冲着李振峰说道："快，李哥，出事了！快，快，快，花桥镇，刚才，刚才电话打过来，说有人失踪，社区的，社区的，和我一起，一起参加过走访……"

李振峰和丁龙共事这么久了，还从未见过身为专案内勤的他会惊慌失措到这种程度，赶紧站起身，走到丁龙面前："小丁，慢慢说，别急。"

丁龙却果断地摇摇头:"花桥镇社区的闫晓晓,李哥,快去吧,她,她失踪了。周姐刚打电话给我。"

"周姐?"

"就是我排查走访时对接的花桥镇街道水西社区副主任,我给她们留过我的联系方式。她刚才火急火燎地找我,说闫晓晓昨天傍晚下班后到现在都联系不上人。"丁龙满脸的焦急,完全失去了一贯的心平气和。

罗卜问道:"龙哥,社区人员跟她的家人联系了吗?"

"刚才我在电话里也是这么对周姐说的,"丁龙皱眉回答,"周姐说闫晓晓是毕业后来的安平,工作才满三年,这里就她一个人租房子住,老家不在安平。而且给我打电话之前,周姐已经和别的社工一起去闫晓晓租住的小区看过了,并找到了房东去她家里看过,说近两天根本就没有她回去住过的迹象。"

略微沉思后,李振峰问道:"小丁,你刚才说这闫晓晓和你一起去参加过走访对吗?"

"没错,我们被分在同一个组。"

"你们去过水西厅24号吗?"李振峰追问道。

"去过,但是没一起上去,就我独自一人上了楼,但是我还没来得及敲门,就被召去旅社现场了。"丁龙回答。

"我知道找你的那档子事,你们当时是什么时候到的陈兰家楼下?为什么没有一起上去?其间没看到什么吗?"

房间里的气氛瞬间紧张起来。

"我想想,12点30分左右。之所以没有一起上去是因为:其一,我们看见陈兰正好离家去上班;其二,闫晓晓之前去陈兰家家访过,她有点心理阴影。"丁龙神情焦急地说道,"李哥,闫晓晓会不会出什么事?"

李振峰皱眉想了想,随即安慰道:"别想那么多,趁现在中午休息,我正好要去水西厅那边看看,你和我一起去吧,下午回来开会还来得及。"说着,他转头看向另外两个人:"小罗,阿水,你们俩等下把苏川的事儿写个汇总报告,记得给马处送过去,回头我们再讨论。"

"没问题。"林水生做了个"OK"的手势。

第十二章 失踪的女孩

如果一个人的心中充满了恶意,那他心底的恨早就已经深不见底了。

9月25日，星期一，中午12点整。

初秋正午的阳光裹挟着末伏天的炙热感扑面而来，一辆警车开出大院左拐朝花桥镇的方向驶去。

李振峰瞥了一眼坐在副驾驶座上的丁龙，关切地说道："你脸色这么差，睡了几个小时？"

"就打了个盹儿，没心思睡觉。"丁龙长叹一口气，看着窗外的街景，目光中明显透露着深深的焦虑。

"没事的，兄弟，吉人有天象，闫晓晓会没事的，你现在胡思乱想也起不了多大作用。"安慰是一回事，但李振峰也知道无济于事，一个社会关系简单、生活作风正派的年轻女孩突然彻夜不归，这本身就是个危险信号。

"社区那边报案了吗？"

丁龙点点头。

"那我们先去花桥镇派出所找王虎副所长，你给周姐打个电话，通知她现在马上过去，我们在那里碰头。"李振峰说道。

"好的。"丁龙拿起了手机。

李振峰趁此机会扫了一眼仪表盘上自己的手机，静悄悄的，心里不由得嘀咕，不知道赵晓楠此刻在长桥是否一切顺利。

"我差点忘了，李哥，出来之前我刚得到下面走访回来的消息，说陈兰的姐姐陈凤本事不小，出事前曾经是安平医科大毕业的高才生，还没毕业的时候就被一家上市公司给签走了，待遇很不错，每个月的工资都是四位数打底的。"

李振峰吃惊地看了丁龙一眼："二十年前每个月工资四位数那可是了不得的。"

"那是，"丁龙一声长叹，"我们现在一年的工资再加上加班费，也才五位数。唉，不能比。"

"我记得赵法医说过，她做的那个手术费用很贵。"李振峰说。

"没错，走访的人好不容易找到她父亲以前的同事——花桥镇小学的一个总务科老会计，现在退休了。据老会计回忆，她们家确实为这个手术花了不少钱，陈凤的父亲为此还在总务科预支了半年的工资。"丁龙回答说。

"那才多少钱？"

"大概三千多块吧，二十年前那也是一笔不少的钱了。多多少少能缓解一下医药费的困难吧。"

李振峰又问："那陈兰呢？她以前是干什么的？"

丁龙苦笑着摇摇头："和姐姐比起来，简直一个天一个地，姐姐成了人中凤凰，妹妹却默默无闻，学习也一般，勉强中学毕业后就出去打工了。不过老会计最后说，真没想到妹妹能二十多年如一日牺牲自我照顾姐姐，真是讽刺啊。"

"为什么这么说?"

"陈兰好像在家里不怎么受待见。"丁龙回答,"不过老会计说这水西厅明年要拆迁,因为地段过于吃香,按人头算每人可以补偿好几百万,这可能也是陈兰照顾她姐姐的原因吧,要知道她姐是没机会花这些钱的。"

李振峰若有所思地点点头:"我懂了。"

他心想:齐一民的执念太深了,一出来就直接找陈凤——一个瘫痪在床几乎与世隔绝的活死人下手,这样的受害者未免太不普通了。他们之间到底有什么恩怨?

想到这儿,李振峰腾出右手拿过手机,按下了市精神中心陈院长的电话号码,很快,电话就接通了。李振峰按下了免提:"陈院长,我是李振峰。"

"你好,李警官,有什么能帮你的吗?"

"你们有没有齐一民的监控录像,就是他独处时的监控视频,有的话麻烦拷贝一份发给我,我急用。"李振峰说道。

"有是有,但是,李警官,那段视频我也看过,是在娱乐室的,像素是很清晰,可视频里听不到他说什么,只看到他在嘀咕。"陈院长有些为难。

"没关系,你发给我吧。"

中午12点10分。

长桥市公安局刑侦大队侦查员方夏至突然出现在法医办公室门口,随手拉了张椅子在桌边坐了下来:"师姐,有没有什么眉目?"

赵晓楠抬起头："有点难度。在来长桥之前我就已经听说了齐一民的作案手法，目前我仔细读过的五具尸体的检验报告也证实了这一点。只是有个地方我还是想不太明白，那就是肌松剂和麻醉剂，如此大的剂量他到底是从哪儿得到的？他在被抓前是做什么行当的？"

"什么都干过，但主要以打零工为生，没有固定职业。"方夏至回答。

"做过屠宰行业，杀过猪什么的吗？"

方夏至肯定地回答："应该是有，当时的案情公布会上我特地去听了，一位老警察介绍说他的最后一份职业就是在我们长桥宋德门菜场做日结的屠宰工。因为当时临近年关，肉类市场需要大量的技术熟练的工人，长桥本地人嫌埋汰又不愿干这个，就外包给了中介，齐一民就是中介给弄过去的。后来，中介交代说因为看这孩子可怜，傻乎乎地流浪街头，又说不清自己是从哪儿来的，只知道自己姓齐，他们着急凑人数，就在找人做假健康证的时候给他随便弄了个名字，叫齐一民，说他还好手脚挺利索的，一看就是干过屠宰的人，是老手。"

赵晓楠微微皱眉："这样的话，那他就更不可能拿到如此大剂量的肌松剂了，而且肌松剂需要在一定的温度条件下保管，还需要有相应的医学背景，这无论缺了哪一条都不行。你们当时没继续跟进，真的是太可惜了。"

方夏至听出了赵晓楠的言外之意："难道当初的凶手不止他一个，还有别人？"

赵晓楠摇摇头："不一定，但是有一点可以肯定的是，当时齐一民必定有稳定的药品来源。因为在他手上遇害的女孩,她们的尸体上都留了针孔的痕迹,体内有药物残留,等等,她们的尸体被发现时都是在死后不到半小时内,对不对?"

"没错,基本就在这个时间段前后。"

"这个时间段卡得简直恰到好处,人死后体内药物的排泄速度减缓,尸体及时被发现并做尸检的话,正好可以查出死者体内的药物残留。"赵晓楠喃喃说道,她突然抬头看向方夏至,"当初都是哪些人报的警?"

"除了最后我姐那起是她同事发现的外,其余的六起都是热心群众。"方夏至有些沮丧,"那年头街面监控没有普及,而且情报中心的设施也不是很完善,所以不是每个电话报警的音频记录都能被长期保存下来,现在只知道对方的性别和打电话的时间。"

"男的还是女的?"赵晓楠追问道。

"男的。"方夏至接着说道,"物证方面确认了齐一民就是凶手后,却在进一步寻找其犯罪动机时停滞不前,尤其是在确认了他的精神状况后,案子最后不得不被撤销。唉,太憋屈了。"

赵晓楠看着他:"还有个线索我有点搞不太懂,你看这个。"说着,她一股脑儿从黄色牛皮纸袋里倒出了几张存档的尸体解剖照片,很快翻出其中几张有相似编号的,然后逐一摆在方夏至面前,伸手指着上面说道:"这几张都是死者身上除了耳后两厘米处外,其他发现注射药物的位置,准确来说应该是被注射麻醉剂的位置,你看看有没有什么特点?"

方夏至看了半天,尴尬地摇摇头:"这不是我的专业,我还真看不太出来,好像是同一个位置,对吗?"

赵晓楠脸色凝重:"你说得没错,确实是同一个位置,都是心脏部位,老金跟我说当初他也注意到了这个问题,除了耳后两厘米处注射肌松剂,剥下受害者脸皮,就连身上其他注射孔的位置都一样,所以才会并案处理。但这并不是我担心的主要原因,我给你看另外一张照片,尸体已经严重腐败,可因为是从海底打捞上来的,又是处在一辆密封性能较好的车内,所以我们想尽办法排查到了这个线索,你仔细看,这是在尸体上发现的针孔。"

看着眼前手机页面上展示的这张照片,方夏至的目光顿时变得严肃了起来,他盯着这几张照片来回分辨了许久后,终于抬头说道:"难不成是同一个人干的?"

"目前还没办法下结论,但是不能排除这个方向,因为这具尸体上的针孔也是在同样的心脏部位,而在心脏部位注射过量麻醉剂能加速人的死亡。"赵晓楠拿回手机,关掉页面。

"师姐,你刚才说的那个死者是谁?"方夏至问道。

赵晓楠回答:"姜海的父亲,他的尸体和他的车沉在安平东星港附近的海床上,刚开始的时候我们都以为他是自杀的。虽然已经过去这么多年,我们已经没有办法从那具尸体上再取样进行药物残留的鉴别,但是从这个针孔特有的位置来看,却能合理怀疑这手法出自同一个人。"

"姜海?"

赵晓楠看了他一眼,平静地说道:"没错,就是那个你提到过的帮助齐一民从市精神中心逃跑的人。"

方夏至一脸震惊："你没来之前我还以为那就只是个单纯的连环变态杀人犯呢，这么看来，事情可真没那么简单啊！当年到底发生了什么？"

赵晓楠苦笑着摇摇头："现在没办法解答。我只能说有那么一个人，他的心中充满了深深的恶意。"

"恶意？"

"对。有人曾经跟我说过这么一句话——如果一个人的心中充满了恶意，那他心底的恨早就已经深不见底了。"赵晓楠的目光若有所思。

方夏至站起身，神情凝重地对赵晓楠说道："师姐，你先坐一会儿，我去趟领导那儿。"

"你要重开这个案子？"

方夏至点点头："齐一民或许能割人脸皮，但对于一个只能靠打零工过日子的人来说，他要能分辨清楚麻醉剂和肌松剂并且有源源不断的供应的话，他背后一定还有另一个人，那这个案子就没有理由继续晾着了。师姐，他现在还在安平吗？"

"没错，我来之前听巡特警大队的人说增加了卡子上的人员数量，就是因为姜海逃窜回了苏川，现在齐一民肯定也无法离开了。但目前为止安平那边还没有具体消息。"赵晓楠回答。

"为什么不发公开悬赏令？"方夏至皱眉看着她。

赵晓楠回答："听我们单位的人说，鉴于他们的病史，主要是不想刺激这两个病人，以免他们伤害群众或引起恐慌。但是整个安平市所有的车船码头、衔道社区以及志愿者社工方面都已经通知到位，并且发布了人员照片。这样可以避免这两个病人在公共渠道知道这个消息，以免其行为失控，产生难以想象的后果。"

方夏至没有再多说什么，转身离开了办公室。

一个多小时后，方夏至兴冲冲地回到了法医办公室，看着坐在桌边的两位法医，激动地挥了挥手："领导同意了，师姐，我开车跟你一起去安平，协助你们办案。"

"真的？"老金和赵晓楠面面相觑。

"副局和政委亲自点的头，他们在通知安平市局，怎么说呢，领导的原话是——该结束了！"方夏至回答。

老金听了，眼神有些恍惚："小赵，没错，确实该结束了。小方他姐姐是六年前走的，她的尸检也是我做的，那滋味儿，到现在我心里都不好受。这案子因为齐一民的问题，就一直卡在那儿，本以为不会等到结案的那一天，现在好了，无论对小方他姐姐，还是对别的逝者，我们总算都可以有个交代了。"

"好吧，我们吃完就走。记得带走这个。"她伸手指了指边上一个黑色纸板箱。

"这是什么？"方夏至不解地问道。

老金笑了："刚才小赵把你们的谈话都跟我说了，我说领导肯定能让你去，所以我就自作主张帮着收拾了一下所有案件的相关书证，也做了登记。果不其然，小方啊，你用完记得原封不动给我带回来就行。"

方夏至当然明白老法医的苦心，感慨地点点头："谢谢金叔的关照。"

警车开出长桥市局大院的时候,赵晓楠问:"夏至,你要不要临时回家一趟,安顿一下你父母?"

"不用,"方夏至摇摇头,"这次去安平出差,我不打算让他们俩知道,回来后再说吧。"

车窗外,晴空万里,警车迎着午后的阳光,朝安平方向疾驰而去。

下午1点03分。

陈兰掐灭手中的烟头,拿起挎包准备出门,开门时她又本能地转头看向那扇紧闭着的卧室房门,静悄悄的,一点动静都没有。这看似平常的一幕,却让她突然感觉到一阵说不出的心慌。她顺势转身看向左手边的窗台,此刻,对面的窗口空无一人,齐一民不在,就好像从未在那里出现过一样。

不,这一次自己绝对不能再错过机会。陈兰咬了咬牙,扭开门把手就向外走去。

转过一楼平台,她一眼就看见了站在公交站台上,双手抱着肩膀瞅着站牌沉思的李振峰,脸上随即露出了惊骇的神色,脱口而出道:"你怎么会在这儿?"

李振峰微微一笑,把一张失踪人员传单递给了她:"昨天有个女孩失踪了,现在大家都在寻找,陈女士如果有什么线索,请务必打上面的电话告知我们,谢谢。"

陈兰接过传单扫了一眼:"这女孩好清秀,是我们社区的吗?"

李振峰点点头,目光始终专注地打量着自己眼前这个女人:

"昨晚上失踪的,我们有线索,她最后接到的电话是用这附近的公用电话打的,所以我们就过来看看。"

陈兰把传单塞进包里:"没问题,有消息我会随时通知你们的。"

这时候,一辆18路公交车正好在站台边停下,她刚要向车门走去,李振峰却叫住了她:"陈女士,等等。"

"还有什么事吗?我要赶时间。"陈兰有些不满。

"下一趟吧,不过8分钟的时间。"李振峰笑眯眯地说道,同时冲着司机摇摇头,公交车门随即关上,车子开走了。

"你到底想干什么?"陈兰皱眉看着他。

"我挺好奇的,你每天都坐18路公交车上班对吗?"李振峰问。

陈兰点点头:"经过这儿的就这一趟公交车。"

"陈女士,你之前不是说清晨的时候在区环卫所上班吗,怎么下午也要上班?在哪儿上班?"

陈兰有些错愕:"我……淮阳鸡粥店,下午2点的班。"

李振峰伸手一指不远处停着的警车:"时间还来得及。能跟我们去一趟花桥派出所吗?为你姐姐的案子,我有几个问题需要你配合调查,过后我亲自开车送你去单位。"

"那……就不麻烦了吧?"

李振峰笑了:"没事,为群众解决困难是我们警察该做的,更何况你也是配合我们的工作嘛,走吧。"

警车前脚刚离开,姜海的身形便从树后转了出来,脸上满是疑惑不解。

他下意识地抬头看向那扇沿着米箩街开着的窗户,突然一怔,窗户不知何时竟然被关上了,他上午来的时候,窗户还是开着的。姜海记得很清楚,陈兰亲口对自己说过那是案发现场,警察的封条都还贴在门上,谁都不能进去,那么,到底是谁关的窗?

想到这儿,姜海转身就向24号楼门口快步走去。

第十三章　谁杀了她

被人揭下面具是一种失败,自己揭下面具却是一种胜利。

9月25日，星期一，下午1点30分。

隔着询问室的观察窗，周姐看着里面坐着的陈兰，冲李振峰和丁龙点点头："没错，她就是陈兰，去年我们去她家走访过，没让我进去。"

"闫晓晓失踪前的最后影像出现在水西路公交站，时间是晚上8点50分。因为监控范围有限，之后就不知道她去哪里了。但我们查过闫晓晓的手机记录，信号最后消失的地方就在23号楼和24号楼之间的那块空地上，时间是晚上8点55分。"蔡家胜说道。

"附近群众走访了吗？"李振峰问。

"问过了，都说没有注意到。"

"8点55分刚过是吗？"李振峰扫了眼自己的备忘录。

蔡家胜点点头："是的，由北往南。"

"安排侦查员，伪装身份，挨家挨户查一下23号楼和24号楼。"李振峰吩咐道。

"好的，装作上门检修电路吧，为老房子排查安全隐患。"

蔡家胜立马给出了方案，开始打电话安排。

"我昨天晚上也在24号楼下，我还和齐一民擦肩而过，却没认出他。"说到这儿，李振峰摇头，转身说道，"小蔡，你跟我进去，丁龙在外面守着。"

"为什么？"丁龙有些急了。

李振峰伸手指了指自己的太阳穴："冷静冷静再说。"随即推门走进了询问室。

蔡家胜拍了拍丁龙的肩膀："兄弟，没事的，就当休息下。"说完也跟着进了询问室。

陈兰抬头看见李振峰与蔡家胜走进房间，便冷冷地说道："警察同志，都几点了，你们存心要我丢饭碗是不是？再说了，李警官，昨晚上你不是都已经问过我了吗？还有什么要问的？"

李振峰和蔡家胜坐下后，微微一笑，说道："陈兰，我很好奇，你说你每天都坐18路公交车去上班，最早是几点？"

"凌晨4点不到，他们的头班车，我坐三站就到，很方便的。"陈兰回答。

"那个时候车上应该没几个人，对吗？"

"那是肯定的，谁大清早没事去赶头班车啊？"

李振峰点点头："我记得你之前跟我说过，你是在环卫所上班的，刚才你又跟我说你在鸡粥店上班，你到底打了几份工？"

"三份，没办法嘛，我得养我姐姐，周一到周四，我早上3点起床，4点到单位上班，然后干到中午11点回家给我姐姐做饭。下午2点在鸡粥店上班，时间是周二到周五，晚上10点下班。至于说周六周日两天嘛，看情况，要是吃得消的话，就去做钟点工，给人打扫房间，这个不固定，主要看手机订单，有多有少，远的话我是不去的。"陈兰回答。

"好的，我还有个问题，陈女士，你姐姐陈凤毕业于安平医科大学是吗？听说成绩很不错。"李振峰冷不丁地把话题转到了陈兰姐姐的身上，"她当年出事，对你们全家来说，打击应该不小吧？"

陈兰的目光刻意避开了李振峰，她靠在椅背上长长地叹了口气："各人有各人的命，怨不得谁。"

"我有段视频想给你看看，陈女士。"李振峰微微一笑，接着便掏出自己的手机，点开陈院长十分钟前发来的视频，放大后，把屏幕转到陈兰面前。

手机屏幕上出现了市精神中心11号监控探头拍下的一段不到一分钟的监控视频，非常清晰，却因为镜头离得较为远，所以全程只能看到齐一民在自言自语。

"没声音？"陈兰疑惑地问，又把手机推回到李振峰面前，"我不明白你到底想干什么，李警官。"

"别急，陈女士，我平时也没什么兴趣爱好，就是喜欢研究唇语，我来给你翻译一下，"李振峰伸手拨动视频的播放速度，让它变成0.5倍速，这才缓慢地说道，"一个两个三个，四个五个六个，谁在你身后，谁又在我身后？嘘，他来了……陈女士，你知道这段话的含义吗？"

"不，不知道。"陈兰猛地站起身，头也不抬地说道，"我要迟到了，李警官，没什么别的事的话，我走了。"

李振峰对蔡家胜使了个眼色，后者赶紧说道："陈女士，我们送你去。"

陈兰扭头就走，嘴里连连说道："不用，我自己打车过去。"

蔡家胜用征询的目光看向李振峰，后者却只是笑着微微摇头，任由陈兰匆匆走出了花桥镇派出所。

"李队？"蔡家胜不解地看着他。

"没事，你们派人跟着她就行了，齐一民会去找她。"李振峰收拾了桌上的工作笔记。"小丁，"他冲着走进讯问室的丁龙说道，"把陈兰的照片给黄巧珠的丈夫张洪文看，我想，他会告诉你一些我们想知道的秘密。"

丁龙点点头，应声走出了房间，开始打电话。

蔡家胜追问："李队，为什么我们刚才不留住陈兰？"

"她只是有嫌疑，我们却没有足够的证据证明陈兰与齐一民、姜海的直接关系，也无法证实陈兰与张洪文有接触。"李振峰无奈地说道，顿了顿，他接着说道，"我也给图侦看过她的照片了，想比对一下是否能和银行监控中替姜海拿钱的女人联系上，结果是没办法百分百肯定就是她，因为一张正面照片都没有。"

"那我们现在怎么办？"

"你玩过拼图吗？"李振峰脸上再次浮现出笑容，"我们现在就差赵法医从长桥带回的那最后一块拼图了。只要能找到犯罪动机，那么，整个案子就会变得脉络清楚、证据确凿，我们要做的就是拆了这幅拼图，然后一块块往回收就行，盖上盒子后，一个都跑不掉。"

蔡家胜不由得一声长叹："李队，你说如果凶手真的是陈兰，她为什么要这么做？费尽心机把姜海捞出来，甚至不惜搭上自己亲姐姐的命？难道说是为了爱情？"

李振峰摇摇头，看着陈兰刚刚坐过的椅子，目光若有所思："难说，这女人反侦察能力很强。对了，丁龙，丁龙！"

丁龙应声推门探头回答："我在呢，啥事儿，李哥？"

"陈凤是医科大学毕业的，对不对？你马上找到安平医科大学学生处，调出陈凤当年的学籍档案，然后找一下她就读期间学校有没有失踪的学生，包括无缘无故缺勤不来上课的，都要给我落实清楚。越快越好，听明白了吗？包括陈凤在读时她们学校的雇工。"

丁龙做了个"OK"的手势。

李振峰对蔡家胜说："就连孙猴子都知道自己是从哪里蹦出来的，是个人总会有出处。"

"你觉得陈凤和齐一民的交汇点有可能在大学？"蔡家胜问。

"不去查查怎么知道呢？"李振峰严肃地说道。

下午3点。

姜海拖着一个沉重的行李箱，脚步踉跄地下了楼。他脸色煞白，浑身颤抖，为了不让周围人对他的行为有所怀疑，他尽量控制着，让自己脸上的表情显得自然一些。穿过两栋楼之间的水泥平台，他来到街边，挥手叫了辆黑出租车，他拒绝了矮个司机主动要求帮忙抬箱子的建议，自己咬牙把箱子抬上了车后备箱，盖好后，才转到后车门处拉开门钻了进去。车开往花桥的方向。

岳城满腹狐疑地跟了出来，他看清楚了黑出租车的牌照号码，回头又看看二楼的窗口，突然明白了什么，顿时像被鬼追一样朝一楼家里冲去，边跑边嚷嚷："家里的，我的手机呢？快点拿给我，我要报警！"

摊主老婆嘴上骂骂咧咧的，但是等自己男人走近了，看着那死人一样灰白的脸色，知道他必定是吓着了，这才慌了神。她急忙把双手在油腻的围裙上来回擦了擦，从兜里摸出手机递给他。

岳城哆嗦着拨打了110，电话接通后结结巴巴地说道："警察，警察同志，我……我报警，好像有人杀人了，就在我家楼上。没错，我家房东可能被杀了，地址？水……水西厅24号，米箩街，凶手跑了……没错，我，我看清楚车……车牌了，出租车，不，黑……黑出租车，唉，你们快来吧。"

电话挂断后，夫妻俩面面相觑，半天过去老婆才小声嘀咕："家里的啊，看来咱们今年得关铺子了，都死俩人了，不吉利。"

"胡说八道，你一个女人家尽想些封建迷信，这里现在这么便宜的价钱，地段又好，你上哪儿能租得到？"话是这么说没错，但是岳城依旧瘫坐在板凳上，垂下头重重地叹了口气。

摊主老婆很快就回过神来，双手叉腰看着自己的男人："不对，老岳，你怎么知道我们房东被杀了？我中午出去买菜还看见她站在公交站台上和人说话呢。你到底看清楚了没有？报假警是犯法的。"

"上次咱社区的社工不是给咱发了个内部通告吗？上面要抓两个人，咱都是晚上营业，不太认得出人脸，我也没顾得上细看。昨天警察又专门给我看过照片，我认出了其中一张，叫齐一民的，我还和他喝过酒呢，说起这个我都后怕。今天拖行李箱那小子让我想起了另外一张，你说，咱楼上到底中了什么邪啊？"岳城一脸的愁容。

"什么邪？本来就是邪乎，一点都不奇怪。"说到这儿，摊主老婆左右看了看，这才压低嗓门说道，"老岳，你还记得台风来之前那天晚上的事儿吗？"

岳城呆了呆，随即点头："你说那个被老婆打死的混蛋？"

"你也是个蠢货，那女人那么大的肚子，干啥都不方便，怎么可能把人后脑勺给开了瓢？我听住胡同里的郑家阿婆说了，她趴在窗口，看得清清楚楚，就是别人打的，而且是个女的，她听到了说话声。"一说起坊间八卦的事儿，摊主老婆顿时来了精神，"后来你猜我看到了什么？"

"你不守着钱箱正打瞌睡吗？"岳城诧异地说道。

"那我也警醒得很，哪像你？几杯酒下肚连自己叫什么名字都不知道了。"

"那你看见了什么？"

摊主老婆得意地一拍大腿，声调也下意识地变高了："血啊，房东手上有血！"

"你疯了吧？"

"我可没胡说，因为她有个习惯，凌晨都会下去抽烟，就坐在那公交站台上抽烟，你说，抽烟哪会弄一手的血？"

看着自己老婆逐渐兴奋的状态,岳城的心都凉了,这时候,远处的警笛声逐渐近了,岳城赶紧站起身,咕哝了句:"你到后头看着炉子去,我到街口去接一下,毕竟是我打的电话。"

"好的,好的,你去吧。"女人甩甩手,掀开布帘向后厨房走去。那是个半封闭的小院落,里面架着几口柴火锅,此刻,炉子上正煮着晚上出摊要用的卤味,香气扑鼻。

十多分钟后,岳城带着花桥镇派出所的出勤民警出现在了一楼门口,他刚想叫自己老婆出来,可想着那女人话多有些让人头疼,便索性先把他们带上楼去现场看看再说也不迟。

二楼的门没有上锁,仔细看去,发现门锁并没有被破坏的痕迹,蔡家胜冲着身边的辅警老于点点头,然后示意岳城在门口站着,自己则戴上手套和鞋套推门走了进去。房间里非常安静,一点声响都没有,沿街的窗帘拉着,光线不是很好,空气中弥漫着一股说不出的味道。蔡家胜对这种味道非常熟悉,他知道肯定出事了,打开随身带着的手电筒,朝味道传来的方向看去,心里不由一沉——门上的封条已经被撕坏,卧室的门虚掩着。他又推开卧室门,浓烈的血腥味夹杂着消毒水的味道扑面而来,呛得他连连咳嗽,窗户依旧是紧闭着的,房间里的光线格外暗淡。在手电光的照射下,他看到了床上叠放整齐却已被鲜血染红的被褥,又掀开床单朝床下看了一眼,确认里面没有隐藏尸体,这才站起身,依次又查看了厨房与卫生间,最后回到门口,打开灯的同时对守在门口的岳城问道:"你为何说行李箱里装的是尸体?"

岳城想了想说："我猜是，那箱子看着很沉，很沉。"

"那行李箱多大？"

"可能有30寸吧，非常大，装个人绰绰有余了。"岳城非常肯定地用双手比画了下。

"那人你确定是那两张照片中的另外一个？"

"没错，我不可能认错人。"

蔡家胜的脸色顿时沉了下来："走，我们下去吧，这屋里没什么可看的了，老于，通知李队他们派痕迹鉴定的人过来看一下，卧室明显有人进去过了，封条也被破坏了。"

几个人陆续下楼，来到一楼水泥平台上，蔡家胜掏出手机拨通了李振峰的电话："李队，我是花桥镇的小蔡，我现在在陈凤被害案的现场，现场被人闯进过，并且有目击证人说姜海刚才进过现场所在的水西厅24号二楼，走的时候带走了一个很大的可以容下一个人的行李箱，坐的是黑出租车，我已经通知所里尽量调监控。楼上我去看过了，大门锁没有被破坏的痕迹，但是卧室的封条被人撕开了，窗子关着，房间里明显被打扫过。从时间上来看陈兰不可能出事，那么姜海带走的就有可能是另外一个受害者，难道说是失踪的闫晓晓？"

电话那头的李振峰略加思索后说道："我马上派人过去。"

电话刚挂断，耳边就传来岳城的一声哀号："老婆，老婆，你怎么啦，杀人啦，快来人呐！救命啊！"蔡家胜赶忙和老于顺着声音追了过去，来到一楼后院，就看见岳城老婆倒在血泊之中，岳城抱着她在拼命摇晃，旁边地上躺着一只被摔碎的砂锅，煮熟的卤味洒了一地。

"警察同志，救救她，求求你们救救她，我叫不醒她，到底出什么事了？"岳城哆哆嗦嗦地叫道，声音嘶哑，脸色煞白，眼泪在眼眶里打转。

蔡家胜上前几步来到岳城老婆身边蹲下，伸出右手摸了摸她的颈动脉，又分别看了下双眼的瞳孔，目光落在女人的胸口，那熟悉的伤口让他不由得心里一沉，却又不忍心告诉岳城真相，便对辅警老于说道："老于，赶紧打电话叫救护车吧。"

一旁站着的老于从蔡家胜刚才的举动中早已看出地上的女人恐怕回天乏术了，还是默不作声地掏出手机，边打电话边迅速向外走去。

"岳师傅，出事前，你最后一次见到你妻子是什么时候？"蔡家胜问道。

"就半个小时的工夫吧，我出来接你们的时候，她就往后面来了，因为那锅卤味马上就要好了，我们晚上要出摊的，我们每天都煮，我老婆煮的最好吃。"岳城哭着说道，"我怎么知道我老婆会出事，天呐，我以后怎么办啊！"

蔡家胜冷静地说道："你冷静点，岳师傅，那道铁门通向哪儿？平日里有锁吗？"他伸手指了指正对面的小院侧门。

岳城抽泣着摇摇头："晚上才锁，后面有条十多米长的小巷子，通往河边的岔道。"

话音未落，蔡家胜立刻站起身，朝铁门的方向冲去，虽然明知凶手这个时候肯定已经跑了，但哪怕有一点机会，他都不会放过。

下午3点42分。

李振峰刚下警车,蔡家胜就从花桥河边的方向冲了过来,气喘吁吁地说道:"李队,岳城老婆的事,从伤口来看,很有可能是齐一民干的,现在人已经跑了,朝花桥方向。我已经安排人去堵截了,也通知了110情报中心联系交警那边随时跟进。"

一听这话,李振峰没再多问,转身便上车,同时冲蔡家胜一招手:"快上车,上车再说。小罗,通知丁龙留守现场,给小九他们帮忙,我们去就可以了。"

"明白。"

关上车门的刹那,警笛声响起,路人纷纷向两边躲避,警车迅速朝花桥的方向疾驰而去。

"姜海乘坐的黑出租车定位到了吗?"李振峰沉声问道。

蔡家胜摇摇头:"那是套牌出租车,再加上走的都是小道,有点难度,图侦组那边现在还没有结果。"

此时,110情报中心发来了齐一民的最新定位,罗卜把油门踩到了底,警车几乎是冲过了花桥,朝西门方向开去。

"李哥,这小子怎么跑这么快?"罗卜不满地抱怨道。

"应该有交通工具。"李振峰坐在副驾驶座上,尽管系着安全带,但是因为车速实在过快,不得不抓紧了头顶的把手才能勉强坐稳。

"没错,齐一民骑了辆二手摩托车,刚才在河边的烟酒店老板跟我说,齐一民要买他那辆二手摩托车,大方地给了个好价钱,还是现金,老板正好想换辆新的,也就没拒绝。"蔡家胜懊恼地回答道。

"这家伙哪来的钱？"

李振峰皱眉说道："应该是姜海给的。我怀疑到银行取钱的是陈兰。"

"为什么不动她，李哥？"罗卜不解地问道。

"只凭像素那么差的一段监控根本扣留不了陈兰，这个女人很狡猾，我到现在还不明白她的动机到底是什么。"李振峰长长地叹了口气，"如果她姐姐是齐一民案件的受害者的话，她又是怎么和姜海联系上的？在这个案件中，她到底想达成什么目的？为什么要费尽心机把两个需要监管的精神病人同时放到社会上来？"

正说着，警车前方一千米开外的位置上出现了一辆狂奔的摩托车，身后跟着两辆警车。

"前面是西门卡口，他过不去。"罗卜果断地说道，"刚才电台里已经通知西门卡口准备拦截。"

话音未落，摩托车冒险右转急速上了一条岔道。后面的警车因为刹车来不及而错过了岔道口，不得不倒退调头，这样一来就耽误了追击的时间，齐一民的车已经开出了两百米开外。

"他上了舍身崖，"李振峰脸色一变，果断吩咐道，"那里是断头路，小罗，我们赶紧跟上去。齐一民还不能死，他身上有太多的秘密还没有解开。"

警车急速右转顺着岔道开了上去。

下午4点12分。

舍身崖是经过海水多年冲刷而成的一片断头崖，最高处距离海面足足有四十多米。

警车赶到的时候，齐一民早已从摩托车上下来，跨坐在崖边的护栏上，目视前方，丝毫不在意身后赶来的警察。

罗卜和蔡家胜刚准备上前，却被李振峰挥手拦住了，他摇摇头，示意他们留在原处，自己则缓步向前，来到齐一民身后。

"我不会跟你回去的。"齐一民面朝大海，脸上露出了陶醉的神色。

"我不是来带你回去的，你放心吧，我就只是想和你聊聊天。"李振峰也跨过护栏，在距离齐一民两米的地方坐了下来。

突然，齐一民左手朝空中一扬，身后的罗卜与蔡家胜见状便是一阵惊呼，想要上前阻拦，却见那把长长的螺丝刀被直接丢进了海里。这时候，齐一民方才转过头，笑眯眯地看着李振峰："好了，我对你也没有威胁了，我们聊什么？"

暖暖的海风迎面吹来，李振峰平静地说道："聊聊陈凤吧。"

"她？"齐一民摇摇头，眼神中闪过一丝伤感。

"对，你们什么关系？"李振峰轻声说道。

"什么关系？死人和活人的关系，爱与不爱的关系。不，不，不，一个已经'死'了的人是不需要被爱的。"齐一民的嘴角划过一丝悲凉的笑容，言语有些混乱。

李振峰听罢心里一震，随即不动声色地顺着他的话说道："你真的不爱她了吗？"

这显然是一个让人感到窒息的问题，齐一民沉默良久，垂下头回答道："我输了。"

"输了什么？感情，还是人生？"李振峰认真地看着他，"你还活着，还能从头再来。"

齐一民突然抬头看向大海，目光中闪烁着异样的光芒："不过我不怪她，如果还有下辈子的话，我期望我还能遇到她，你说，我还有机会和她再见面吗？"

"下辈子的事，我真的不知道。也许雨靴的主人叶警官知道吧！"李振峰话音刚落，海面上的阳光便消失得无影无踪。

"他原来姓叶啊！我太怕他那双眼睛了，如果他不看我，我是不会杀他的。而那双雨靴，只是我回头的时候看到的。我真没想杀他，我不喜欢杀人。"齐一民声音低沉说道。

李振峰听罢还想说点什么，但是当他抬头看向齐一民时，眼前的一幕却让他惊呆了，因为这个一小时前还在杀人的凶恶歹徒此刻却泪流满面。

"你，你是在后悔吗？……"

无声的啜泣变成了掩面痛哭，突然，齐一民抬头看向他，张了张嘴似乎有话要说。李振峰略微松了口气，可是，就在这一瞬间，齐一民握住栏杆的手一松，整个人向前一跃，眼见就要摔下崖去。身后一阵惊呼，李振峰情急之下一个转身用右手抓住了齐一民的右手手臂，自己也因为惯性被带了出去，只剩下左手牢牢地抓住栏杆，身体也整个悬在崖边，险象环生。

罗卜和蔡家胜见状赶紧上前帮忙，他们死死地拽住李振峰的左手，但是却抓不到他的另一只手，因为齐一民的身体都靠李振峰的右手悬挂在空中，而山崖下面便是深不见底的海水。

"坚持住，我把你拉上来！"李振峰大声说道，因为他很清楚这个地方只要掉下去就没命了。看似掉在海里还有一线生机，其实靠近崖边的海水下面便是嶙峋起伏的礁石，很多还露出了水面，哪怕海水不把人拍晕，巨大的冲撞力也会把人体像炮弹一样狠狠地砸向这些暗布的礁石。

所以这里才会叫舍身崖，但凡从这里跳下去的人，几乎就没有生还的机会。

齐一民抬头看向李振峰，脸上露出了笑容，嘴里开始哼起了歌谣："一个两个三个，四个五个六个，谁在你身后，谁又在我身后？嘘，他来了……"

李振峰微微皱眉，大声喊道："你想告诉我什么？我听不太清楚，海风太大了，你别松手，坚持住啊！"

话音未落，却见齐一民的眼中闪过一丝兴奋的光芒，与此同时，他猛地甩脱李振峰的右手。身子下坠的刹那，齐一民终于拼尽全力大声喊出了一句话："我解脱了，自由了——"

随着声音的余波，他的身体重重地砸向海面露出的那块礁石上。

李振峰震惊地看着这一幕，因为坠下去的那一刻，齐一民的脸上满是希望和阳光。

"李哥，李哥，听到我们说话了吗？来，我们把你拽上来，你小心啊！"罗卜急切地探头提醒李振峰。他和蔡家胜一左一右分别拽住李振峰的胳膊，像拖一袋沉重的土豆一样努力了半天，终于把李振峰整个人拖过了平台，三人重重地摔倒在地上。

李振峰迅速爬起身，又回到栏杆边，看着依旧挂在礁石上一动不动的齐一民，右手狠狠砸在栏杆上。

"李哥，你已经尽力了。"罗卜轻声安慰道，"是他自己选择的这条路，怪不得别人。"

李振峰冷冷地说道："不，最后跳下去的时候，他都根本没有意识到自己将会面对什么样的结局。罗卜，你明白吗，齐一民是很危险，但归根结底他只是个病人，精神出了很严重的问题，他需要的是治疗。而有人就是利用他内心深处的执念去杀人，你明白吗？"说到这儿，他长长地叹了口气，扭头就走，边走边大声说道："小蔡，通知海警，把人捞上来，直接送市局法医，这个点儿赵法医也该回来了。还有凶器，刚才他扔下去的位置你们都看到了，找两个潜水员去捞，记得告诉他们，是把螺丝刀，很长的螺丝刀，手柄是鲜黄色的。"

"明白。"蔡家胜抓起手机就向身后赶来增援的警车去了。

"李哥，我们下一步怎么办？"

"马上回单位，"李振峰伸手拉开驾驶座方向的车门，随即关上，挥挥手，"你来开车。"说着拉开后座的车门钻了进去，靠在椅背上闭上了双眼。

直到这一刻，李振峰方才发觉自己的后背上已经满是汗水。他睁开双眼伸出右手，若有所思地看着，脑海中又一次出现了齐一民最后时刻脸上流露出的神情。许久，他掏出手机，拨通了黄教授的电话。

"老师，是我。很抱歉，姜海还没有抓到，但是和姜海一起逃出来的那个病人跳海自杀了，最后关头我没能挽救他的生命，对不起。"李振峰的声音中充满了自责。

电话那头的黄教授发出了一声沉沉的叹息："阿峰，没事，这怪不了你，你也别太自责了。我后来和陈院长通过电话，知道了他们出逃的事，也知道8号病人的事。他和姜海不一样，自始至终都是一个从属性心理，他妄想的核心主题是有一个人爱自己。我虽然没和他交流过，但是从陈院长对他的表述中可以得出结论，8号无论做什么，都是不受他本人控制的。"

李振峰心中一怔："老师，他自杀前说看过陈凤，现在不爱了。"

黄教授笑了："爱一个人是我们人类的本能，精神障碍患者当然也会去爱，只不过他们的表达方式有些不一样罢了。如果你读懂了，你就可以感觉得到。而8号病人的病症虽然还存在一些异议，但从仅有的分析报告来看，他的妄想分裂症是建立在依赖性人格障碍中的忧虑型基础上的，这种类型的病人的发病特征往往表现在对不能照顾自己而感到过分担心，这导致了病人在一个人独处时会感到不舒服或者无助，并且持续地感觉不安或者忧虑。这时候，病人往往最希望身边有人支持自己。因为他害怕孤独，害怕失去别人的支持或者赞同，他在决策能力上会过于消极，缺乏自信，甚至过分犹豫。总之，这种人非常焦虑，脆弱。"

"老师，那如果他找到了那个他爱的人的话，又会发生什么？"李振峰急切地问道。

"如果对方是个好人，他内心的创伤会被治愈；如果对方别有用心的话，那后果不堪设想。就像一个站在光明与黑暗之间没有自主性的人，选择光明还是黑暗，取决于引领他的人，而光凭病人自身，他完全没有能力做到主宰自己的命运。所以对于齐一民来说，基于此，又因为他迟迟无法找到真爱，才会诱发后续的妄想型精神分裂。你听明白了吗，阿峰？"

"会导致什么样的后果？"

"因为绝望而自杀。"

一阵海风吹过开着的车窗，李振峰浑身冰冷，结结巴巴地说道："谢谢老师的指点。您放心吧，我会把姜海抓回去的，不会让他再伤害别人了。"

挂断电话后，李振峰沉着脸看向窗外，很快，手机提示有人给他发送了信息，他点开屏幕，消息是丁龙发来的。

——李哥，已经确认齐一民真名叫齐峰，因为性格孤僻，行为怪异，在安平医科大学只上了一年就自主退学了，后不知去向，二十年前和陈凤曾经是同班同学。

——当年为什么没有报失踪？

——齐峰是家中独子，退学时已经成年，只要条件符合，学校不用征求家人同意便可以接受本人的退学申请。家人方面，他的母亲早年因病去世，父亲据说是接到了他的电话后，一气之下便当没有了这个儿子，主动断绝了来往，所以没有人报失踪。

——能查到他当年同专业入学成绩的排名吗？还有第一次考试后的排名。

——我都查到了，同专业入学成绩排名，齐峰排第三，但是第一次考试后就落到了垫底的位置，班主任的评语是该生不适应大学生活，不合群，需要心理辅导。李哥，我问过他们系的老师，都说医科大学因为压力大，第一年就有人不再来上课的情况年年都有，所以不奇怪。

说到这儿，李振峰不由得一声长叹。

——有姜海的消息吗？

——没有，不过他最后消失的方向是开往东星港的。

一看到东星港三个字，李振峰心中一沉，顿时明白了姜海的目的。

——马上通知阿水，叫他去东星港，调所有的监控，查找姜海的踪迹。

——明白。

正在开车的罗卜从后视镜中注意到了李振峰的举动，问道："李哥，是姜海的消息吗？"

"他最后去的位置可能是东星港。"李振峰回答。

"我们要不要马上过去？"罗卜难以掩饰内心的激动。

看着车窗外的夕阳，李振峰无力地摇摇头："目前不需要，我已经派阿水去东星港码头调监控了，他们的监控系统很全面，即使不能立刻找到姜海，也能找到他搭乘的车辆的轨迹，只是需要一点时间罢了，我们去也解决不了什么问题。再说赵法医应该已经回安平了，她一回来就会开案情分析会，我们得参加。"

"李哥，齐一民已经死了，那长桥的案子怎么办？"

"没这么简单，长桥的案子当年只不过是因为齐一民拒绝配合，并且检查出了他患有严重的精神病，是个无民事行为能力人，所以才撤销了对他的指控，但这并不意味着长桥凶杀案就此结案。"李振峰回答道，"再说了，当年长桥的案子现在看来

249

还有第二个凶手存在，所以，我们有必要继续追踪下去。丁龙传来信息，说齐一民与陈凤曾经是大学同学。"

罗卜诧异地看了一眼车内的后视镜："数据库中怎么没有齐一民的DNA样本？指纹记录也没有吗？他家人就没有找过他吗？"罗卜的问题一个接一个。

"当年上大学和办理证件是不用留指纹的，再说了，齐一民原名叫齐峰，当他还是齐峰的时候，他并没有被我们打击处理过，你在系统里自然找不到他的痕迹。至于说他的家人，齐峰是主动退学的，他的母亲早年因病去世，父亲好不容易供出这么个大学生，听说他主动退学，一气之下与他断绝了来往。"

罗卜十分震惊，不明白齐峰为什么会做出这种决定。

李振峰说道："齐峰当年是以第三名的成绩考进去的，由此可以看出他大半的精力都放在了学习上，人际关系的构建可想而知。其实那时候他可能就已经显露出了自己精神方面的缺陷，可惜的是没有人注意到，因为别人只关注他的成绩，认为成绩大于一切，这才导致了后来一系列惨剧的发生。看来案子了结后，我得抽时间找齐峰的父亲好好谈谈，如果他还活着的话，他有权利知道过了这么多年，自己的孩子身上到底发生了什么。"

窗外，夕阳洒满天空，橘红色的阳光映衬着波涛起伏的海面，海鸥阵阵的鸣叫声随着海风逐渐远去。

第十四章 平行的罪恶

死,揭开了所有秘密、阴谋、奸诈的面纱。

9月25日，星期一，下午4点。

姜海走了很久很久，终于搭上了返回市区的公交车。

他很狼狈，脚在湿漉漉的皮鞋里被砂石硌得生疼。这都怪他自己，总是觉得抛尸的位置不够完美，来回走动的时候好几次都踩到了水里。不过还好，那个拉杆箱已经被自己成功地丢弃了，没错，就是在他父亲秦方正当年丢弃那四具尸体的位置，八九不离十吧。

如果他的父亲在天有灵的话，应该会觉得脸疼，姜海固执地暗暗点头。

在把拉杆箱推进海里之前，姜海的内心其实还是挺难受的，一个长得像白兰花一般纯净的年轻女孩，却被人活生生地割断了喉咙。想到那一刻，姜海的脑子里突然出现了一张久违的脸——秦晓晓。

抛尸是临时做出的决定，因为这可怜的女孩的尸体出现在了不该出现的地方。他不知道陈兰家的那个房间里到底发生了什么，只知道这个女孩的尸体如果继续留在那儿的话，会对陈兰不利。

不过现在好了，一切都过去了，姜海最后塞进箱子的那块大石头会让这个女孩消失得彻底一点。

坐在公交车上，姜海看着车窗外一闪而过的海岸线，脸上又一次露出了得意的笑容。随后，他拿出手机打开了新闻页面。

刷着刷着，姜海嘴角的笑容突然凝固了。他本能地把手机切换到了电话页面，准备打电话，可是拨到最后一个数字的时候，他却犹豫了。许久，他默默地逐个删除数字，退出了电话页面，关了手机屏幕，忧郁地再次看向车窗外那绵长的海岸线。

下午5点10分。

市中心的淮阳鸡粥店，食客盈门。

坐在储藏室角落里的陈兰面无表情地看着手机上的新闻页面，从下午上班到现在，她一有空就躲在储藏室里刷新手机本地新闻页面。算算也该到时间了，为什么看不到自己想看的那条新闻？陈兰愈发感到莫名的烦躁不安。

此时，门口传来了主管不满的声音："陈兰，陈兰，人呢？又跑哪儿偷懒去了？"

"来了，来了，我在储藏室清点货物呢。"陈兰刚要关闭手机页面，突然一条新闻印入眼帘——一名男子在舍身崖坠崖身亡，或与水西厅一烧烤摊老板娘遇害有关。新闻的配图是一具从海面礁石上被拖至救生艇的脸打了马赛克的尸体，刹那间陈兰的呼吸仿佛都停止了。她颤抖着手放大了那张配图，看着图中那人熟悉的穿着，一时之间，眼泪竟夺眶而出。

"陈兰，陈兰，人呢？"主管见迟迟没有动静，索性双手叉着腰站在储藏室门口大声嚷嚷起来，"你到底想不想干了？不想干的话……"

"来了来了，嚷嚷个啥？"陈兰笑眯眯地走出储藏室，仿佛换了个人一样。

下午5点45分。

经过将近三个半小时的奔波，方夏至的警车终于开进了安平路308号大院。

在来的路上，长桥市公安局已经与安平市公安局协调过了，所以两人刚下车，李振峰便在二楼窗口打招呼，示意他们可以直接上来。在马国柱的办公室里，方夏至简单介绍了一下他对齐一民以前犯过的案子的看法，李振峰点点头，扭头对马国柱说道："马处，没错，这就是我需要的最后一块拼图。不过有几个问题我还没想通，我还得去找个人谈谈，给我点儿时间。"

马国柱点点头："没问题，对了，陈兰那边安排人盯着了没？"

"安排了。"李振峰回答。

"那就没问题了，会议就改在晚上8点。你去吧，注意安全。正好给我机会好好请我们长桥来的小兄弟吃顿晚饭，咱们食堂的伙食还是不错的。"马国柱笑呵呵地说道。

李振峰站起身，和赵晓楠一起走出了办公室，方夏至则留下与马国柱说话。

"方夏至这个名字有点耳熟。"李振峰边走边说道。

"他是方六月的弟弟，方六月就是我的师姐，也是当年齐一民案的第七位受害者。"赵晓楠若有所思地说道，"他和他姐姐长得很像。时间真快啊，师姐都走了六年了。"

"难怪了，我发觉他老是不自觉地在偷偷看你。"李振峰笑了。

赵晓楠意味深长地笑笑，打趣道："我和他姐姐关系很好。"说着，她从随身的挎包里取出了那张她珍藏的自己与方六月的合影，递给李振峰："这张照片我一直留到现在，一周前我与师姐的父亲通过电话，聊到师姐，她父亲哭着跟我说他女儿的照片中没有找到一张是笑着的，他怕自己以后都忘了女儿笑的模样，还说想在离开这个世界之前好好看看女儿的笑容。本打算这次去长桥把照片亲手给老人，结果时间太赶没来得及。你看，这张照片上，我师姐笑得多开心。"

就在两人身后的走廊拐角处，方夏至独自靠着墙壁，垂着头。等两人的脚步声逐渐远去时，他才缓缓地抬起头，走出拐角的刹那，早已满脸泪痕。

下午6点30分。

余芳妹七十二岁了，七十二岁是知天命的年纪，她看上去也像是什么都不在意的样子，能在自己一楼房间的竹躺椅上默默地打发一整天。明明开着门，人来人往，她却豪不在意，不发一言。她的租客巴不得这个瘦骨嶙峋的老房东哪天脑子彻底糊涂了，忘了每个月问他们要房租的日子，可怎么也盼不来这天，因为余老太是个头脑清醒的老人，而且记忆力惊人，谁在牌桌上欠了她三块钱,她都能盯着要上整整一个月。

当她在躺椅上睁开双眼准备起身做晚饭时,才注意到身边站着一个年轻警察。余老太就像见了瘟神一样仰天长叹,摇摇头,嘴里咕哝道:"饶了我吧,年轻人,她们家的事儿和我没关系。我老太婆没几年可以活了,就让我清静清静吧。"

"阿婆,您知道我是谁?"李振峰有些意外,他本以为老太太会把自己当作派出所经常走街串巷的户籍警。

余老太白了他一眼:"废话,你是警察,不是派出所的。那几个小家伙我都认识,你不是,你是公安局的,管杀人案的。"

李振峰哑然失笑:"阿婆,您知道的可真多,那您肯定也知道我为什么来找您了,对不对?"

"我还没傻到那程度。"余老太索性从躺椅上坐起身,顺势摇了摇手中的蒲扇。几绺白发散落下来,被她伸手塞在身后,看得出来老人在年轻时是个很在乎形象的人。

"那行,那行,"李振峰点点头,见老人并没有把自己往外撵的架势,便接着说道,"那我们就开门见山吧!阿婆,您和我说说对面那对姐妹的事,怎么样?如果可以的话,也说说她们的父母。"

老人一听这话,抬头看向李振峰,嘴角露出一丝狡黠的笑容:"那闺女可不是什么善茬儿,对了,我说的是姐姐陈凤。"

"陈凤?不是陈兰?"李振峰微微一怔。

老人眨了眨眼睛:"年轻人,我是老糊涂了,但还没老到连人都能记错的地步。"

李振峰呆呆地看着老人,惊讶得半天说不出话来。

"喂，年轻人，你没事吧？"

"没，没事，"回过神来后，李振峰咧嘴一笑，"那您就跟我说说那个妹妹的事儿吧，她怎么样？"

这一回，老人没有犹豫，点点头："是个老实的女娃娃，但是人太老实了也不行，那句话怎么说的来着——人善被人欺，马善被人骑。"

"我懂了，阿婆，那陈家姐妹的父母呢？等等，我猜一下，您看我猜得对不对，"李振峰的双眼没有离开过老人的脸，也没有错过她脸上流露出的任何一丝细微表情，"陈家姐妹的父母中，强势的一方应该是她们的母亲，对不对？"

老人脸上的笑容消失了，取而代之的是一声重重的叹息："没错，年轻人，那女人是我这辈子所见过的最严厉也是最不懂得如何做母亲的女人，只要她认为是对的，别人再说什么都没有用。毫不夸张地说，和这个女人在一起生活，对于任何一个男人来说，都是一场可怕的噩梦。"

一丝寒意划过心头，李振峰忧心忡忡地问道："阿婆，难道说陈兰的父亲不是因为赌博出的事？"

老人摇摇头，眼神逐渐变得空洞起来："这女人从来都没有爱过她的男人，在她家里，她掌控着一切，也只喜欢其中一个女儿，因为这个女儿从不反抗她的母亲，对母亲言听计从。而这个女人，不只是毁了她的女儿，更毁了她的男人。"说到这儿，余老太突然看向李振峰："年轻人，你们这个年代的人或许不明白当年那些人的爱情和家庭观念，爱情可以慢慢培养，甚至也可以没有，但家不能散，不是有句老话——宁拆一座庙，不毁一桩婚嘛。所以呢，陈家姐妹的父亲尽管知道自己的老婆前后给自己戴了三项绿帽子，都不舍得离婚，因为家里已经有了两个女儿。"

李振峰好奇地问道："阿婆，您是怎么知道这事儿的？"

余老太并没有直接回答这个问题，只是神秘兮兮地笑了笑："年轻人，老太婆给你一句忠告，你可要记好了——少喝酒，你才能守住更多的秘密。"

李振峰笑了，点点头："谢谢阿婆。"他又拿出印有姜海和齐一民照片的协查通告，问余老太："阿婆，那您见过这两个人吗？"

余老太看了一眼，伸手指了指对面墙上的一块黑板，板子上挂满了钥匙串："二楼，203，刚搬进来一个男人，跟这个男人有一点点像。"她指着齐一民的照片说。

李振峰心中一沉："阿婆，那人叫什么名字？"

余芳妹伸出一根手指在李振峰面前晃了晃："我没问，看着挺可怜的，就租给他了。"

李振峰难以置信地看着老人，欲言又止，然后起身向黑板的位置走去。他上前伸手摘下钥匙串，转身刚要道谢，老人却长长地呼出了一口气，又慢慢躺回摇椅上，慵懒地摆摆手，不再说话了，整个人安静地与背后那堵灰色砖墙完美地融合在一起，没多久便传出了轻微的鼾声。

李振峰嘴角露出了微笑，轻轻退出了房间，顺着阴暗曲折的楼梯走上了二楼。来到尽头的203房间，他把备用钥匙插进锁孔，转动钥匙，"咔嗒"一声，门锁开了。他轻轻推开房门，屋里并不是一片黑暗,因为窗帘没有放下,或者说,租下这间房的人根本就没打算把窗帘放下。

房间很小,那扇窗却非常大,几乎占据了大半面墙。玻璃被擦得干干净净,街道上的路灯灯光洒满了整个房间,床铺几乎没有动过,简单的行李袋只是拉开了一道缝隙,里面的衣服还摆放得好好的,几乎全新的个人洗漱用品还在包里装着,连包装纸都没有打开过的迹象。一双穿过的高帮警用制式雨靴被端端正正地摆在床头的地板上,靠墙放着,床边的地板上放着一只空鞋盒,剪下的标签被丢在垃圾桶里,一切看上去都是那么秩序井然,没有什么异样的地方。

但是当李振峰来到窗边的时候,窗台上的一张简易铅笔画却吸引了他的目光。他伸手打开了房间的灯,仔细地看着这张画,又抬头看向对面的窗台,刹那间,他什么都明白了。

李振峰掏出手机拍了张照片传给陈院长,随即拨打了陈院长的电话。陈院长肯定地说道:"这幅画就是齐一民所画,在中心储藏室他的行李里我们发现了很多张类似风格的画,只是内容不太一样罢了。"

"谢谢您,陈院长,还得麻烦您找人将那些画收集到一起,我让同事去拿,我们后续工作上用得到。您看方便吗?"李振峰问道。

"没问题,随时都可以过来。"陈院长笑了,"协助你们工作是我们应尽的义务。"

刚准备挂电话,李振峰又叫住陈院长:"等等,我还有个问题,我记得市精神中心使用的是局域网络,对吗?"

"没错。"

"那你们的网络维护是由谁负责的?"李振峰追问道。

"是请外面的人来维护的,一个月一次。"陈院长回答。

"陈院长,如果中间出现故障的话,外面的维护人员一时无法到位,你们会让懂得电脑维修的患者进行维护吗?比方说姜海。"

电话那头的陈院长咳嗽几声,清了清嗓子,然后语气略带尴尬地说道:"我必须承认这是我们中心的失误决断,但是李警官,姜海去维修的时候,都是由护士直接陪护的,如果有异样情况的话,护士肯定会阻止并且上报的。"

"那陪同的护士是黄巧珠吗?"李振峰问。

陈院长顿了顿,好像意识到了事情的严重性,嗫嚅道:"是的,是她。"

李振峰的脑袋里顿时嗡嗡作响,他轻声说道:"陈院长,麻烦你把姜海前去维修电脑的所有时间段都提取一下,然后把记录发给我,谢谢。"

挂断电话后,李振峰小心翼翼地把铅笔画卷成一个卷,拿着退出房间,把门锁好后下了楼。到了楼下,他给小九打了个电话,请求派人对水西厅23号203进行整体勘验,提取物证,别的不说,单是那双雨靴,就能让叶文警官遇害案结案了。接着,他又电话通知了花桥镇派出所的副所长王虎。

做完这些事后,李振峰才回到路边停着的警车上,开车返回了单位。

晚上8点。

安平路308号大院办公大楼里灯火通明，三楼案情分析会议室里坐满了人。

"今天举行的是第三次案情分析会，"马国柱看了看专案内勤丁龙，"小丁，你先说说吧，黄巧珠的丈夫张洪文那边讯问下来情况怎么样？"

丁龙点头："张洪文起先并不承认自己的所作所为，还一直以死者家属的身份对我们走访的干警又哭又闹，举报电话更是直接打到了市长热线那里。但是后来看了陈兰的照片后，他才彻底松了口，说是陈兰叫他这么做的。他问陈兰要做什么，陈兰说不需要他知道，他也就没有追问。张洪文说，他也是为了赚钱给女儿看病，才答应了陈兰让他做的事。以前他的妻子黄巧珠在市精神中心工作的时候也曾经非法帮人弄过药，但别人给的钱都是五十元、一百元这样的，陈兰找上他时，直接给出了两万，其中八千给开药的医生，剩下的一万二就给他们。当时张洪文说要回去和妻子商量下，陈兰为了表示诚意，直接给了两千元现金作为定金。"

"陈兰是怎么找上他的？"马国柱问道。

"陈兰家楼下有一个18路公交车车站，陈兰每天都要坐好几次这趟公交车，他们就是在公交车上认识并交易的。"丁龙说道。

马国柱皱眉说道："看来陈兰对张洪文和黄巧珠能够答应做这件事是非常有把握的。李队，我记得你说过2病区被监管的病人是不能与外面接触的，那陈兰又是怎么知道市精神中心里面发生的事的？"

李振峰回答："姜海是一个编程高手，他给市精神中心修过局域网，陪同的护士就是黄巧珠。他又擅长拿捏人性，恰巧黄巧珠就被他拿捏住了。后面的事你们都知道了吧。"

参会的人几乎都不敢相信姜海患有精神障碍。

方夏至点点头："这么看来，一个成天为女儿的医药费发愁不得不拼命加班的年轻母亲的弱点在他面前暴露无遗。"

"没错，"李振峰说道，"姜海就是利用进入网络控制室的机会，联系的陈兰。"

马国柱感到不解："那局域网也不是经常坏的呀？"

一旁的大龙本来埋着头在自己的电脑上不断输入编码，听了这话，忙抬头说道："马处，这一点都不难，只要让姜海摸到电脑掌握了管理员控制权的话，他就能隔三岔五地让局域网宕一次机，而且肯定是在正式检修员根本来不了的时候，比如大半夜之类的。我想他们市精神中心现在的局域网防火墙肯定形同虚设，肉鸡一个。"

"肉鸡？"马国柱诧异地看向小九。

小九嘿嘿一笑："马处，'肉鸡'就是一个网络术语，意思是拔光了毛没有任何抵抗能力任人宰割的鸡，就等着下锅炖汤了。"

李振峰点头："按照姜海高调的做事风格来看，他确实会这么做，在出逃之前最后一次登录时彻底毁了局域网的防火墙。我已经提醒市精神中心那边要重新设定网络了，不然后果不堪设想。"

"李队，姜海为什么那么信任陈兰？"方夏至问道。

李振峰道："这个问题困惑了我很久，因为姜海和陈兰之间的关系明显不是一天两天了。上次我们抓他的时候曾经搜查过他的公司和家，并没有发现任何女人居住过的痕迹，但是姜海又很信任陈兰，甚至于把一笔数额不菲的现金交给她保管，为自己后续的出逃做准备。大龙，你能查到陈凤当年在仙蠹墩精神卫生中心的入院治疗时间吗？"

大龙一笑："没问题，我这就进入他们的局域网，你给我个大致时间，我好定向搜索一下，这样准确度更高。"

李振峰想了想，果断地说道："你试试姜海入院期间。"

大龙做了个"OK"的手势，会议室里又一次响起了清脆的敲击键盘的声音。

罗卜说道："上次会议时李哥无意中提到过，陈兰的姐姐陈凤去仙蠹墩精神卫生中心治疗，是因为应激性创伤，那应该是她手术结束后没多久的时候吧。"

李振峰回答："我在和姜海交谈的时候，他不止一次提到说没有上次那么自由，还准确报出了上次入院时住过的病房。我突然在想，那时候陈凤如果恰好也在那边住院的话，需要照顾姐姐的陈兰，一定也经常会去仙蠹墩精神卫生中心看望姐姐，那么，她自然而然有机会和姜海相识。这样的话，现在的人物关系也就明朗了。"

一旁坐着的赵晓楠开口说道："这样一来，秦方正谋杀案的凶手很有可能就是陈兰，她有认识姜海的机会。但是陈兰懂得怎么往心脏扎针吗？她又是怎么接近秦方正的？"

听了这话，李振峰的脸色微微有些发白。他走到白板前，拿起笔在上面分别写下了三个名字，最后在陈兰的名字下面画了个问号，这才说道："陈凤是安平医科大学毕业的，毕业后很快就拿到了高薪。我记得陈兰跟我说过，她姐姐突然喜欢上了一个小混混，然后变得很叛逆，放弃了工作不说，还成天玩改装摩托，最终导致脸部严重毁容。"

赵晓楠鄙夷地哼了一声："她在编故事。陈凤的尸检是我做的，她脸上的伤明明就是齐一民案件中的受害者所特有的标记，只不过最后一针麻醉剂没有打下去罢了。"

丁龙说道："齐一民是陈凤的同班同学，因为精神压力过大，第一年学期结束前就自愿退学了，并且和家里断绝来往。"说着，他看向方夏至："要不，方夏至你来讲一下吧，这案子毕竟是你们长桥第一时间处理的。"

"没问题，"方夏至取出了早就准备好的案件资料，逐一摆放在桌面上，分成七堆，"第一个案件，死者叫白晓雅，十七岁，死亡时间是2008年的6月3日，发现尸体的地方是长桥人民公园废弃的人防设施里。那是一个开放性公园，没有专门的门卫措施，监控只在入口处和出口处各设了一个。我们查过白晓雅最有可能的入园时间，结果显示她根本就没有进去过，也就是说公园只是一个抛尸现场。"

"案发时间段有可疑人员或车辆进出吗？"

方夏至一脸的遗憾："我们查了能找到的所有监控，从白晓雅失踪到发现她尸体的这段时间，抛尸现场周围并没有查到可疑的人或者车辆进出。但是监控范围有限，盲区死角很多，图侦组看了将近三百个小时的监控资料，还是一无所获，可见凶手是很熟悉那里的地形的，精心挑选了抛尸地点。白晓雅的父母证实自己女儿的失踪时间是5月31日，因为马上要高考了，学校组织学生做一些毕业工作，同时也有一些有自主招生权的大学会去一些重点高中做考前的预招生。"

李振峰问道："他们预招生的依据是什么？"

"一模、二模的成绩，在我们长桥每年都会有一批模拟考试时成绩特别优秀、特别稳定的孩子，在高考前就拿到了心仪大学的预录取通知，当年的白晓雅就是其中的一个。"方夏至回答。

"既然尸体被抛在废弃的人防设施里，应该很不容易被发现，那白晓雅的尸体是什么时候被发现的？"马国柱的目光转向赵晓楠。

"就在死后不到一天的时间。"赵晓楠接着说道，"不止白晓雅，根据当年的记录，后面五位死者，警方都是在她们死亡后的第一时间就接到了报警电话，而且打电话的是同一个人。我看过案件的卷宗记录，上面显示没有在现场找到报案人，也没有相关监控能捕捉到这个人的正面影像。而这个报案人前后共打了六通报警电话，所使用的都是当地的公用电话。其中一个监控镜头捕捉到了一个男人的侧面，但之后一直没有找到这个人，线索也就断了。直到后来，在第七个案件的案发现场抓住了齐一民，然后就针对齐一民展开了调查，但是他的社会关系过于简单，调查进行不下去。"说着，她抬头看了眼方夏至："本想进行声纹对比，但是齐一民被控制后除了笑一直都坚持不开口,所能采集到的声纹样本实在太少,无法进行有效对比。这次我们从长桥把当年的报警记录资料都给拷贝过来了,同时在安平医科大学联系上了当年齐峰的老师,拿到了他5分钟的自我介绍音频,虽然时间短,但作为样本资料已经足够了。"

李振峰说道:"没问题,安平市精神中心那里有齐一民接受心理治疗时的录像和音频资料的存档。"他转而看向方夏至:"你刚才说第一起案件发生在2008年?"

方夏至点点头:"是的,2008年。"

大龙看着面前的电脑屏幕,突然一拍桌子:"还真是!姜海第一次被送进仙蠹墩精神卫生中心的时间是2006年10月份,出院时间是2014年的6月份,陈凤被送进去的时间是2004年的2月份,出院时间是2008年的4月17号,他们俩的病房居然是在同一层楼,就隔着一堵墙。"

庞同朝听了,皱眉咕哝道:"这么看来,姜海和陈兰之间的关系真的不简单。小李,秦方正的大致死亡时间是什么时候?"

李振峰回答:"2008年的9月14号,这是他写下最后一篇日记的日子,后来他的同事说就再没见他出现过了。"

副局长对身边的马国柱说道:"老马,这两人的交集在2006年到2008年间,差不多两年时间,可不短了啊。之后差不多过了三个月,9月14号,秦方正就失踪了,我看啊,搞不好这陈兰是在替姜海杀人!"

李振峰肯定了副局长的猜想:"2006年到2008年之间,正好是姜海处于情感低谷的时期,继母死亡、妹妹失踪,再加上被父亲抛弃,他的内心是绝望的,此时身边出现一名善解人意并且主动接近他的女性,会让姜海燃起新的希望。我想,这时候陈兰就成了姜海的情感依托,所以他才会这么信任她。"这时,他突然脸色一变,转而对马国柱说道:"马处,我想起曾经走访秦爱珠的时候,她说在把姜海送到安平交给他的父亲秦方正后,没有想到秦方正竟然直接把孩子给送进精神病院了,然后她曾经偷偷来安平想看看姜海,但因为不是姜海的直系亲属,结果被仙蠱墩精神卫生中心拒之门外,她的原话是——我哭着离开的。而这一次姜海一离开急诊中心获得自由后,立刻就离开安平回了苏川,当天就把秦爱珠杀了,是因为此时他知道了秦爱珠就是抛弃他的母亲。马处,姜海会变成今天这样,源于他母亲的放弃,她还给他找了一个母亲,编织了一个故事,随后他又被父亲丢弃,被双重抛弃的姜海自然而然会对两人产生同样的恨意。"

马国柱神情凝重地点点头:"姜海在布控这么严的时候,还要冒险回苏川杀人,可见他对秦爱珠的恨意。那问题来了,你说谁会在没有DNA比对结果的时候,就认定秦爱珠是姜海的生母呢?除了秦爱珠,与姜海有交集的就是陈兰了。那陈兰是怎么知道的?又为什么过了这么多年才想要告诉姜海呢?我觉得关键点在这里。而且我想,她是在利用姜海。姜海回苏川杀人后,陈兰觉得姜海肯定会被抓,而这次姜海被抓回去后再想出来,难度可太大了。"

一旁的方夏至轻轻闭上了双眼,无声地叹了口气:"天呐,这女人的心机好可怕。"

李振峰看向方夏至:"小方,跟我们说说当年长桥的第七个案子，也就是你姐姐的案子吧。"

方夏至点点头，拿起了面前的第七份卷宗："我姐姐是一名现场痕迹鉴定调查员，她参与了长桥系列杀人案的所有调查工作，在证据的鉴定过程中发现了疑点，需要回到其中一个现场去做复勘。她有个习惯，会把行程计划用便签纸记录下来，我姐姐失踪后，她的同事就是利用这个线索找到了她。但遗憾的是，我姐姐已经被齐一民杀害了。当时，齐一民跪在我姐姐身边哭，他手上沾满了我姐姐的血。我本以为齐一民肯定会被绳之以法，结果没多久却得知他被诊断出了精神分裂，属于无民事行为能力人，连最基本的审讯工作都无法进行下去，最后他就被送到了长桥精神卫生中心。"

马国柱看着方夏至，目光柔和，轻声安慰道："小方啊，你的心情我们都理解，但咱们都是警察，一定会把凶手绳之以法。"

方夏至苦笑着点点头："嗯，相信一定会的。半年前，齐一民在长桥精神卫生中心杀了人，接着就被转送到了安平精神中心。但没想到的是，很快我们就得到了齐一民跑出来的消息。我当时第一个念头就是——是死者家属把他弄出来的，目的就是法外复仇。"

李振峰皱眉看着他："你为什么会这么推测？"

方夏至苦涩一笑："假设一下，如果我不是警察，或许我就会这么做。"

"所以你怀疑是受害者家属干的？"李振峰追问道。

"没错。"方夏至的回答非常果断。

"我说下我的看法。"赵晓楠放下手中的记录本，抬头说道，"我认为长桥的案子除了齐一民，至少还有一个人。当时齐一民是落魄街头，以打零工为生，他没有机会接触到麻药和肌松剂这些严管类药品，所以我认为长桥的案子至少是两个人参与作的案。而秦方正的案子，虽然他的尸体在海里停留了这么多年，但所幸的是他心脏上的针孔还在，手法与长桥案件中死者们在心脏处被注射麻醉剂致死的手法非常相似，心脏直接注射麻醉剂能够迅速让心脏停搏，这与秦方正在坠海后无法自救的情况对得上，但是他的脸皮组织还在，所以长桥案与秦方正的案子略有不同，也许是少了助力，也许凶手改变了杀人手法。这就需要李队找答案了。"

"从目前的证据看，符合协同作案条件的人应该是陈凤，可那时候陈凤已经受伤了，这有点对不上号。"李振峰皱眉说道。

马国柱突然说道："李队，我建议你安排人去找找以前陈凤的同事，或许会有什么新的发现。那家公司现在还开着吗？"

丁龙听了，回答道："我们已经走访过了，公司叫云阳医药集团，是咱们省的纳税大户。当时没有问出过多的有效信息，等下会议结束后我再去一趟。"

这时候，会议室的门开了，小九的下属匆匆走了进来，把两份报告递给小九，很快离开了。

小九一边翻阅报告，一边说道："24号楼的犯罪现场鉴定报告出来了，我们在发现陈凤尸体的那张床上发现了失踪者闫晓晓的血迹，并且不止一处，其中一处甚至还是动脉喷溅所特有的血迹，现在基本可以断定闫晓晓遇害了。从现场痕迹来看，闫晓晓属于和平进入。截止目前，我们还在姜海出现的东星码头搜寻报案人说的那只行李箱。"

丁龙听到闫晓晓遇害，狠狠锤了自己一下，内心无比悔恨自己没有保护好她。

"可以确定凶手是姜海吗？"马国柱问道。

小九还没顾得上回答，李振峰已摇头："我持保留意见，我更倾向于他只是抛尸，因为他要保护陈兰，陈兰对他有恩。"

方夏至放下手中的水笔："李队，我赞成你的看法，陈兰替姜海杀了他的父亲，姜海欠她一个人情；后她又帮助姜海逃出精神中心，姜海对她极度信任。如果说姜海无意中发现了陈兰杀人，他一定会替陈兰掩盖事实，他与陈兰之间的关系已经从最初的契约变成了同舟共济。"

小九接着说道："下面这个案子与齐一民有关，让我想不通的是，他为什么要杀害烧烤店老板娘呢？要知道那时候我们花桥派出所的警察就在上面查看现场，他却冒险过去杀人，给人一种异常着急的感觉。"

李振峰靠在椅背上，想了想，对罗卜说道："你等下去水西厅24号把岳城接来，我要跟他谈谈。"

"没问题。"罗卜回答。

马国柱问道："现在还有知道当年陈家发生的一系列惨剧的人吗？"

李振峰点头："我走访了一下水西厅23号的余芳妹老人，她说陈家姐妹的母亲是个极端自私并且非常强势的女人，还屡次强调说老陈当年自杀不是因为赌债，而是被这个女人逼的。她还提到陈家姐妹的母亲只喜欢温顺且对母亲百依百顺的女儿，而另外一个女儿比较叛逆，所以不受待见。"说到这儿，他话风一转："老人还表示说她对陈凤，也就是已死的姐姐印象特别差，而对妹妹陈兰的印象却很好。"

"看来，这一系列的案子都牵扯到了陈家姐妹，这对姐妹不简单啊。"马国柱说道，"我安排一下任务：第一，再查陈凤当年车祸事故的前因后果。第二，拿到陈凤入仙蟊墩精神卫生中心的病历记录，确认她入院时的精神状态，找到当时的主治医师。第三，全市各个出入口严防死守，寻找姜海，通知交警部门配合。第四，走访齐一民的父亲，了解齐一民当年突然退学的真实原因。第五，也是重点，增加人手二十四小时盯住陈兰。对了，法医和痕检鉴定方面的人要持续寻找失踪人员闫晓晓的下落。"他环顾下了一所有参会人员："李队和我们长桥的同事方夏至留下，其他人各自去忙吧，有任何情况立刻上报。"

散会后，大家纷纷离开会议室，很快，房间里便只剩下了三个人。

马国柱点燃一支烟，狠狠抽了一口，这才对李振峰说道："刚才赵法医说齐一民在长桥犯的案子里有个帮手，看条件陈凤很符合，毕竟陈凤是安平医科大学的高才生。但长桥案发和秦方正死的时候陈凤已经出事了，那么这往他心口精准扎了一针的人难道是陈兰？我总觉得有些不可思议。"

"陈凤读过医科，齐一民也读过医科，而且是校友，陈凤帮齐一民完全有可能，也有这个能力。但是，"李振峰皱眉说道，"马处，除了余老太的话，你还记得陈凤的遇害现场吗？死者神情非常平静。我们从现场得出的一致结论是凶手就是齐一民，因为在现场发现了雨靴的鞋印，可犯罪动机还没有结论。"

"齐一民究竟为什么要杀陈凤？为情还是为恨？"马国柱一脸的狐疑。

"在舍身崖，齐一民对我说他爱过陈凤。但是我读不懂他脸上的痛苦，像是一种失落和无奈，甚至有点绝望。但陈凤耳后的刀伤又符合齐一民所犯长桥系列杀人案的杀人特征。你想想看，齐一民既然爱她又怎会伤害她呢？依赖型人格的人不可能毁了自己的精神主宰。"说着，李振峰从自己警服胸前的口袋里小心翼翼地摸出了那张铅笔画，打开后平摊在马国柱面前，"类似这样的画，市精神中心的陈院长说还有很多。铅笔画上的男孩脸上洋溢着幸福和期待。"

马国柱重重地叹息："那画上的女孩到底是谁？"

李振峰听了，抬头看了他一眼，说道："你或许还应该问一句——他爱的到底是谁？"

第十五章 生死之间

如果不把活着当回事,那么面对死亡又有何惧?

9月26日,星期二,凌晨0点02分。

小时候,陈兰就听过灰姑娘的故事,午夜之后,灰姑娘会失去所有美好的东西,回归到冰冷的现实生活中。如果没有白马王子的出现,那灰姑娘一生都走不出那座阁楼,摆脱不了仆人的身份,挣脱不掉家人的欺凌。

陈兰不喜欢这个故事,甚至厌恶。

午夜零点刚过,她伸手推开酒吧的门,走了出来,玻璃门在身后缓缓关上,也把所有的热闹和肆意发泄隔离在了另一个世界。街上安静了许多,偶尔有几个同样略带醉意的路人。陈兰长长地叹了口气,仰头看向天空中的点点星星,她的嘴角露出了笑容。终于啊,从此刻开始,灰姑娘便不会再失去任何东西了。

她可以放心地做回自己。

这时候已经没有公交车可以载她回水西厅的家了,陈兰本想在街上散散步,呼吸一下午夜的新鲜空气,但她很快又打消了这个念头。想着明天还要去接回那个该死的老女人的尸体,或许等把人火化了，将骨灰撒向大海后，她才能真正算得上是自由了。

想到这儿，她来到街边，等待出租车的出现。等了好久，终于，一辆蓝白相间的出租车打着红色的空车灯缓缓向陈兰站的位置开来。

出租车在招手的陈兰身边停了下来，陈兰伸手刚要拉开车门，一只戴着黑色皮手套的手突然出现，直接搂住了陈兰的腰，就像热恋中的情侣一样亲密地与她一同钻进了出租车的后座，车门随之被重重地关上。

"兰，你怎么不等等我啊，真是的。走吧，司机，麻烦去花桥米笋街。"语气中略带责怪却又充满温柔。陈兰顿时脸色煞白，没错，坐在她身边的人正是姜海。

她脑海里顿时闪过一个念头——自己大意了，光注意看齐一民的新闻了，却忘了关注姜海的动向。想到这儿，陈兰张了张嘴，却一个字都说不出来，绝望地低下了头。

不远处，监视陈兰的侦查员顿时警觉了起来，突然出现的男人与陈兰的关系定然非比寻常。他立刻发动汽车跟上，同时给所里的蔡家胜打去了电话。

凌晨0点12分。

出租车不紧不慢地在街上行驶，车内回荡着节奏明快的几首老情歌。

司机起先是有点疑心的，因为陈兰自打上车后就一言不发，身体以一个非常怪异的僵硬的姿势坐着。但是当他看到姜海递过来的两张百元大钞时，心里顿时乐开了花，只以为这是情侣闹矛盾，自己也懒得掺和，便索性放慢车速，还贴心地让车内的后视镜朝上，然后哼着小曲继续开车了。

"你为什么要骗我？"凑在陈兰的耳边，看着车窗外一闪而过的霓虹灯，姜海冷冷地说道，"我要你说实话，你到底爱过我没有？"

"爱，我爱过你。"陈兰轻声说道。

眼泪无声地顺着脸颊滚落，姜海声音嘶哑，眼神中充满哀怨："不，你爱的是他对不对？"姜海怒目而视，压低嗓门颤声说道："或者你根本就没有爱过任何人！"

陈兰面无表情，脸上的恐惧与绝望一扫而空。她同样盯着姜海，压低嗓门一字一顿地说道："我为你杀过人，所以你欠我一条命，但我不要你的命，我是不会让自己的手沾上你的血的。你已经没有明天了，这辈子都要待在精神病院里永远都看不见阳光。你就是一个疯子，但我还要生活，我以后的日子每天都要过得比现在好。"

这话犹如一记无声的耳光狠狠地打在了姜海的脸上，他瞬间面如死灰，许久，喃喃说道："兰，我们一起走吧。"

话音刚落，一阵剧烈的刺痛从腹部传来。陈兰惊愕地抬头看向他："你，你竟然要杀我？司机，司机，快停车，杀人了，杀人了！"强烈的求生欲望让陈兰挣扎起来，她用沾血的右手用力拍打着司机的座位，高声求救。

司机手忙脚乱地放下后视镜，看着后车座上陷入僵局的两个人，顿时慌了神。这时候，出租车已经开上了花桥。

"赶紧停车！听到没有！"陈兰拼命地吼叫道。

司机应声踩下了刹车，拉开车门扭头就跑，一边跑一边喊："杀人了、杀人了……"

后面的警车已经赶到，当侦查员赶到车边时，只见陈兰浑身是血地倒在地上，所幸神智还算清醒，还有呼吸。姜海却已经不见了。

"陈兰，你不要动，我已经通知120了，马上就到，你再坚持一下。"此时紧急赶到现场的蔡家胜安慰陈兰。

"姜……姜海……"

"是他下的手对吗？"

陈兰艰难地点点头，便昏过去了。

十多分钟后，救护车赶到现场，蔡家胜护送陈兰上了救护车，同时给李振峰打了个电话。

凌晨0点32分。

李振峰挂断电话，对坐在办公桌另一头的方夏至说道："就在半小时前，姜海找到了从酒吧出来的陈兰，两人上了同一辆出租车。车辆行驶至花桥上时，姜海突然拿刀捅了陈兰，司机紧急停车，我们的人赶到时，姜海已经跑了。马处和局领导那边已经得到消息了，现在离那儿最近的分局正在全市范围内进行布控抓捕，我们做好准备随时出发。"

方夏至吃惊地看着他："姜海要杀陈兰？"

李振峰点点头，神情凝重地说道："可能姜海再次陷入绝望了。"

"那下一步他会怎么办？"方夏至忧心忡忡地问道。

李振峰站起身，来到办公室的白板旁，看着上面的照片和时间线。他想了想，随即伸出右手食指敲了敲姜海的照片，说道："报复！"

"那他要做什么？"方夏至追问。

李振峰摇摇头："我也不知道。"突然，他脸色一变，想起了母亲曾经收到的那朵枯萎的白兰花，神情紧张地问方夏至："现在几点了？"

"凌晨0点45，怎么了？"

"今天星期几？"李振峰语速飞快地问道，"是不是星期一？"

"不，星期二。"方夏至不解地看着他，"李队，你到底怎么了？是不是出什么事了？"

"你守在这儿，等我电话，我这就去一趟机场，否则来不及了！"话音未落，李振峰早就已经冲出房间，声音在走廊里回响。

罗卜刚来到大院，李振峰已经从车库里开出了他那辆红色比亚迪，罗卜赶紧站在车前方挥手示意停车。

李振峰猛地踩下刹车，从驾驶室探头说道："你来干吗？"

罗卜不容分说地转到副驾驶室的车门边，拉开车门就钻了进去，说了句："抓姜海怎么能少了我？我正好出食堂，看你火烧屁股一样冲过来，我就知道是有新动向了。"

见此情景，李振峰忍住没骂出来，赶紧再次发动汽车，边开边说："关于姜海，现在正在等交通部门和分局的消息，随时待命。我现在去机场接我爸妈。"

罗卜笑了:"我帮老爹提行李去。"

"飞机晚点了,我给他们打电话一直没打通,只能安排机场用广播通知我爸妈不要离开机场,希望他们能听到。"李振峰目不斜视地盯着车前方的路面,抓着方向盘的双手指关节已经微微发白。

罗卜看出了他心中的焦急:"李哥,你是不是担心姜海?"

沉默许久,李振峰妥协了,轻声说道:"是的。他要找出我爸妈的下落非常容易,而且他知道我家的地址,一年前,他还曾把白兰花直接寄到了我家里。"

罗卜听了,不由得重重叹了口气,却什么都没有说,目光看向了车窗外不断划过的灯光。

凌晨的黑夜中,红色比亚迪风驰电掣般驶向了位于安平城西的安平机场。

凌晨0点58分。

安平机场取行李的转盘旁闹哄哄的,旅行团的大爷大妈们依旧精力旺盛地叽叽喳喳说个不停,就连广播里播报通知的声音都压过去了。李大强被吵得脑袋里嗡嗡作响,又累得几乎睁不开眼,要不是怕行李丢了挨老伴儿陈芳茹的责骂,他早就找个安静的地方待着了。

好不容易把五件托运行李都找齐了,旅行团导游又热情地招呼大家合影留念后才宣布原地解散。

"老太婆,赶紧回家,我这把老骨头都快散架了。"李大强没好气地咕哝。

陈芳茹却心不在焉地左顾右盼，目光在逐渐稀疏的接机人群中寻找着什么。

"等等，你不会还在等阿峰吧？他得忙工作呢，咱就别拖孩子后腿了，自己打车回家就行了。"李大强苦口婆心地劝说老伴陈芳茹，"赶紧回家睡觉，我都困死了。"

"说好了来接我们的，怎么不见人影了？我手机没电了，你给他打电话问问。"陈老太太还在固执，"儿子不来接我们，肯定会打电话给我们的，我这心有点慌慌的。"

"咱这趟飞机不是晚了两个多小时吗，怪得了谁？兴许阿峰来了后又走了也说不定。"话是这么说，李大强还是掏出手机，找到李振峰的电话号码拨了过去，却没有任何提示音。鼓捣了半天，她泄了气："嗐，手机没信号，咱打车回去吧。"

两人慢悠悠地推着行李车向门口的出租车队伍走去，保安看见了，赶紧上来帮忙："大爷，你们这么多行李，一个车塞得下吗？"

"能塞得下，挤一挤就行了。"李大强满不在乎地摆摆手，却没注意到保安脸上一阵尴尬。

就在这时，身后传来了一个男人的声音："李叔是吗？抱歉，抱歉，我来晚了。"

李大强和陈芳茹应声回头看去，眼前站着一个年轻的男人，穿着一件灰色衬衣，板寸头，戴着眼镜，正笑眯眯地看着他们。

"你是阿峰的同事？"陈芳茹惊喜地问道，"来接我们的？"

姜海不置可否地笑了笑，很自然地伸手接过推车："阿姨，叔叔，来，跟我走吧，车就在前面的停车场里。我刚到，抱歉，来迟了一步。"

说着，两位老人便跟在姜海的身后走出了大厅，穿过岔道，向十米开外的停车场走去。

"老头子，我就跟你说嘛，咱儿子肯定会派人来接我们的，儿子最心疼我们了。"陈芳茹心满意足地上了车，本想坐在后车座上，却被姜海要求去了副驾驶座，理由是行李太多，需要占用后面一个座位，而副驾驶座比起后座来要宽敞舒适许多。陈老太太当即答应了，对考虑周到的姜海愈发多了几分亲近感："谢谢你啊，小伙子，你真懂事。"

车子发动了，李大强在后座靠着大行李袋，拿起自己的挎包，开始继续鼓捣起了手机。

看着姜海在车里导航器上的定位，陈老太太满意地点点头："年轻人，你和我儿子是一个处的吗？"

车辆正好经过保安岗亭处，姜海拿出停车卡在上面扫了一下，横栏高高抬起，车便无声地滑出停车场坡道，驶出了安平机场外来车辆停放处。姜海的脸上这才露出了浅浅的笑容，柔声说道："阿姨，不是一个处的，我是户籍科的。我和阿峰平时关系不错，这不他最近比较忙嘛，就让我来接二老了。"略微停顿后，姜海又接着问道："阿姨，阿峰给你们打电话了吗？"

陈老太太一脸的埋怨："打什么呀，你叔叔的手机又不好使了，阿峰早就要给他换手机，他就是不换。这老头倔着呢。"

一声莫名的轻笑。

车正好经过隧道，车内一片漆黑，外面的路灯光闪过，坐在驾驶座上的姜海被一团阴影笼罩着,没有人看得清他脸上的表情。

凌晨1点29分。

红色比亚迪终于驶进了机场接站口的临时停车点,看着前面空荡荡的等候处,一个保安正慵懒地靠在柱子旁打瞌睡,而到达大厅里早就已经一片漆黑。

李振峰把车一停,拉开车门就冲了下来,连车门都没顾得关上,几步冲到保安身边把对方拍醒了,亮出工作证后急切地问道:"大厅里没有旅客了吗?"

保安一脸茫然,睡眼蒙眬间终于看清楚了对方工作证上的内容,顿时清醒了许多。他摇摇头:"清场了,最后一班飞机的乘客都已经走了,里面没人了。"

"你确定?"仿佛一只无形的手牢牢地卡住了李振峰的脖子,让他几乎喘不过气来。

"我骗你干啥?警察同志,就是没人了。"他低头看了看手机上的时间,嘀咕了句,"最后一辆出租车是二十分钟前开走的,明天的早班飞机是早上7点,这里6点才开门。"

李振峰心中一沉,电话仍旧打不通,他垂头丧气地转身向汽车走去。来到近前,站在车门边的罗卜关切地问道:"李哥,没人了吗?"

"没了,我们走吧。"李振峰钻进驾驶座,拉上安全带,关好车门,却没有发动汽车,只是两眼呆呆地看着前方,突然说道,"不行,他们怎么不等我呢,我不放心。"

他又掏出手机，拨打母亲的电话，显示关机状态，又拨打父亲李大强的电话，仍旧无法接通，他的心又一次悬到了嗓子眼，豆大的汗珠滚落眼中，刺得他几乎睁不开眼。李振峰知道父亲永远都不可能关机的，因为他曾经不止一遍地对自己提到说："我知道你工作忙，阿峰，别担心我和你妈的身体，我的手机永远不会关机的，你要是不放心了，就给我打个电话。"

即将绝望的时候，手机竟然拨通了。李振峰哆嗦着右手赶紧把手机放到耳边，等待对方接起电话后，听到那熟悉的苍老的声音，他便急切地追问："爸，你在哪儿啊，我怎么找不到你们，你们打车回去了吗？"

"不是你叫——"

通话突然中断，李振峰赶紧拨打回去，却已经显示关机状态，再也打不通了。

"赶紧走，我爸妈可能出事了。"他把手机丢在仪表盘上，把着方向盘的同时，用右手背揉了揉发涩的眼睛，一脚踩下油门，红色比亚迪迅速向前冲去。

凌晨1点32分。

手机屏幕一片漆黑，仅有的一点电量已经在刚才的简短通话中丧失殆尽。

李大强沉思良久，刚才儿子话里的每个字他都听得清清楚楚，又回想起自己刚见到这个自称是儿子同事的人时他的表现，心里不由得疑窦丛生。

这时姜海突然问道："李叔，刚才是阿峰的电话吗？"

"不，是我们旅行团的老崔，问我有没有拿他的充电宝。"李大强笑着巧妙地把话圆了过去，随即目光担忧地落在了自己老伴的身上。

"你手机现在有电了吗？"姜海不放心地追问了一句，"要不要拿我的手机先用，李叔，我看你刚才的电话还没打完。"

"不用，不用，哈哈哈，"李大强大大咧咧地晃了晃手中已经形同板砖一块的手机，笑着说道，"马上就到家了，没电了也没事，不耽误你啦。对了，你贵姓，也不知道怎么称呼你。"

"哦，李叔，我姓秦，你叫我小秦就行了。"姜海看了眼后视镜中的李大强，若有所思地说道。

"好的，好的，小秦，麻烦你了。对了，小秦啊，马国柱那家伙还在你们科吗？上次办退休手续的时候那老家伙说要请我吃饭呢。"

"李叔，我们马科已经调走了，去了分局，当政委去了。"姜海有条不紊道。

"是吗？那小子，唉，又把我当鸽子放了。"

说完这句话后，李大强重重地向后倒在了靠椅上，眼神中闪过一丝惊慌。这个人有问题！

从车窗外简单的路面景色和建筑物可以看出此刻车辆已经上了环城高速，离自己的家还有不到二十分钟的路程，如果就这么放任他把车直接开进小区的话，一旦进入家中，那么脱险的可能性就更小了。老旧小区的特殊环境会无形之中提高解救的难度，也就是说，先得离开这辆车，才有自救的可能。

为了不引起姜海的注意，李大强微微阖上双眼，用余光急切地注视着车窗外不断变换的霓虹灯光。他记得很清楚，一旦开上环城高速，出高速路口前两千米的地方就有一个服务区，这是唯一的机会了。

想到这儿，李大强突然"哎哟"了一声，接着又叫了一声，脸上的表情显得非常痛苦，嘴里嘟嘟囔囔地大声说道："我的胃有点疼，老太婆，我今天忘吃胃药了。"

陈芳茹心疼自己老伴，赶紧对姜海说道："小秦，麻烦你在前面服务区停个车，我去打点热水，你李叔这胃病不能等。"

姜海点点头，把车开进了前面的服务区。车停下后，陈老太太打开车门，回头抱歉地说道："稍等一下啊，我马上就回来，要不了几分钟的。"

"老太婆，我跟你一起去吧，这车里有点闷。"李大强想着这可能是自己唯一能够给李振峰打电话的机会了。

没等陈芳茹说话，姜海似乎觉察到了什么，立刻说道："李叔，我把天窗打开，您胃疼就别动了。"

"是啊，老头子，你就等着我吧，我马上回来。"

"哎，快去快去。"李大强挥挥手，依旧是满脸的痛苦样。

陈芳茹朝着服务区的方向快速走去。

车厢内一片寂静。李大强脸上痛苦的表情突然消失了，姜海看着后视镜中的李大强，两人就这么互相直直地看着，车厢里的气氛变得格外压抑。

李大强目光严肃，冷冷地说道："小伙子，你的目的是什么？"

姜海微微皱眉，似乎还没想好要怎么回答，李大强又悠悠说道:"我知道你不是阿峰的同事,虽然我不清楚你到底要干什么,但肯定与阿峰有关。不过现在这些都不重要,既然我无法脱身,那你就立刻开车。不然的话,你的计划成功不了不说,你还有可能被捕。这周围人很多,警方的狙击手也不是吃素的,你是个聪明人,听着,你马上开车,我跟你走,听到没有?"

姜海仍旧皱着眉,似乎不太相信刚才那番严厉的话,是从后车座上这个看似弱不禁风的老人口中说出来的。

"还愣着干什么?赶紧开!"李大强嘶吼的声音中充满了愤怒与焦急。此刻,老伴的身影已经出现在了服务区的门口,正准备向二十米开外的停车处走来。

姜海咬了咬牙,拉起手刹踩下油门,猛打方向盘,轮胎与地面发出了尖锐的摩擦音。转眼之间,这辆黑色的运动型SUV便飞快地开出了服务区前的小广场,回到高速路面,迅速消失在黑漆漆的道路尽头。

陈芳茹傻了,呆呆地站在原地,手上拿着刚打的热水和热气腾腾的肉包子,张着嘴,不知道发生了什么,不知道为什么要把她丢下。

一位广场夜班保安好心地上前询问道:"大妈,大妈,你没事吧?要不要帮你报警?"

陈芳茹猛地回过神来,把手里的东西一股脑儿塞给了保安,迅速拿过他手里的手机,一边按下儿子的电话号码,一边哆嗦着说道:"我报警,我报警,出事了,出大事了!喂,喂,阿峰吗?你爸丢了,你爸被带走了。"

听到电话那头传来儿子熟悉的声音后,陈芳茹终于哭出了声。她一边啜泣着，一边结结巴巴说道："没错，他把你爸带走了，对对，就是那个……他说他姓秦，是你同事。黑色的车，和隔壁老陈家女婿开的那辆一模一样。我？我现在在服务区，23号服务区，广场这边。阿峰，我该怎么办啊？你爸要是有个好歹，我也不活了！……好的，好的，我就站在原地，我不走，我在这儿等你。"

话音未落，一辆红色比亚迪快速驶进了服务区，紧接着便是一个急刹车，副驾驶座的门打开了，罗卜跳下车，甩手关上车门。李振峰探头出来冲着母亲点点头，喊了一句："妈，您就跟着小罗，我去把老爸找回来。"

陈芳茹焦急地看着远去的车影，不断地点头，泪流满面。

李振峰一边开车，一边用手机拨通了安平市局合成作战中心值班室的电话，核对过身份后，语速飞快地说道："请求定位一辆黑色运动型SUV，该车辆刚行驶出23号服务区中心广场，时间是1点40分到1点50分之间，请把定位发给我。我怀疑车上有绑架事件，开车的是被通缉人员姜海，被绑架的是我的父亲，退休警察李大强。不，暂时不需要支援，我只需要定位，我正在开车追踪，我刚开出23号服务区。是的，我是姜海的精神科主治医师。我再说一遍，不需要支援，目前不需要支援，以防刺激到病人，从而伤害人质。"

很快，姜海车辆的定位便被发送到了李振峰的手机上。

李振峰咬着牙，强迫自己保持冷静，调整车辆位置，把油门几乎踩到了极限。看着如箭一般飞速倒退的车前方路面，他喃喃说道:"李大强,坚持住,你可千万不能出事,不然我没法给我妈交代!"

凌晨2点整。

黑色运动型SUV已经驶出城区,车厢里静悄悄的。

老伴算是安全了,李大强此时的心里多少松了一口气。他突然想起自己对儿子的承诺,嘴角露出了一丝欣慰的笑容,心想:臭小子,这么多年来,我总是非常严厉地对待你,现在想想,有些地方确实做得太过分了,你心里肯定会时常记恨我这个当爸的吧。算啦,记着就记着吧,能被儿子永远记着我这一辈子也算值得啦!总有一天你会明白当爹的苦心,至于我还能不能看到那一天,哎,人不能太贪心,要做好没有机会的打算了。

想起陪伴了自己一辈子的妻子陈芳茹,李大强的心中不免悲凉,自己最对不起的就是老伴了。想到这儿,老头索性看向窗外,凌晨的安平街头笼罩在一片昏黄的灯光中,就像在做梦一样。

人的一辈子不也是如此吗?

车外的路面指示牌显示离东星港码头还有三十千米,而现在的车速至少在每小时一百四十千米以上,看来这家伙是准备毁尸灭迹啊。李大强的目光又看向车前方,路灯不断闪过,他心中一震——车内后视镜上竟然挂着两朵已经风干了的深棕色小花,花型略长。李大强镇定了一下情绪后,果断开口说道:"年轻人,你往我家寄过白兰花吧?"

车内后视镜里出现了姜海警惕的目光:"李叔,您记性真好。"

"姜海对吧？我们聊聊吧，怎么样？"

"您还知道我的名字呢。好，聊什么呢？"

"我有个问题。"老人不紧不慢地说道。

姜海笑了："李叔，我正好也有几个问题，要不，我们先每人问一个吧，谁撒谎谁丧失问下一个问题的权利，您说呢？"

"当然可以。我的问题是——你绑架我们的目的是引出我儿子，并且杀了他，对吗？"李大强开门见山地说中了姜海的心事。

姜海哑然失笑，点点头："对，您很聪明。下一个问题轮到我了。"

"你问吧。"李大强平静地看着车内后视镜，一脸的从容。

"您愿意替您的兄弟死吗？"

李大强愣住了，脱口而出道："死有何惧！"

姜海一阵恍惚，被李大强掷地有声的四个字镇住了，一时间竟然不知道说什么好，片刻后他自言自语道："王米娜也是心甘情愿为你而死的啊。"

"谁？"李大强听到"王米娜"三个字，内心泛起一阵难过。

"王米娜，你还记得吗？一个个子矮小的女人，长得还挺漂亮的。她死得很惨的，据说她的卧底身份暴露了，被毒贩子喂狗了。"

李大强强作镇静，反问道："你怎么知道这件事的？"

姜海笑道："我是从秦方正心理诊疗记录上看到的。毒贩手下的小弟没被抓前，总是噩梦连连。他自从目睹那场惨剧后就留下了心理阴影，请菩萨镇宅都不管用，后来就去看心理医生。大叔，该你了？"

李大强脸色煞白，许久，才小声说道："秦方正是你爸，对吗？"

"对对对，一个死了的心理学教授，已经不重要了。不过他以前还挺有名的，现在名声臭了，臭不可闻，哈哈哈。"说着，姜海下意识地伸手摸了摸挂着的那串干花，笑声就像天空中飞舞盘旋的秃鹫，"我曾经恨过他，但是以后不会了，因为我会比他更出名。好了，下一个问题，也是最后一个问题，该我问了。"姜海瞥了一眼后视镜中的老人："如果只有一个人有机会活下去的话，你和你的儿子，你会怎么选？"

李大强笑了，先是微笑，随后朗声大笑。

姜海脸上得意的笑容瞬间僵住了，他气愤地看着李大强，皱眉说道："你笑什么？有什么可笑的？"

李大强好不容易止住笑声："我笑你愚蠢，但凡能问出这个问题的人就是愚蠢的人，还叫我选择？浪费那么多时间干什么？要杀就杀，老子当了一辈子警察，什么生死场面没见过，我像怕死的人吗？简直是笑话！再说了，哪有让儿子替老子去死的？这是人说得出口的话吗？"说到这儿，李大强猛地把外套一脱，露出胸口的衬衣，伸手朝心口指指："你要出名，我就让你出名，我李大强好歹是个一辈子出生入死的刑警，带过很多徒弟，我现在就让我徒弟们好好看看，什么才是一个真正的警察。来吧，往这儿捅，你看我眨不眨眼。不过，丑话说在前头，年轻人，你杀了我以后可要守信用。"

姜海脸色铁青："什么意思？"

李大强平静地一字一顿地说道："信守诺言，投案自首，不许伤害我的家人！年轻人，记住我的忠告，你跑不掉的，投案自首还能争取从宽处理。"

姜海的嘴角露出冷笑，一阵刺耳的急刹车声响起，车辆立刻停住了，猝不及防的李大强狠狠地撞在了倒过来的旅行袋上，轮子的一角正好夹住了他胸前的肋骨，疼得他暗暗倒吸了一口凉气。

姜海迅速下车，沉着脸来到后车门这边，伸手拉开车门，不容分说便把老头从行李袋下揪了出来，然后重重地往地上一扔，丢下一句话："告诉你儿子，他摊上个好爹，我把他爹还给他了。"说着转身上车，脚踩油门扬长而去。

几乎是前后脚的工夫，身后另一个方向也传来一辆车疾驶而来的声音，又是一阵急刹车，车轮在距离李大强不到两米的地方停了下来。随即有人打开车门冲了下来，扑到李大强身边，颤声拼命喊道："爸，爸，你没事吧？你醒醒！爸，你醒醒啊……"

尽管浑身筋骨酸痛，李大强还是勉强睁开了双眼。看着儿子出现在自己面前，他下意识地笑了，却又瞬间变脸："哭什么哭，没出息。老子命硬，死不了，赶紧去追啊，别让姜海那小子跑了。"

"那你……"

"没事儿，我去路边上蹲着就行，不会出事的。你赶紧去，赶紧去！抓不到人别回来见我，丢人现眼！"李大强狠狠地把儿子往外一推，言辞犀利地催促道。

"哎，爸，你照顾好自己。"李振峰咬牙跑回车里，关上车门便发动了汽车。

车辆驶过李大强身边时，老头高声喊了句："东星港码头，他可能要去那。"

"明白。"李振峰踩下油门，车辆沿着高速路迅速向前开去。

路面上又恢复了宁静，李大强咬牙爬到马路边上，抬头看向天上的繁星。他靠着路桩，长长地叹了口气，摇摇头，笑了。

凌晨2点22分。

车前方终于出现了姜海那辆车的背影，而东星港码头特有的灯塔也在不远处露出了黑色的影子。

油门已经被踩到了底，李振峰正在发愁自己该如何追上前面那辆车时，姜海的车突然慢下来。很快，两车之间的距离已经缩减到了不足十米。

李振峰刚想超车把对方拦下来，谁知姜海又猛地加速，让自己的车始终保持在前方的位置。尝试了好几次后，李振峰只能被迫打消了超车的念头，跟在姜海的车后方。

正在这时，李振峰的手机响了，他按下免提，没想到竟然是姜海打来的电话。

"李警官，你是一个好对手，配得上我。"姜海一字一句清晰地说道。

"可我从来没有把你当对手。你只是一个特殊的病人，我要把你抓回去。"李振峰回答。

一阵轻笑从电话那头响起："我没病。算了，这不重要了。李警官，我不会跟你回去的。"姜海的声音非常果断。

这时候，车辆拐上一段高坡，路面非常不平整，不断颠簸。终于，车前方出现了一段三米多高的石柱，而这段石柱和高坡之间有将近五米的缺口。

这是条断头路。

"姜海，马上停车！"李振峰惊出了一身冷汗，他下意识地踩下了刹车。

电话里传来了姜海嘶哑的声音："李警官，你有个好父亲，我很羡慕你。"

"姜海，赶紧停车！"

电话那头一声长叹："迟了，太迟了，我这一辈子活得太累了。我有父母，却从未感受到家的温暖，我杀了他们；我有喜欢的人，她却不喜欢我，我杀了她。这辈子，我杀了好多人，但是我不后悔，他们都抛弃了我，他们就得死。但我还是希望下辈子我能做个好人，像李警官你一样的好人，会有人愿意为我去死。唉——"一声沉重的叹息过后，通话戛然而止。与此同时，姜海的车辆加速冲下高坡，对着那段高高的石柱冲了上去。

撞击的力度是非常可怕的，油门瞬间起火，着火的车辆在又一声巨响中坠入了无边的海水。

惊醒的海鸥在天空中四散纷飞，长长的鸣叫声划破午夜的宁静。

李振峰趴在方向盘上呆呆地看着眼前这一幕惨剧，无法用语言来形容，只觉得那些悲惨的罪恶正在大火中焚烧着。

凌晨3点01分。

赵晓楠神情急切地站在实验室门前的走廊里，目光焦灼，不断地来回走动，时不时看向实验室的门，又看看手机页面，几次想拨打李振峰的电话，临了却又逐个把数字删除。

终于，实验室的门开了，小九走了出来，把报告递给赵晓楠："师姐，长桥系列凶杀案死者伤口形成角度的现场还原模拟结果出来了。比照当时齐一民的身高，死者无论是躺着还是坐着，或者弯着腰，反正各种姿态，计算机都逐一进行了模拟，结论是死者脸上开放性锐器伤形成的角度，与齐一民的身高体重均不符合。"

赵晓楠合上报告，点点头："角度差值范围相同，表明长桥系列凶杀案的凶手是同一个人。对了，你换过模拟对象吗？"

小九说："换过，每个不同的现场以及死者最后的姿势我都做了模拟，而且在排除齐一民后，我就换上了陈兰和陈凤的身高体重数据，分别以她们为凶手模拟了现场，结果与陈兰吻合度最高。"

赵晓楠摇摇头："这还不是很严谨，只能作为一个参考依据。但我们大胆猜测一下，如果陈兰就是陈凤的话，那她完全有能力单独控制受害人，准确找到心脏位置并注射药物，这是医学生最基本的技能。等等，齐一民突然退学的原因都找到了吗？我的意思是除了精神方面，还有别的方面的原因吗？"

小九脸色一变，说道："还真有，我刚才问过丁龙，他说齐一民的父亲还保留着儿子当年写给家里的一封信，信上说齐一民总是感觉自己右边头疼，右手有时候也会发颤，会突然拿不住笔，这种症状有时候又会转移到左手，让他痛苦不堪，他又不知道向谁求助，实在坚持不下去了，才主动退的学。可惜的是他父亲认为这只是他退学的一种托词，没能听得进去。"

赵晓楠皱眉："得马上给齐一民的尸体做下脑部核磁共振扫描，不，全身都得做，以防万一是移动性肿瘤。"

"师姐，症状出现可是十多年前的事了，移动性肿瘤的可能性不大吧？"

赵晓楠说："查了再说，走，帮个忙。"

小九长长地叹了口气，推开门，朝实验室里吼了一句："赶紧都给我麻溜地支棱起来，打起精神，去法医那边帮忙。"

半个多小时后，看着仪器上的扫描图像，赵晓楠紧锁双眉，咕哝了句："神经鞘瘤都这么严重了，几乎遍布全身，别说手术刀，这么多年能正常生活就已经不错了。"

第十六章 鸠占鹊巢

我们和虚无的真正分界线,不是死亡,而是活动的停止。

9月26日,星期二,上午10点。

安平市第一医院外科单人病房里静悄悄的,罗卜坐在门边的椅子上,低头翻看着工作笔记本,李振峰则坐在床边的沙发上,面无表情地注视着病床上的陈兰。

终于,陈兰睁开了双眼。她环顾四周,眼神中充满了疑惑:"我这是在哪儿?"

"医院,手术很成功,你没事了。"李振峰平静地说道。

陈兰挣扎着坐了起来,这时候她才看清楚整个病房里包括自己在内就三个人:"李警官,姜海抓到了吗?是他,他捅伤了我,他要杀我!"

李振峰看着她,意味深长地说道:"你以后不用再担心了,他已经死了。"

"死了?"陈兰脸上露出了惊愕的神色,"他,他是怎么死的?"

李振峰抬头看了一眼罗卜,罗卜站起身来,从公文包里拿出一沓照片递了过来,同时打开了小型摄像机,镜头正对着病床的方向。

　　李振峰接过照片，平静地说道："现在时间是2023年9月26日，星期二，上午10点05分，我们依法对相关人员采集第一次涉案证据。"接着，他把最上面的两张照片逐一摆放在陈兰面前的被子上，左面一张是车辆残骸被打捞出水时拍的，而右面那张是一具残尸，被保险带和弹出的气垫牢牢地困在了驾驶座上，面容虽然已经惨不忍睹，却仍然能依稀辨别出死者就是姜海。

　　"这两张是在东星港码头拍摄的，照片中的死者身份经过证实就是姜海。"

　　陈兰默默地把脸转向了另一边。

　　"还有两张照片，我也想请你辨认一下，陈兰女士，哦，不，该叫你陈凤才对。"李振峰仔细端详着眼前这个女人脸上的表情。

　　陈兰本能地转过头看向李振峰，突然笑了："你搞错了，李警官，我叫陈兰，陈凤是我姐姐。"

　　李振峰摇摇头："不，我没搞错，陈凤女士。"

　　一旁的罗卜严肃地说道："陈凤，我们警方没有证据的话是不会来找你的，你隐藏了这么多年，也该结束了。"

　　女人的目光在罗卜与李振峰之间转了一圈，笑容依旧挂在嘴角："别开玩笑，警察同志。"

　　李振峰听了这话，却只是心平气和地摇了摇头。他伸手指指陈凤面前的两张照片："左面那张是你现在的照片，是从花桥派出所的监控中提取的，右面那张是你在医科大学专业技能操作大赛上的照片，学校到现在还替你保留着，因为你是医科大学临床专业的高才生，学霸级别的人物，是学校的骄傲啊。这两张照片我都已经请你当年的同班同学辨认过了，他们都很吃惊，因为都听说你毕业参加工作后没多久就出事了，严重毁容，精神还出了问题，搞得工作都丢了，而照片中的你居然恢复得这么好，尤其是脸上，一点痕迹都看不到，真是有点不可思议呢。难道说，是医学奇迹？"

病床上的女人紧咬着嘴唇，什么话都不说。

"没事，你可以不回答。你的妹妹陈兰和你只相差一岁，从户籍档案资料上你妹妹没出事之前的照片来看，你们两个在长相上确实很相似，所以你可以辩解称是他们把你俩搞错了，但是我们警方却不会犯这个错误，容貌可以变，但是头骨和面部结构不会变。你就是陈凤。"李振峰说道。

陈凤抬头看向他，眼神中满是不屑："我是陈凤又怎样，我用了我妹妹的名字犯法吗？当年我不过是为了救我妹妹罢了，如果不是我那笔意外伤害保险的话，她当年就没命了。"

见她终于松了口，李振峰不动声色地微微一笑，转头对罗卜说道："记录一下，嫌疑人已经承认了自己本来的身份，从现在开始，被讯问对象由陈兰改为陈凤。"

罗卜点点头，伸手做了个"OK"的手势。

"你们还有什么问题？没有的话，我要休息了，我累了。"陈凤刚想躺下去，却被李振峰用严厉的目光制止了，她悻悻地狠狠瞪了李振峰一眼。

"9月25号当晚你在干什么？"李振峰随口问道。同时，他又拿出一张照片递给了陈凤，那是闫晓晓的工作照，是丁龙亲自从社区工作人员展示橱窗中取下来的。

"我干了很多事。她是谁？"

"当晚你确定没见过她？"李振峰一脸的诧异。

陈凤摇摇头。

李振峰又平静地出示了一张照片，内容正是陈凤家的主卧室："闫晓晓的尸体就是从这里被人装进行李箱带走的，我们已经在东星港码头找到了她的尸体。箱子里有闫晓晓的手机，里面还有一条编辑好的发给社区主任的信息，说去给你送你妹妹的亡故抚恤金，回去补登记手续。我们也从你家主卧室里提取到了很多证据，都能够证实那就是闫晓晓遇害的第一现场，你还说你不认识她？"

陈凤依旧冷漠地摇头："好像是见过，她给完我钱后就离开了。而且我妹妹被杀以后，我就从未进过那间卧室，可能是姜海干的也说不定，他就是个穷凶极恶的歹徒，什么都干得出来。"

李振峰没有接着说什么，话锋一转抬头看向陈凤："那姜海为什么要杀你？"

陈凤心里突然一怔，她知道自己上套了，张了张嘴，却什么话都没说，索性又一次垂下了头，一言不发。

见此情景，李振峰和罗卜对视一眼，又拿出了一张照片摆在陈凤面前："这张照片中的女人，是你吧？"

陈凤没有吱声。

"这是你去银行取那三十万时留下的影像，还记得吗？是我帮你回忆，还是你自己回忆？"李振峰看着陈凤神色变幻的脸。

陈凤脸色苍白，却依旧一言不发，只是默默地把头转向了另一边，似乎在竭力隐藏此刻自己脸上的表情。

"没事，你可以不说。我们再来说说闫晓晓。你说姜海在你家卧室里杀了闫晓晓，是你为姜海布的局，还是帮助我们为姜海定罪啊？姜海有那么蠢吗？明知道你给他织网，还义无反顾往里钻？只因为他太害怕失去你了，姜海这辈子一直都生活在被人欺骗和抛弃的阴影下，他把你当成了黑暗里的一丝光亮，可你却利用了他。"李振峰露出嘲讽的笑容，"我不得不承认你的这个局布得真是费尽心机。"

"闫晓晓不是我杀的。至于说姜海，是他一厢情愿罢了，与我何干？"陈凤冷冷地说道。

看她再次否认杀人，又故意回避了姜海的事，李振峰微微一笑，他站起身从摄像机旁的卷宗袋子里拿出一份尸检报告放在陈凤面前："你是很聪明，你刻意保护自己不在闫晓晓身上留下DNA，但是闫晓晓尸体上留下的大量DNA，没有姜海的，也没有齐一民的。还有，拉杆行李箱的夹层里有一把刀，经过证实，正是造成死者身上开放性创伤的凶器，现在正在查上面的指纹，你要祈祷刀上面没有你的指纹。"

"有我的指纹又如何，我家的刀，怎么可能没有我的指纹？"陈凤反驳道。

李振峰摇摇头："哦，这刀是你家的啊？不过我要给你简单科普一下了，新鲜指纹和陈旧指纹是可以分辨出来的。"李振锋突然严厉地问道："你为什么要杀闫晓晓？"

"对啊，我为什么要杀她？"陈凤的语气中夹杂着些许懊恼。

"因为一个人，而这个人把你的秘密都告诉了闫晓晓，所以闫晓晓就不能活着。"李振峰平静地回答道。

"一个人？谁？"

在说出"齐一民"三个字的时候，李振峰的目光突然变得犀利起来，刚才还挂在嘴角的笑容瞬间消失得无影无踪："你应该还记得这个人吧，要不要我帮你再回忆一下？"

"我，我不记得他了，或许认识吧。"陈凤的神情有些犹豫。

李振峰拿出了齐一民在精神病院入院时的档案照片，轻轻摆在陈凤面前："这张照片中的男人叫齐一民，不过你应该更熟悉齐峰这个名字。他和你是同一年进入安平医科大学的，他的成绩是当年专业排名第三名，而你是第五名。"

"我没有印象，都过去这么多年了。"陈凤把目光转向了墙的另一面。

李振峰看了她一眼："齐峰和你不一样，他入学时的成绩虽然很好，但不幸的是，他不仅精神出现了一点问题，而且身体也出现了一些状况，以至于他不敢向喜欢的女孩告白。他还很自卑，在同学中备受冷落，这时候身体的变化更是加重了他精神方面的症状。最终，齐峰退学了。之后，他就有了另外一个名字，那就是齐一民，不过那时候他的身份已经是一个严重的妄想型精神病患者了。他之所以被关进了当地的精神病院，是因为他杀了人，七条人命。被害者的耳后两厘米处都有针孔，脸皮被完整剥去，心脏部位也有针孔，死亡原因是心脏在药物的作用下骤停。齐一民就是在最后一个犯罪现场被赶到的警察当场抓住的。陈凤，你看看这些受害者的状态，是不是和你妹妹被毁容的脸非常相似？"

陈凤突然问："除了第七起以外，你们怎么确定前面六起也是齐一民干的？"

李振峰上身前倾，眼神中露出了异样的光彩："因为前面六起案件中，都有人在被害人死后及时报警，所以警察在很短的时间内就找到了尸体。"

"这么巧？"

"是呀，确实很巧，因为报警电话都是同一个男人打的。后来我们通过声纹检测证实，此人正是齐一民，并且他都是在抛尸现场附近打来的电话。你知道他为什么会这么做吗？"话音未落，李振峰突然心中一怔，因为陈凤的眼神此刻已经明明白白地告诉他——她根本就不知道齐一民打电话报警这件事。他若有所思地继续道："原来你真的不知道当年报案的人就是齐一民。"

陈凤闭上了双眼，一声不吭，脸色微微有些发白。

李振峰不动声色突然转移了话题："其实我挺同情你的。"

"同情？"陈凤抬头看向李振峰。

"交换身份这个念头是你妈妈主动提出来的，对吧？"

陈凤嘴角露出苦笑："对，谁叫她是我妈呢？"

"你妈妈为什么这么做？"罗卜紧接着追问道，"她这是把你的一辈子都押上去了。"

病房里瞬间鸦雀无声。

李振峰仔细看着陈凤，他在耐心等待，他知道只有"母亲"两个字才是真正揭下她面具的唯一方法。

"你现在四十二岁,二十年了。你二十年如一日任劳任怨,甘愿放弃自己美好的人生,甚至割舍了爱一个人的权利。值得吗?"李振峰若有所思地继续说道,"其实拆迁补偿款才是你最终的目的吧?你们之所以与亲戚断绝往来,真正的意图是怕你们互换身份的事暴露吧?你的远房姨妈现在已经见过你的照片,说你就是陈凤,因为陈兰的眼睛像你妈妈,而你的像爸爸。"

陈凤的目光转向了窗外。

"我们还在产监处查过你们家的房产登记记录,证实房产被登记在陈凤的名下,变更人是你的父亲,这是他瞒着你的母亲偷偷改的吧?而这是否也是你母亲逼你们互换身份的原因?你妈妈甚至帮陈兰把后路都想好了。"

李振峰接着语带同情地说道:"你母亲逼你放弃身份和前途,就是让你照顾陈兰一辈子。"顿了顿,他忽然皱眉,语气中充满了无奈:"陈凤,陈兰真的值得你做出这么大的牺牲吗?陈凤,我不懂,你为什么心甘情愿放弃自己的一切?你可是安平医科大学的高才生。"

陈凤把目光再次转向李振峰时,眼中已经出现了泪光。

"而且据我了解,陈兰对你一点都不好,你母亲只爱你妹妹,甚至在她出事后,你母亲竟然逼着你和她互换身份。"说到这儿,李振峰不可思议地摇摇头,"正常人可做不出这种事来。水西厅24号迟早要拆迁,将会有一笔不小的拆迁款,你母亲怎么可能让你占有这笔钱呢?这时家中唯一对你好的父亲也不在了,你孤立无援。你无论多么努力,都没办法让你的母亲多爱你一点,而极度失望的背后就是无尽的恨意。"

李振峰边说边观察，陈凤的目光中已经少了几分最初的敌意："医学生的学费是非常昂贵的，你的母亲拒绝为你支付上学的费用。而你的父亲虽然爱你，但他是一个懦弱至极的男人，为了帮你，他借了高利贷，但他最后自杀了。"

"我爸爸死得太不值得了，如果他知道后面发生的事，他绝对不会自杀。"陈凤喃喃说道。

李振峰看着她："陈凤，你知道你爸爸为什么不抵押掉那套房子还债，反而在自杀前把房产证上的名字偷偷变更成了你的名字吗？因为他不想让自己最喜爱的女儿流落街头，这也是他这辈子对自己的妻子做的唯一也是最后的反抗。但是他绝对想不到，你的母亲竟因此逼你放弃了身份。"

陈凤长长地叹了口气，满脸泪痕。

"你曾经跟我说过，说你妹妹脸上的伤是车祸造成的，"李振峰又从卷宗袋里依次抽出两份卷宗，分别出示给陈凤看，"这一份是2002年曾经给你妹妹做手术的医生的口述笔录，还有当年手术记录的复印本。笔录第三页提到，你妹妹的伤绝对不是车祸造成的，也不是事故造成的，而是在麻醉药物作用下用一把手术刀完成的，是脸皮被割留下的伤痕。我想，这个人如果把这种技艺发挥在正道上，那将是一位很好的外科医生。

"而这一份，就更有意思了，是我们的法医做的。她的鉴定结论与当年给你妹妹做手术的医生所描述的不差分毫，也就是说你妹妹的伤，是手术刀造成的。陈凤，还不说实话吗？"

陈凤哑口无言，她面无表情地靠在枕头上，闭上了双眼，缓缓地说道："李警官，你比我想象的要聪明。那你不妨猜一下？"

"你妹妹遇害，凶手不是齐一民。"李振峰冷冷地说道，"而是你。"

陈凤仍旧面无表情，双手却用力攥着被子，努力让自己保持平静。

此刻，病房里极度安静，似乎有一种恨意在空气中游走。

罗卜刚要开口，李振峰摇摇头，微微一笑，平静地说道："在大学的时候，齐一民爱的女孩就是你。因为他对你很迷恋，所以对你的认识格外深刻。你的秘密他都知道，你的母亲也都知道。你毁了你妹妹，你母亲便毁了你，最后你为了与过去彻底分割，忍下了当时的一切，然后等待最合适的时机重新开启人生。"

陈凤的脸色瞬间死灰一片，嘴唇微微颤抖，咬着牙说道："从我出生起她就不喜欢我，打压我，还说钱和房子都不会给我。后来我凭借自己的努力挣了钱，可以脱离她了，而她又纠缠不放，总是午夜打电话威胁我。我恨他们，很恨很恨。"

"所以你把恨发泄到了你妹妹的身上，毁了她的容貌，让她生不如死。"李振锋接着陈凤的话道。

陈凤也不掩饰了，毫无悔意地说道："那是她咎由自取。但就算是真的，你有证据吗？"

听了这话，李振峰的眼神中流露出一丝难以掩饰的失望："那我们换一个人聊聊。我来跟你好好说一说齐峰，希望能唤醒你的一点良知，或者说，找一找你曾经的影子。齐峰没有母亲，他在原生家庭中严重缺乏关爱，他的父亲只顾逼着他考上大学出人头地。齐峰的性格本就内向，内心深处非常孤独，他没有朋友，每天除了学习就是学习。所以当齐峰以第三名的成绩考进医科大学，和你做了同学后，你在他眼中就是天使，因为你做事果断有主见，而且，你愿意和他说话。他希望走进你的生活，但是他不知道怎么做，于是，只能把对你的情感融进画里。"李振峰拿了几张铅笔画放在陈凤面前，继续道："最后齐峰的大学班主任给他的评价是——不适合大学生活。期末的时候，他挂科了，成了班里成绩最差的同学，在留级和退学之间，他选择了退学。退学之后的孤立无援，加上病情的发展，让他对你的感情，或者说依赖越来越深，他甚至把你当成了一根救命稻草。但他没有纠缠你，那时候的他找到了别的谋生的路子，放下了沉重的心理负担，虽然辛苦，但是日子过得还行。直到你的再次出现，彻底改变了他的人生。"

陈凤冷哼了一声，厌弃地说道："那是他的事，事过无悔。"

李振峰的目光中闪过一丝同情，说道："人类对感情的需求是发自内心的本能，而有着相同命运的人也会彼此产生共鸣，这是人性。齐峰因为爱你，无论时间怎么流逝，他都会听从你，包容你，信任你，依赖你。而你却利用了他对你的爱。当你找到了在菜场肉铺打工的他时，你的利用就开始了，甚至一而再再而三。"

陈凤突然爆发了，她猛地把铅笔画揉成一团，狠狠地丢在地上，语无伦次地怒吼道："那都是他自愿的，我又没逼他！所有的事都是他干的，他说过什么事都愿意为我干，他说过任何人都不能欺负我……他为什么到现在还缠着我！"

陈凤的应激反应让李振峰与罗卜面面相觑,李振峰简直不敢相信一个人可以无耻到这种地步。他摇摇头,捡起地上的铅笔画,目光温柔,耐心地把画纸铺平摊开放在一旁,然后伸手从卷宗袋里拿出了最后一份检验报告,说道:"齐峰的母亲患有脊髓恶性肿瘤,遗传给了齐峰,他患有神经鞘瘤,非常严重,这也是他退学的原因之一。他根本就不知道自己患有这个病,他被病痛无休无止地折磨着,然而病痛又加重了他的精神方面的疾病。所以说,那时候的他唯一正常的或许就是对你的感情了。"

"他连猪肉都能分割,怎么可能剥不了人的脸皮?"陈凤的辩驳苍白无力。

罗卜见缝扎针道:"我们可没说剥脸皮的事情。"

李振峰发出一声重重的叹息:"陈凤,你妹妹的脸应该是你第一次这么干吧?在她耳后两厘米处注射肌松剂割下脸皮,对吗?你还毁了她的声带,那为什么心脏上的最后一针不打下去呢?或许,因为她是你妹妹,你终究还是下不了手?"

许久,病房里声息皆无。

终于,眼前这个女人像泄了气的气球,喃喃说道:"我本想将最后一针给她打上让她解脱,但她怎么能这么轻易地解脱呢?就在我犹豫的时候,她醒了,我看着她的样子,心里竟然无比轻松,心想就让她这么活着也挺好。所以我给她找了医生,还编造了车祸的谎言。但是我母亲是个非常精明的人,虽然陈兰再也无法说话了,但是她一看就知道是我干的。先是房子产权变更的事情,再加上陈兰的伤,彻底激怒了我母亲,她告诉我，如果我不放弃身份并且照顾妹妹一辈子的话，她就去报警，让我坐牢、判我死刑，她也不会来给我收尸，就让我烂在泥巴地里。我就心想，哪有一个母亲会这样对待自己的亲生孩子呢？我的母亲可真狠。你们说，我能不恨吗？"

"所以陈兰就是长桥系列杀人案的零号受害者？"罗卜轻声说道。

陈凤点点头，长叹一声："当年齐峰并不知道我妹妹的事，他本来只是想替我好好教训一下她。那天晚上我把妹妹骗过去了，齐峰也确实揍了我妹妹，却没有对她做进一步侵害，还是得我自己动手。之后他就走了，去了长桥，临走时对我说希望我改邪归正。"说到这儿，她哼了一声，一脸的不屑："还说等攒够了钱要跟我结婚，要把我当公主养着，可能吗？"

李振峰若有所思地说道："那后来的七个女孩呢？你为什么要杀她们？"

陈凤突然笑了，笑得很诡异："李警官，你是学犯罪心理学的，人性的恶你应该比我更熟悉啊！"

"我们和虚无的真正分界线，不是死亡，而是活动的停止。对你来说，制造死亡，就是你的活动。"李振峰面无表情地说道。

"没错。陈兰那死丫头，就算瘫在那里了，还是无时无刻不在骂我，刺耳的声音让我发疯。不过用手术刀割开美丽的脸那种感觉，那种手感，让我获得了前所未有的放松。所以，我就让齐峰挑好看的女孩绑架，我要重新找回那种感觉，而这么美好的瞬间怎么能缺少齐峰呢？"

"陈兰的声带都毁了，你怎么能听到她在骂你呢？"罗卜不解地追问道。

"谁跟你说她不会骂人？那是你们没听到罢了，我天天都能听到，只不过她死了以后，就闭嘴了呢。"陈凤咧嘴一笑。

李振峰的心却瞬间沉了下去，知道陈凤因为心中本能产生的内疚导致她出现了严重的幻听症状。他默默地叹了口气："你让齐峰参与，不是要分享你的喜悦吧，你是想让齐峰替你背黑锅吧？"

听到李振峰的话，陈凤不由得呆了呆，却不知道该说什么才好。她眼神中闪过一丝慌乱，思绪开始跳跃，道："本来我不想杀她的，我非常敬重警察，可是她却在那么干净的抛尸现场找到了我的痕迹，我怎么能放过她呢？哈哈哈，她都要死了，还在劝我去自首，那只手就这么死死地抓着我的衣角，眼睛看着我，没有害怕也没有惊恐。而且那该死的齐峰也在用眼神祈求我放过她。我怎么可能自首，怎么可能！"

"你口中的她叫方六月，是一位非常敬业的警察。我想，齐峰就是被方六月对你说的话所触动，才在你走后跪在尸体旁哭的。他报警后，又回到了原地，等待警察的到来。他是想献祭他自己让你停手。那可能是他短暂的一生中对爱唯一正确的理解。"李振峰此时走到窗口，打开窗户，必须要呼吸一下新鲜空气。

"一个全心全意为你的男人，你却想致他于死地。所以你让姜海将齐峰带出来，就怕齐峰将来痊愈后揭发你，或者报复你。"李振峰继续说道，"你知道他一出来就会来找你，你心里又害怕又激动，因为你想他死，所以，你一直在思考如何让齐峰出意外。你害怕他去你家找你，怕他认出你就是陈凤，但你知道他一定会来的，于是你心生一计，亲手杀了陈兰嫁祸给他。你可能还想让姜海杀掉他吧。只是后面的事，超出了你的掌控罢了。"

陈凤轻声道："没错，我就是要让齐一民死。但我没有杀我妹妹，我只是帮她解脱罢了。因为她早就不想活了，成天都在我耳根子边念叨这件事。"

"陈凤，我们回到最初的问题，你为什么要杀闫晓晓呢？"

"那丫头可能命短吧。她那天给我送陈兰的残疾人亡故抚恤金，临走时看到齐峰来找我。当时那傻丫头认出了齐峰，一边为了保护我推我进房间，一边要拿手机报警，我怎么可能让她报警呢？对了，齐峰还想阻止我，他有什么资格阻止我，就因为那丫头关心过他？什么时候他开始怜香惜玉了？于是，齐峰再一次目睹了我杀人，之后的事你们就都知道了。"陈凤目光呆滞，喃喃道。

李振峰强压心中的怒火，语气平静地接着说道："闫晓晓在危险的时候还在保护你，你却下得了手杀她。你真的一点人性都没有。"

"李警官既然提到人性，那秦方正和秦爱珠对姜海所做的事，是人能做出来的吗？他们有人性吗？李警官，我来告诉你什么叫人性吧，姜海因恨想让自己的父亲死亡，因痛苦亲手杀害了自己的母亲，这才是人性。"陈凤突然来了精神，大声道。

"所以你就为姜海伸张正义了，帮他杀了他的父亲？"李振峰和罗卜对视一眼。

"事情都过了这么久还能发现,不得不说现在的侦查技术很厉害。"陈凤脸上难得地露出了笑容。

李振峰摇摇头,目光中满是悲哀:"陈凤,你又利用姜海的弱点间接杀了他的母亲。你不仅打破了一个母亲对孩子的思念,也让一个孩子失去了母亲,彻底丧失了人性。"

"我就知道,我没有看错姜海。"陈凤的目光中充满了挑衅。

"这又是你的一步棋啊。只是你没有想到,姜海会逃过我们的抓捕,跑回来杀你。"李振峰转身走向门口,把手放在门把手上,继续说道,"你都帮他杀人了,姜海怎么可能不信任你?他甚至最后为了你去死,但你还在算计他。"

听到这话,陈凤怔住了,她喃喃自语:"他是为了他自己,他怎么可能是为了我呢?他还选择了在那里自杀,难道是因为悔恨吗?!"

这时,李振峰伸手打开门,丁龙拉着一个纸箱出现在门口,里面是一张张铅笔画。李振峰示意他把纸箱拖到病床前,又伸手把桌上被揉皱的两张也放了进去,接着说道:"陈凤,除了你面前的这几张外,这些也都是齐峰画的,最上面的一张是他最后时刻画的。临死前他对我说你已经死了,但是如果有下辈子的话,他还想见到你,因为你是他的天使。"

陈凤的脸色瞬间煞白。

李振峰对门口又做了个手势,门口出现了一位老太太,她看着病床上的陈凤,用力点点头:"没错,警察同志,那天晚上用石头砸死那个姓翟的混蛋的,就是这个女人。我看得清清楚楚,就在我家厨房外面的巷子里,我家老头子也看见了。"

"谢谢您,阿姨,您可以走了。"

接着,一个年轻妇女抱着一个婴儿走了进来。

罗卜轻声问道:"范小青,你刚才在门口听了这么久,能确认是她的声音吗?"

范小青点点头,看着陈凤的侧脸,说道:"声音完全一样,她说了四个字——你解脱了。"

"谢谢,我带你回病房。"罗卜冲着李振峰点点头,转身带着范小青走了。

陈凤拿着齐峰的画,一张一张地翻着,画中,一男一女两个小孩在放风筝。风筝线在女孩的手里,女孩看向天空,笑得很开心。男孩并没有看向风筝,他的目光中满是温柔,全都集中在身边的女孩身上。看着看着,陈凤的眼泪打湿了画中男孩的头发。

李振峰关上门,转身回到病房的沙发上坐下。他看着陈凤:"现在你读懂齐峰对你的感情了吗?"

陈凤没有直接回答这个问题,她抬头看向李振峰,用手摩挲着有些皱的铅笔画,声音沙哑:"他把女孩画得很漂亮,脸上的笑容很灿烂,很干净。而我的心已经脏了。他其实是个很善良的男人,是我配不上他。"

陈凤低头看了会儿面前的画,随即抬头,目光直视着依旧在工作的摄像头,仿佛镜头的另一边就是齐峰,一字一顿地说道:"对,你的存在本就是个错误。"

313

李振峰一时之间没有听明白陈凤话中的含义,他刚要开口追问她这句话到底是什么意思,目光一转,突然注意到陈凤手里拿着的那张铅笔画。他不由得一怔,随即上前把画拿了过来,画上是一个男孩趴在悬崖边即将坠落,一个女孩伸手拽着他的手,男孩泪流满面。这一刻的李振峰恍然大悟,抬头问道:"你救过他的命?"

陈凤点点头,闭上双眼,泪水从脸颊上滚落:"或许,我就不该救他,这样我就不会害了他。"

李振峰站起身,想了想,转身问道:"和我说说那首儿歌吧——一个两个三个,四个五个六个,谁在你身后,谁又在我身后?嘘,他来了……"

陈凤苦笑:"大学的时候,我经常听齐峰唱这首歌,每次他不知所措,或者无法控制情绪的时候,就会唱这首歌。是他妈妈教他的,他说只要唱起这首歌,他就不会慌张。但是我听不习惯,觉得不舒服。"

"无论是姜海,还是齐一民,都给不了你要的安全感,你的世界里只有你自己。"李振峰内心有一种说不出来的滋味。

"也许吧。据说人的心里有一块地方是不能被触碰的,一旦揭开,会让人生不如死。"陈凤擦了擦脸上的泪痕,"这是我生平第一次为别人而哭。"

病房里静悄悄的。

陈凤看着手中那张铅笔画,恍惚间,耳畔响起了一个声音:"一个两个三个,四个五个六个,谁在你身后,谁又在我的身后？嘘，他来了……"但她没有害怕，反而觉得心里空落落的，看着一张张的铅笔画逐渐铺满面前整个被褥，陈凤终于崩溃，大哭起来。

　　天网恢恢，疏而不漏。等待陈凤的是法律的制裁，真相虽然迟到了，但不曾缺席。

尾声

如果我们知道彼此的秘密,那将会是怎样的宽心呢!

2023年9月27日，早上8点整。

早间安平新闻报道了精神障碍患者姜海、齐一民（齐峰）的所作所为以及自杀身亡的消息，同时重点报道了长桥连环杀人案的始末。安平市公安局用了四天的时间，将危害社会安全的姜海、齐一民制服，并侦破了陈年积案，令犯罪嫌疑人陈凤伏法，为死者昭雪，正义不曾缺席。

一周后。

午后的阳光照在人身上，暖洋洋的，李大强坐在公交站台的不锈钢椅子上昏昏欲睡。

罗卜背着双肩包，弯腰看着老人，微微一笑，轻轻推了推他，说道："李叔，快醒醒。"

李大强睁开眼睛，等看清是罗卜后，赶紧笑着朝旁边坐了坐，给罗卜腾出了空间："真不好意思啊，上了年纪，总是很容易睡着。"

"你确定要去苏川？"罗卜看着老人手提袋里的香水百合，

不解地问道,"为什么不告诉李哥?"

李大强的脸微微一红,摇摇头:"不了,只是一些陈年往事,不想让他们知道。你们的案子破了,正好有时间,你就费心陪叔去一趟吧。我去看看一个老朋友,了了多年的心事。东西都带齐了吧?走吧。"

罗卜心领神会,伸手帮老人拿过手提袋,这时候,公交车进站,两人便上了车。车门关上,悄然远去。

花桥镇派出所门口,蔡家胜兴冲冲地走出来,一眼就看见了站在太阳底下的岳城。岳城面容有些憔悴,见到蔡警官,他满是皱纹的脸上勉强挤出了一丝笑容,把两个信封交给蔡家胜,说道:"蔡警官,案子总算破了,谢谢你们。你们辛苦了。我要带着妻子的骨灰回老家,以后再也不会来安平了。你帮我把两个信封分别交给叶警官的老母亲和闫晓晓的家人。我以前见过叶警官和晓晓姑娘,他们都是好人。这是我们全家的一点小小的心意,希望能安抚一下遗属失去亲人的痛苦。"

说着,岳城对他鞠了一躬,转身向远处走去。

蔡家胜站在街边,看看手中信封上歪歪扭扭的字,又抬头看看岳城远去的背影,眼圈顿时红了,他默默地举手敬了个礼。

安平路308号大院门口,方夏至看着专门来送自己的李振峰和赵晓楠,微微一笑:"这次,真的谢谢你们帮我姐姐破了这个案子,我回去后一定要去姐姐的墓地,把这个好消息告诉她。"

赵晓楠把一个信封递给方夏至:"里面是你姐姐的照片,帮我给方伯伯，以后有什么需要，请务必让我知道。"

一抹阳光照在方夏至的脸上，恍惚间，他仿佛看到了姐姐方六月正站在自己面前，脸上洋溢着笑容。一股暖意滑过心头，他接过信封，喃喃说道："谢谢师姐，谢谢李队，我走了，再见。"

警车缓缓开出大院，看着后视镜中李振峰和赵晓楠肩并肩转身离去的背影，方夏至的嘴角露出了欣慰的笑容。

远处，海风阵阵，海鸥划过天际。

苏川河岸。

"孩子，你后悔过当警察吗？"李大强默默地把手中香水百合的花瓣一片片地摘下来，又逐一轻柔地抛进了苏川河里，嘴里无声低语。

一阵风吹过，仿佛有一只无形的手裹挟着花瓣抛向空中，又悄然落下。

"没有，我从没后悔过。"罗卜轻声回答。

"那就好，那就好。"老人欣慰地点点头。

"李叔，你为什么会突然问我这个？"罗卜问，"我是不会给爸爸丢脸的。"

李大强微微一怔："我听阿峰说你申请了调组？"

罗卜回答："只要缉毒组那边需要，我随时可以过去。"

"缉毒可是刀尖上舔血的活儿。"李大强的眼圈红了。

"我爸都不怕，我怕什么，您说对不对，李叔？"罗卜咧嘴一笑，"我毫无牵挂。"

或许是气氛有些凝重，也或许是李大强并不想再触及那些敏感的心事，他把话题岔开了，说道："孩子，我给你讲个故事吧。当年，我们局接到卧底警察传回的张六一毒贩老巢的情报，于是缉毒组联合我们重案组一起围剿张六一毒贩老巢。毒贩子都是亡命徒，他们火力很猛，我们在那次行动中有六名刑警殉职了，我差点就是那第七个。当时我的口袋里留了一颗子弹，那是留给我自己的。就在毒贩子即将围剿我的千钧一发之际，一辆车冲散了人群，车里有两个人，一男一女，他们拼命把我救了出来。等把我送到安全的地方后，他们就走了。那个时候，我认出了你的父亲，才知道他是卧底。但是那个女人我当时没有一点印象。"说到这儿，老人若有所思地把最后一朵花瓣轻轻地抛入河中，继续说道："后来，在张六一老巢被捣毁后的表彰会上，我在殉职刑警栏里看到了那个女人的脸，她叫金铭月，化名王米娜。原来他们因为那次救我的行动暴露了身份，她为了掩护你父亲殉职了。后来你父亲又开始潜入贩卖人口的黑色链条中，继续卧底。"李大强眼角湿润了，抬头看了一眼天空，调整了一下情绪，看着罗卜继续道："孩子，我欠他们一条命啊！……"

夜凉如水，晚霞无声褪去，华灯初上，一老一少沿着河边缓缓走向远方。

"叔，你说实话，我爸有没有后悔过做卧底？我感觉他好孤单。"

"应该有吧，我想，但就那么一小会儿，念头肯定很快就没了。"

"你是怎么知道的,叔?"

"有一次我们见面,临走时他突然跟我说:'兄弟,原来你们换装了啊,这新款的样式真帅!'你知道吗,他伸手摸了摸我警服上的五角星,他那时候的表情,我到现在都忘不了。没想到,那却是我们最后一次见面。"

罗卜的心里划过了一丝暖流,他仰头看向夜空,无声地笑了。